AF666335

Imke Berg

Das grüne Weizenfeld

Roman

Imke Berg

DAS GRÜNE WEIZENFELD

Roman

Stuttgart 2004

Edition Noëma

Bibliografische Information Der Deutschen Bibliothek

Die Deutsche Bibliothek verzeichnet diese Publikation in der Deutschen Nationalbibliografie; detaillierte bibliografische Daten sind im Internet über <http://dnb.ddb.de> abrufbar.

∞

Gedruckt auf alterungsbeständigem, säurefreien Papier
Printed on acid-free paper

ISBN: 3-89821-398-6

© *ibidem*-Verlag
Edition Noëma

Stuttgart 2004
Alle Rechte vorbehalten

Das Werk einschließlich aller seiner Teile ist urheberrechtlich geschützt. Jede Verwertung außerhalb der engen Grenzen des Urheberrechtsgesetzes ist ohne Zustimmung des Verlages unzulässig und strafbar. Dies gilt insbesondere für Vervielfältigungen, Übersetzungen, Mikroverfilmungen und elektronische Speicherformen sowie die Einspeicherung und Verarbeitung in elektronischen Systemen.

Printed in Germany

Mittag

Am Waldessaume träumt die Föhre,
Am Himmel weiße Wölkchen nur;
Es ist so still, dass ich sie *höre*,
Die tiefe Stille der Natur.

Rings Sonnenschein auf Wies' und Wegen,
Die Wipfel stumm, kein Lüftchen wach,
Und doch, es klingt als ström' ein Regen
Leis tönend auf das Blätterdach.

Theodor Fontane 1875

1

Der Regen hatte aufgehört. Nur der Wind fauchte noch einmal geräuschvoll durch die üppigen Blätterkronen der verkrüppelten Kopfweiden links und rechts der schmalen Allee, die sich weithin bis direkt zum Schloss erstreckte. Gewaltige Wolkenberge öffneten sich genau über dem hellgelben Herrenhaus, und blaue Lichtkegel fielen auf sein dunkel gedecktes Mansardendach. Gleichzeitig brach sich das plötzlich von oben einfallende Licht in Myriaden von Wassertropfen, die die Grashalme satter grüner Weiden, rechts vom Weg liegend, gesammelt hatten. Nach links, bis zu einem niedrigen Föhrenwald, erstreckte sich ein grünes Weizenfeld, dessen Ähren schwer vom Regen hingen. Auch hier schimmerten die Regentropfen als Tau an den noch unreifen Feldfrüchten. Wie eine unsichtbare Hand streifte der Wind durch die Halme des Feldes und zog wie eine Welle durch ein grünes Meer. Über dem kleinen Wald, der das Feld am Horizont begrenzte, hingen tief die düsteren Wolken des abziehenden Regens.

Die junge Frau blieb noch eine Weile auf dem geteerten Boden der Weidenallee und kostete die plötzliche Stille aus, die über sie hereinbrach, nachdem der Bus, der sie bis hier gebracht hatte, hinter ihr auf der schmalen Landstraße davon gefahren war. Sie lauschte seinem langsam in der Ferne verklingenden Dieselmotor, bis nur noch Naturgeräusche an ihr Ohr drangen. Nun war sie allein. Zum ersten Mal in ihrem Leben. Ihr fester Entschluss, hier herzukommen, war in diesem Augenblick ins Wanken geraten. Langsam ließ sie ihren Blick über das grüne Weizenfeld schweifen, bis sie eine menschliche Gestalt darin gewahrte, die aufrecht mitten im Feld zu stehen schien. Bei diesem Anblick durchzog für einen Bruchteil von Sekunden ein eiskalter Hauch ihr Herz. Die Gestalt schien sie ebenso durchdringend zu beobachten. Der rauschende Wind in den Weiden ebbte nicht ab. Er bewegte die Kleidung der Gestalt so heftig, dass sie einen weiteren erschreckten Moment überlegte, ob sie sich nun in ihre Richtung bewegte. Oder rief nur der Wind eine Täuschung ihrer Sinne hervor? Sie war sich plötzlich sicher, dass nur er der Verursacher einer Bewegung der Gestalt war. So, wie er den Saum ihres leichten Sommerkleides an ihre eigenen Beine schlug, so spielte er auch mit den Hosenbeinen ihres unbekannten Gegenübers. Ein bohrendes Gefühl furchtbarer Fremdheit stellte sich bei ihr ein. Immer noch bewegungslos, blieb sie an ihrem Standort und starrte auf die düstere Person im grünen Weizenfeld. Eine spätnachmittägliche Sonne erhellte plötzlich gleißend die flache Landschaft, und sie musste sich mit einer Hand die Augen beschatten, um das Wesen nicht aus den Augen zu verlieren. Dunkle Wolkenschatten streiften über das Feld. Augenblicklich konnte sie erkennen, dass die Gestalt unter ihrem großen Hut kein Gesicht hatte. Entsetzen und erleichterte Freude überkamen sie gleichzeitig. Sie hatte sich tatsächlich von einer Vogelscheuche erschrecken lassen. Das musste an ihrer Nervosität liegen. Ihr stand an diesem Ort etwas Neues, Unbekanntes bevor, von dem sie noch nicht wusste, wie sie es bewältigen würde. Die junge Frau im gelben Sommerkleid, mit einem riesigen Rucksack auf dem Rücken, nahm den schweren Koffer, den der Busfahrer ihr freundlicherweise aus dem Gepäckfach des Busses herausgenommen und neben sie an den Wegrand gestellt hatte, und wandte sich der Allee zu, die zum Schloss führte.

Die feinen Sonnenstrahlen zeichneten die Weidenstämme als schräge Linien auf den Asphalt. Hinter den Baumkronen wurden die Umrisse eines eher schlichten herrschaftlichen Gebäudes sichtbar. Die Frau im gelben Sommerkleid ging langsam die schräg beleuchtete Allee entlang, und sie kam sich vor, als spaziere sie durch das Gemälde eines alten Meisters. Dass sie selbst ein Teil davon war, bemerkte sie nicht. Der Gedanke, in ihrer Freizeit hier viele schöne Motive für ihre Zeichnungen zu finden, wirkte beruhigend. Trotzdem war sie vor dem ihr unmittelbar bevorstehenden ersten persönlichen Gespräch mit dem Grafen sehr aufgeregt. Seltsamerweise hatten ihm ihre Bewerbungsunterlagen bereits vollkommen ausgereicht, um sich für ihre Anstellung zu entscheiden.

Heute trat sie also ihre erste Anstellung nach ihren Abschlussprüfung an. Während sie sich mit ihrem schweren Gepäck dem Schloss näherte, übte sie in Gedanken noch einmal, wie sie sich vorstellen würde.

„Mein Name ist Lea Bohm. Ich bin die Restauratorin, die Sie für Ihre Privatsammlung suchen.“ Sie schnaufte vor Aufregung. „Restauratorin“.

Vor sechs Wochen erst hatte sie ihre Diplomprüfungen im Studiengang Restaurierung mit dem Hauptfach archäologisches Kulturgut abgelegt. Zwar hatte sie ihre Ausbildung mit den besten Noten abgeschlossen, jetzt aber war sie auf sich alleine gestellt, musste selbst Entscheidungen treffen und deren Konsequenzen ebenfalls alleine tragen. Das war eine nie gekannte Situation. Die Stellenanzeige in der Tageszeitung hatte sehr interessant geklungen. Ein Graf namens Max von Reebow suchte für die Restaurierung seiner Privatsammlung auf Schloss Moorburg in einsamem norddeutschen Heideland einen Restaurator.

Zwar bedeutete die überraschende Zusage auf ihre Bewerbung für Lea nur einen Zeitvertrag, aber auf diese Weise konnte sie Erfahrungen sammeln, die ihr dann für eine richtige Anstellung an einem namhaften Museum sicher sehr nützlich sein konnten. Einigermaßen beruhigend wirkte auf Lea die Tatsache, dass sie ihr Handy mit der eingespeicherten Telefonnummer von Matthias Petersen, einem befreundeten, mittlerweile pensionierten Restaurator vom Landesmuseum, dabei hatte. Jede Semesterferien hatte sie bei ihm in der Werkstatt verbracht und wertvolle praktische Anwendungen gelernt, die ihr im Studium nicht vermittelt worden waren. Für seine Engelsgeduld mit ihr und die viele Zeit, die er für sie geopfert hatte, war sie ihm ewig dankbar. Aus einem anfänglichen Ausbildungsverhältnis war inzwischen eine tiefe Freundschaft geworden.

2

Lea war erleichtert, den schweren Koffer abstellen zu können und darüber, die große, zweiflügelige Eingangstür aus massiver Eiche endlich erreicht zu haben. Sie drückte den durch Wind und Wetter mit einer dunklen Korrosionsschicht überzogenen Messingknopf der Klingel und lauschte auf Geräusche vom Innern. Sie hörte nichts, nicht einmal das Läuten der Glocke. Die Wartezeit kam ihr lange vor, und als Lea überlegte, wohin sie sich wohl noch wenden könnte, öffnete sich der linke Türflügel. Ein sehr gepflegter, blonder junger Mann in einem feinen grauen Anzug stand ihr gegenüber und sagte bei ihrem Anblick sogleich: „Sie müssen Lea Bohm, die Restauratorin sein." Lea war zu aufgeregt, um zu lächeln. Sie nickte nur stumm. Das war ihr Text gewesen. War das nun der Graf? Wie sollte sie ihn ansprechen? Der erlesene Herr trat zur Seite, um sie einzulassen.

Kühle Luft, die nach altem, mit Zedernöl behandelten Holz roch, schlug ihr entgegen. Der Geruch erinnerte sie an den Innenraum einer schlecht gelüfteten alten Kirche. Diesen Geruch liebte Lea. Hier witterte sie Unmengen geschichtlicher Geheimnisse, die es für sie zu entdecken galt. Man konnte sich wohl kaum einen romantischeren Arbeitsplatz vorstellen. Den Grafen hatte sie sich anders vorgestellt. Zwar fand sie ihn standesgemäß gekleidet, aber zu jung. Er war wohl in ihrem Alter. In der großen, düsteren Eingangshalle, die mit dunklen Kacheln gefliest war und von der aus links eine schwere dunkle Holztreppe zu einer ebenfalls aus dunklem Holz bestehenden Galerie nach oben führte, standen sie sich gegenüber. Den Koffer hatte er ihr sogar hereingetragen. Ein großer Kronleuchter hing direkt über ihnen. Links und rechts waren hohe Türen. Rechts an der Treppe vorbei konnte Lea einen großen Saal sehen, dessen hohe Sprossenfenster den Blick bis nach draußen auf eine Terrasse mit dem daran anschließenden Park freigaben. Das war die einzige Lichtquelle, die augenblicklich die Eingangshalle erhellte. Der junge Mann bat Lea, den Rucksack abzulegen. Es würde sich jemand vom Personal darum kümmern. Sehr gesprächig war der Mann nicht, der sie nun mit einer einladenden Handbewegung aufforderte, ihm in den Saal mit den hohen Fenstern zu folgen.

Sie traten auf knarrendem Boden vom Dunkel der Halle in einen, obwohl dunkel getäfelt, lichtdurchfluteten Saal mit einem gewaltigen Kamin, über dessen Sims ein großes, nachgedunkeltes Ölgemälde eines noch düsteren Herren aus dem achtzehnten Jahrhundert hing. Seine großen schwarzen Augen, die eine überaus beeindruckende Ernsthaftigkeit und einen lebendigen Geist ausstrahlten, schienen jeden Schritt Leas forschend zu verfolgen. Es fiel ihr schwer, sich von seinem Blick zu lösen. Eine der Terrassentüren war geöffnet. Der herein wehende Wind bewegte kaum merklich einen zur Seite zurück gebundenen Brokatvorhang aus dunkelrotem Stoff. Auf der Terrasse stand ein Tisch, der mit drei Sets aus einem chinesischen Teegeschirr gedeckt und dessen Porzellan so dünn war, dass man das Gefühl hatte, aus Eierschale statt Keramik zu trinken. Am Kopfende saß ein graumelierter Herr von ca. 50 Jahren in Jeans und einem grauen T-Shirt. Sein gepflegt kurz gehaltener Vollbart war mit den gleichen silbrigen Fäden durchzogen wie das Haupthaar, jedoch insgesamt noch etwas dunkelbrauner als am Kopf. Er blickte erst von seiner Zeitung auf, als der jüngere Mann sich bei ihrer Ankunft auf der Terrasse geräuspert hatte. Eine große Wolke warf plötzlich einen Schatten über sie, und Lea konnte die wegen der Helligkeit zusammengekniffenen Augen wieder entspannter öffnen. Betroffen sah sie direkt in zwei forschend dreinblickende, dunkelblaue und unergründliche Augen. Es war ihr dabei, als blicke ihr der fremde Mann direkt in ihre Gedanken. Lea wandte ihren Blick ab und betrachtete sich verlegen die rotbraunen Terrakottafliesen, auf denen sie stand. Der ernste Mann am Tisch legte schnell die Zeitung weg und erhob sich. Lea sah ihm abermals in die Augen und erkannte erleichtert, dass sie nun freundlicher auf sie zu sehen schienen. Ihr Herz klopfte vor Aufregung so laut, dass sie glaubte, alle um sie herum müssten es hören.

„Das ist Frau Bohm, die Restauratorin“, sagte der blonde junge Mann neben ihr. Innerlich ärgerte sich Lea allmählich, dass alle nun ihren Namen wussten, sie aber noch keinen von beiden. Der trotz seiner legeren Kleidung sehr anmutig wirkende Herr erhob sich von seinem Platz am Tisch und ging auf sie zu. Dabei streckte er ihr seine Hand entgegen. Lea ergriff sie und spürte einen festen Druck, der einen starken Willen und eine gewisse Autorität für sie erkennen ließ.

„Es freut mich sehr, dass sie schon heute am Sonntag gekommen sind. Mein Name ist Max von Reebow. Es gibt einiges zu besprechen, damit sie morgen anfangen können, die Werkstatt einzurichten. Aber jetzt setzen sie sich erst einmal und trinken eine Tasse Tee mit mir. Dabei können wir uns ein wenig näher kennen lernen."

Er zeigte auf den jungen Blonden und gab ihm endlich einen Namen.

„Mein Verwalter Herr Dr. Stein hat ihnen sicher schon gesagt, dass sie morgen einen Wagen geliehen bekommen, um die Einkäufe erledigen zu können. Nein? Na, das können wir jetzt alles in Ruhe besprechen." Lea war zunächst vollkommen darüber verwirrt, dass der Verwalter vornehmer als der Graf selbst gekleidet war. Dann aber fühlte sie sich sehr erleichtert. Der Graf schien auf den ersten Blick jedenfalls kein verknöcherter alter Spießer zu sein, wie sie sich anfangs in ihrer Fantasie einen Grafen vorgestellt hatte. Ihr feines gelbes Sommerkleid konnte sie also demnächst ruhig gegen ihre bequemeren Jeans eintauschen.

Sie setzten sich alle an den gedeckten Tisch, und wie auf ein unsichtbares Kommando kam eine korpulente junge Frau in einem blau und weiß gestreiften Kleid mit einer weißen Schürze aus dem dunkel getäfelten Saal. Sie trug ein Tablett mit einer silbernen Teekanne und einer Schale Gebäck. Sie sah Lea, während sie mit dem Teeservice hantierte, nicht an, dennoch hatte die junge Restauratorin das Gefühl, als habe diese Hausangestellte alles genau im Blick. Das Hausmädchen goss reihum Tee in die Tassen und wollte wortlos wieder gehen. Hier aber hielt sie der Graf zurück.

„Agnes, dies ist Frau Bohm, die Restauratorin, die für drei Monate unser Gast sein wird. Ich bitte sie darum, alles zu tun, damit sie sich bei uns wohl fühlen wird."

Ein Windstoß trieb in diesem Moment einen Strudel kalter Luft zur Terrasse und ließ die Schürze von Agnes und das Tischtuch energisch flattern. Ein kalter, abweisender Blick traf Lea, und sie fühlte sich in Agnes Gegenwart nicht besonders wohl. Insgeheim hoffte Lea, dass sie mit ihr nicht so viel zu tun haben würde. Nachdem Agnes die Vorstellung Leas wortlos zur Kenntnis genommen hatte, verschwand sie wieder durch die Terrassentür nach drinnen. Der Graf blickte sorgenvoll zum Himmel, an dem sich eine dicke Wolke auszubreiten schien. Lea nahm verlegen die Dose mit dem Kandis-Zucker, die ihr der junge Verwalter entgegenstreckte, und fischte mit dem Löffel ein paar Stücke heraus. Als sie diese vorsichtig in ihre Tasse fallen ließ, konnte sie darin das Knistern der bernsteinfarbenen Kristalle hören, die in der Hitze der goldbraunen Flüssigkeit zersprangen. Der Tee schmeckte herrlich, und Lea war froh, ihren vor Aufregung trockenen Mund endlich befeuchten zu können. Vom Gebäck wagte sie nichts zu nehmen. Der Graf rührte lange in seinem Tee

„Sie haben gerade ihren Abschluss gemacht. Dies ist ihre erste Stelle?“ sagte Herr von Reebow und nahm sich vom Gebäck.

„Ich habe meinen Schwerpunkt auf archäologisches Kulturgut gelegt“, antwortete Lea so fest, wie es ihr möglich war. Der Graf nickte und betonte:

„Dieser Zweig wäre auch für mich der interessanteste. Ich besitze nämlich eine nicht unbedeutende Privatsammlung archäologischer Fundstücke aus dem Raum Mecklenburg-Vorpommern. Sicherlich gehören solcherlei Dinge eher in ein Museum, aber ich möchte diese Sammlung, die mein Urgroßvater aufgrund eigener jahrelanger Forschungsarbeiten aufgebaut hat, nicht aus dem Familienbesitz nehmen. Vielleicht entscheide ich mich, die Sachen nach der Restaurierung in einem kleinen Privatmuseum im Schloss auszustellen. Dabei werden sie, Frau Bohm, mir sicher helfen wollen.“ Lea nickte.

„Wo werden die Sachen aufbewahrt?“ fragte Lea, nachdem sie ihre Tasse geleert und zittrig, aber ohne sie zu beschädigen, wieder abgestellt hatte.

„Die Sammlung befand sich jahrelang in Kisten verpackt in einem der Kellerräume des Schlosses. Wir haben sie vor einigen Tagen in die leerstehenden Remisen der Nebengebäude bringen lassen. Dort wird auch ihre Werkstatt eingerichtet.“ Lea durchzuckte ein Schreck, als sie den bisherigen Aufbewahrungsort der Fundstücke erfuhr. Die Sachen waren bestimmt zu hoher Feuchtigkeit ausgesetzt und sicher in einem bedauernswerten Zustand. Sie begann auf einmal daran zu zweifeln, ob die drei Monate ausreichen würden, die ganze Sammlung wieder herzurichten. Aber sie musste erst einmal abwarten, um wieviele Stücke es sich überhaupt handelte. Am liebsten wäre sie auf der Stelle aufgestanden und hätte alle Kisten geöffnet, um zu sehen, was sie erwartete. Der Graf wollte ihr Tee nachgießen, aber Lea lehnte dankend ab. Gerne hätte sie noch von dem guten Tee genommen, aber die Handhabe mit dem dünnen Geschirr trieb ihr jedes Mal den Schweiß auf die Stirn, und sie kam sich dabei vor, als sei dies der erste Test ihrer Geschicklichkeit.

3

Noch mit dem Geschmack des kräftigen Tees im Mund, lief Lea hinter dem Grafen über den Schlosshof, der rechts von einem Seitenflügel des Hauptgebäudes und links von der Remise mit vier großen gerundeten Portalen aus dunklem Holz eingerahmt wurde. Die Pflasterung des Schlosshofs war in keiner guten Verfassung. An manchen Stellen hatte sich der darunter liegende Boden deutlich abgesenkt. In den Mulden hatte sich das Regenwasser als kleine blaue Spiegel gesammelt. Lea war so damit beschäftigt, ihnen auszuweichen, dass sie die Gebäude kaum von außen studieren konnte. Es war ihr unmöglich, den Blick vom Boden länger als ein paar Sekunden zu erheben, da der Schlossherr einen ziemlich beherzten Schritt an den Tag legte. Aber auch er lief, durch die Pfützen behindert, nicht den direkten Weg zum vierten Tor, das am anderen Ende des Innenhofes lag. Dahinter erstreckte sich der satte, grüne, englische Park.

Zwischen einer Gruppe Trauerweiden lag der Schimmer eines ruhig liegenden Sees. Weiter weg wuchs eine Reihe hoher Pappeln. Ihr Rauschen erinnerte Lea an das Brausen einer Meeresbrandung. Leider war das Meer aber noch mindestens 50 km von hier entfernt. Lea freute sich bei diesen Aussichten erneut auf ihre Freizeit, die sie hier an diesem romantischen Ort sicher sehr genießen würde. Doch zunächst sollte sie von ihrem Chef den zukünftigen Arbeitsplatz gezeigt bekommen. Vor dem großen hölzernen Portal nahm Herr von Reebow einen eisernen Reifen hervor, an dem viele große und kleinere Schlüssel hingen. Viele davon waren so verrostet, dass Lea beinahe vorgeschlagen hätte, auch diese zu restaurieren. Sie sagte aber nichts, sondern verharrte in gespannter Erwartung, welches Geheimnis das schwere Portal verbarg. Herr von Reebow musste nacheinander acht der Schlüssel, von denen jeder aufgrund seiner Verzierungen schon selbst ein kleines Kunstwerk war, ausprobieren, ehe sich das Tor knarrend öffnen ließ. Den dazugehörigen Schlüssel entnahm er sogleich dem eisernen Ring und gab ihn Lea.

„Hier, nehmen sie ihn gleich an sich, dass wir nicht erneut suchen müssen. Außerdem werden sie ihn täglich brauchen, um an ihren Arbeitsplatz gelangen zu können.

Im Innern der Remise war es dunkel. Leas Augen brauchten eine ganze Weile, bis aus den Schemen erkennbare Umrisse wurden. Über ihr erhob sich weit oben dunkles Gebälk. Feine Lichtspalten waren zwischen den einzelnen Ziegeln zu erkennen. Der Boden war aus festgestampftem Lehm. Rechts standen zwischen massiven Eichensäulen, die die Dachkonstruktionen trugen, zwei alte Kutschen aus dem siebzehnten Jahrhundert, wie Lea folgerte. Eine davon war auf Kufen gesetzt. Damit sind die hohen Herrschaften also früher im Winter ausgefahren. Die Scheiben waren blind vor Staub und Spinnenweben. Man konnte nicht ins Innere gucken. Es hatte sich schon lange niemand mehr um diese Dinge gekümmert. Das war deutlich erkennbar. Ein leises Schauern überkam Lea bei dem Gedanken, hier immer alleine arbeiten zu müssen. Die Dunkelheit und die durch die vielen hier gelagerten Gegenstände undurchdringlichen Ecken flößten ihr ein gewisses Unbehagen ein. Es roch nach der bitteren Süße vergehenden Holzes und nach dem Lehmstaub, den sie beim Laufen vom Boden aufwirbelten. Der Graf ging nach rechts zu einer Wand aus hohen Brettern. Lea erkannte, dass sich darin eine schmale Tür mit einem Vorhängeschloss befand. Verbarg sich dahinter etwa noch ein abgeschlossener Raum? Herr von Reebow fummelte an dem Vorhängeschloss herum, das nicht abgeschlossen zu sein schien, denn nach ein paar Rucken hatte er das verrostete Eisen aufbekommen. Bevor er die Tür öffnete, wandte er sich zu Lea um: „Ich werde mich darum kümmern, dass das Schloss ausgewechselt wird.“

Dann traten sie in einen langen schmalen Raum ein. Hier war es heller, da durch vier in einer Reihe angeordnete hohe Sprossenfenster das Tageslicht hereindrang. Sie befanden sich in der Außenwand in Richtung des Parks. Die Fenster hatten Vorhänge aus Spinnenweben, und brauner Staub tönte das hereinfallende Licht ab. Die Wand war unverputzt und zeigte wie von außen die hochgemauerten roten Klinkersteine. Irgendwann hatte jemand mit einer Bretterwand diesen Raum als Werkstatt abgegrenzt. Überall lagen alte Bretter und Holzreste, Steine und Ziegel, irgendwelche Fragmente von nie reparierten Gegenständen. Hinter einem Wall aus Gerümpel konnte Lea jedoch eine lange Werkbank erkennen, die sich vor den Fenstern an der Wand entlang zog.

Sogar eine Decke aus Brettern war eingezogen worden. Eine nackte Glühbirne hing durch ein kleines Loch herab. Lea hörte den Wind über sich im Gebälk knacken. Der Graf sah sich um und kratzte sich verlegen am Ohr.

„Es muss hier natürlich noch Ordnung gemacht werden. Ich denke, dass sie morgen früh gleich damit anfangen werden. Sehen sie sich doch jetzt schon mal ganz in Ruhe um und überlegen, was sie noch als Einrichtung gebrauchen könnten. Machen sie mir dann eine Liste, und ich werde Dr. Stein beauftragen, dass er alles besorgt, was ihnen dann noch fehlt. Zunächst werde ich aber Agnes beauftragen, dass sie ihnen ihr Zimmer zeigt, damit sie sich umziehen können. Ihr schönes weizengelbes Kleid soll schließlich nicht unter dem Staub hier leiden.“ Damit wandte er sich dem Ausgang zu, und sie liefen beide zum Hauptgebäude zurück. Als sie zur Terrasse kamen, war der Verwalter verschwunden. Lea folgte dem Grafen ins Haus. An der Wand neben der Tür zu dem Zimmer war eine Sprechanlage eingebaut. Von Reebow drückte einen Knopf und sprach hinein:

„Agnes, bitte kommen sie in den Salon und holen sie Frau Bohm zu einem Rundgang durch das Haus ab.“ Am anderen Ende erklang nur ein Knacken in der Leitung. Dann herrschte Funkstille. Lea wäre es lieber gewesen, wenn sie vom Grafen selbst geführt worden wäre. Als sie zusammen im Salon auf die Hausangestellte warteten, fiel Leas Blick wie magisch angezogen auf das Portrait über dem Kamin. Max von Reebow war hinter Lea getreten. Er hatte ihr Interesse für das Bild bemerkt:

„Dies ist mein Ahnherr Magnus von Reebow. Er lebte von 1850-1923 und trug die Sammlung zusammen, die sie restaurieren werden. Seinerzeit war er ein begnadeter Altertumsforscher. Seine vorbildlich geführten Inventarbücher werde ich ihnen selbstverständlich bei Gelegenheit auch noch zeigen.“ Sie blickten beide für einen kurzen Moment stumm auf das Bild. Lea fühlte, wie sich der Blick dieses Mannes auf der Leinwand für immer in ihr Gedächtnis brannte. Sie wunderte sich aber darüber, dass im schnörkeligen Rahmen die Initialen M.v.M. eingraviert waren. Aber das hatte vielleicht nichts zu sagen, wenn der Rahmen vorher vielleicht um ein anderes Bild gearbeitet gewesen war.

Die eigenartige Stimmung, die sich zusammen mit dem langsam immer schräger werdenden Licht von draußen auf den Raum legte, wurde durch die Anwesenheit von

Agnes empfindlich gestört. Lea hatte sie nicht kommen hören. Sie musste sich regelrecht angeschlichen haben, denn plötzlich, als Lea sich zu Herrn von Reebow umgedreht hatte, stand Agnes im Türrahmen und sah sie mit kalten, blauen Augen an. Lea war Agnes' Anwesenheit unangenehm, und verlegen wandte sie sich dem Grafen zu, weil sie fürchtete, man könne ihr die Abneigung gegenüber Agnes anmerken.

„Wann ist denn das Schloss erbaut worden?“ wandte sich Lea an ihren Arbeitgeber.

„In den Urkunden ist der Vorgängerbau einer Wasserburg von 1120 erwähnt. Den Zustand der Gebäude, wie wir ihn heute vorfinden, stammt aber erst aus dem Jahre 1696. Meine Vorfahren sind 1945 aus Mecklenburg-Vorpommern hierher geflüchtet, da die kommunistische Regierung die Adligen verfolgte. Das Schloss ist also erst in diesen Jahren in den Besitz unserer Familie übergegangen. Vorher war es im Besitz irgendeines Geschlechts hier aus der Gegend. Diese Familie ist leider ausgestorben, und meine Familie konnte das Schloss glücklicherweise übernehmen. So, nun haben sie sicher erst einmal genug Informationen, über die sie nachdenken können. Denken sie nach dem Rundgang aber bitte auch daran, die Einkaufsliste anzufangen. Wir sehen uns morgen früh um 7 Uhr zum Frühstück, Frau Bohm. Haben sie eine angenehme erste Nacht auf Schloss Moorburg. Ich werde mich jetzt in die Bibliothek zurückziehen.“ Den letzten Satz hatte der Graf mehr an Agnes gerichtet, als dass er Lea noch weiter beachtet hätte.

Schnellen und entschlossenen Schrittes ging der Graf durch den Salon in die Halle. Dort hörte Lea, wie die Stufen der gewaltigen Holztreppe unter seinen Schritten krachten. Irgendwie hatte Lea den Eindruck gewonnen, dass der Graf ihrer überdrüssig geworden war. Hatte sie etwas Falsches gesagt? Sicher war sie wieder einmal zu empfindlich. Warum sollte er auch unbedingt seinen ganzen Sonntagnachmittag ausgerechnet mit ihr verbringen wollen? Das waren ihre ersten Stunden auf Moorburg. Sicher würden sich bald alle an Leas Anwesenheit gewöhnt haben. Bei diesem Gedanken sah Lea noch einmal in die kalten Augen von Agnes und war sich darüber plötzlich gar nicht mehr so sicher.

4

Der Mond schien zum Fenster herein und bedeckte alle Farben mit einem silbergrauen Firnis. Lea lag noch immer wach. Sie lauschte auf die eigenartigen Geräusche in dem fremden Haus mit seinen langen Zimmerfluchten, den Korridoren, die voll mit Ahnenbildnissen der von Moorburgs hingen. Lea vermutete, dass dies der Name des inzwischen ausgestorbenen Adelsgeschlechtes war, von dem Herr von Reebow gesprochen hatte. Ferner gab es unzählige Jagdtrophäen, Kamine, Festssäle, geheime Winkel und Treppchen. Dies erschien Lea in der nächtlichen Einsamkeit mehr als unheimlich. Bis unters Dach des Schlossgebäudes war sie von Agnes mürrisch geführt worden. Das Einzige, was sie nicht sehen durfte, war die Bibliothek, da „der Herr nicht gestört werden darf". Lea wusste nur, dass sie oben auf dem Stockwerk mit der hölzernen Galerie, rechts am Gangende, zu finden war.

Ihr eigenes Zimmer befand sich in einer kleinen Bedienstetenwohnung im Seitenflügel, oben unterm Dach. Hier hatte sie ein kleines Wohn- und Arbeitszimmer, eine Küche mit anschließendem Bad. Alles war sehr schlicht und nicht besonders gut renoviert. Jemand hatte in Eile die Zimmer hergerichtet. Aber Lea fand, dass man sich mit der Zeit ganz behaglich einrichten könnte. Agnes wohnte zum Glück nicht hier. Danach hatte sie Lea nach dem Rundgang vorsichtig gefragt. Agnes wohnte bei ihren Eltern im zehn Kilometer entfernten Brookshafen. Lea war mit dem Bus auf dem Weg hierher dort durchgefahren. Ein paar kleine Bauernhäuser auf ihren Wurten, dazwischen auch prachtvolle Exemplare, zogen sich links und rechts der Dorfstraße entlang. Zwei, drei kleine Geschäfte gab es, ansonsten Ställe und Weiden.

Lea drehte sich wieder schlaflos auf die andere Seite. Hatte sie noch etwas vergessen zu notieren? In Gedanken ging sie immer wieder die Liste der benötigten Chemikalien und Geräte durch. Strom und Wasseranschluss hatte sie beruhigenderweise gefunden, sogar zwei große Waschbecken waren funktionstüchtig. Morgen müsste sie wohl als erstes das ganze Gerümpel rausschmeißen. Es waren darunter auch hölzerne

Kästen, von denen ein eigenartiger Geruch ausging, und eine auffällige Anzahl kleiner rechteckiger Rähmchen. Es ärgerte sie ein wenig, dass man wirklich alles ihr allein überließ. Die Zeit zum Aufbau der Werkstatt hatte der Graf hoffentlich miteingeplant.

Ein Käuzchen rief vom Pappelufer her. Wind rauschte in Wellen über die Baumkronen und ließ sie im silbrigen Mondlicht funkeln wie aus Schaum. Lea war aus dem Bett aufgestanden und an das viereckige Sprossenfenster der Gaube getreten. Sie konnte von hier auf das Hauptgebäude des Schlosses sehen. Alle Fenster starrten zu ihr als schwarze Höhlen zurück. Lea fühlte sich plötzlich einsam und verlassen. Sie kam sich vor wie auf einem verwaisten Schiff, das ziellos durch die See dümpelte. Ein Fahrrad, schoss es ihr durch den Kopf. Sie brauchte unbedingt ein Fahrrad, damit sie wenigstens ab und zu dieses riesige leere Schiff verlassen könnte.

Gerade, als Lea wieder ins Bett zurücksteigen wollte, machte sie bei dem Remisentor, hinter dem sich auch die Werkstatt befand, eine unerwartete Bewegung aus. Eher beklemmend klang für Lea in diesem Moment das hohle Klagen des Kauzes. Sie starrte wie gebannt auf die Ecke der Remise, an die sich der Schattenriss einer menschlichen Gestalt mit ganzem Körper gepresst hielt, offenbar, um nicht entdeckt zu werden. Langsam tastete sie sich um die Ecke zum Tor. Lea strengte ihre müden Augen an, um die Gestalt besser erkennen zu können. Von der Statur her konnte es sich nur um einen Mann handeln. Wer aber war das, der hier sichtlich bemüht war, bei seinem Treiben nicht entdeckt zu werden? In Leas Herz arbeitete ein rasend gewordener Specht. Jetzt machte die Figur am Tor Anstalten, sich zu Leas Fenster umzudrehen. Eiskalte Angst stieg in Lea empor. Was, wenn die Gestalt sie am Fenster entdeckte? Dennoch blieb sie dort stehen. Im Mondschein war es vielleicht möglich, irgendein Merkmal der unheimlichen Person zu erkennen. Leas Augen begannen vor Anstrengung zu tränen. Sie wischte sich mit den Handrücken schnell darüber. Die Gestalt unten am Tor drehte sich in ihre Richtung und starrte zum Fenster nach oben. Eine Wolke zog vor den Mond und verdunkelte augenblicklich die Szenerie. Lea wich erschrocken zurück und duckte sich unter das Fenster. Minutenlang hörte sie sich selbst keuchen und ihr Herz vor Aufregung schlagen. Sie lauschte angestrengt in die nächtliche Stille, aber immer, wenn sie glaubte, etwas Eigenartiges zu hören, rauschte der Wind in den Bäumen und überdeckte alles Widernatürliche. Vom Stehen auf den alten, nackten Holzdielen hatte Lea eiskalte Füße bekommen, doch das störte sie im Moment wenig. Langsam wagte sie es, wieder zum Hof hinunter zu schauen. Vor den Mond hatte sich ein Wolkenschleier geschoben. Lea konnte nur noch schwer die Schemen der Gebäude erkennen. Von der Gestalt jedoch war jede Spur verschwunden. Nach langen Minuten des Wartens gab Lea schließlich auf. Sie war zu feige, nach unten zu gehen und selbst nachzusehen. Langsam wich die Erregung einer bleiernen Müdigkeit, und sie steckte ihre eisgekühlten Füße unter die Zudecke. Sie überlegte sogar, ob sie sich das alles nur eingebildet hatte. Nein, das konnte nicht sein. Die junge Restauratorin legte sich auf die Seite und winkelte ihre Beine, so weit es ging, nach oben an, um die vor Kälte tauben Füße wieder erwärmen zu können. Es war totenstill geworden. Als sogar die leichten Windböen ausblieben, war sie endlich eingeschlafen.

5

Aus dem Speisezimmer, links neben der Einganshalle, drang das hohe Gelächter einer Frau, als Lea um 7 Uhr von einem fremden hageren Mann das Portal des Hauptgebäudes geöffnet bekam. Sie stand in der dunklen Halle und sog den Duft des alten Holzes ein. Der schmächtige Mann reichte Lea seine knochige Hand und stellte sich mit sehr angenehm ruhiger Stimme als Harm Karlsson und als Bediensteter des Grafen vor. Das Gesicht des etwa fünfzigjährigen Mannes trug die verhärmten Züge eines harten Lebens, und Lea empfand für diesen Menschen von der ersten Minute an Sympathie. Die blaugrauen Augen von Harm Karlsson spiegelten zusammen mit einer Spur von vergeblich unterdrückter Trauer eine ernsthafte Charakterstärke wider, zu der die neue Mitbewohnerin von Schloss Moorburg sofort ein tiefes Vertrauen fasste. Der Bedienstete des Grafen bat darum, mit Harm angesprochen zu werden. Er führte Lea in den Frühstücksraum, aus dem wieder das eigenartige Lachen einer Frau drang, welches sofort verstummte, als sie den Raum betraten. Lea sah in Agnes' versteinertes Gesicht. Sie war gerade dabei, mit einem anderen jungen Mädchen, das ihr frappierend ähnlich sah, einen Teewagen zu entladen. Schnell ließ Lea ihren Blick in dem Raum umherwandern. Ein langer Tisch stand in seiner Mitte. Dunkle Stühle mit hohen Lehnen reihten sich darum. An der Wand gegenüber der Fensterwand stand eine alte Vitrine, in der das feine chinesische Teeservice hinter gelblichem Glas aufbewahrt wurde. Lea kannte es gut, und sie war froh, dass es jetzt im Schrank eingeschlossen war. Daneben hing ein Gobelin mit einer Landschaftsdarstellung in dunklen Farben. Am Kopfende des Tisches standen Agnes und das andere Mädchen. Flüsternd stellten sie allerlei Gegenstände für das Frühstück vom Teewagen auf den Tisch. Die untere Hälfte des Tisches war leer, deshalb ging die junge Restauratorin schüchtern zu dem Gedeck, das am Kopfende von Agnes gerade vorbereitet wurde.

Lea drehte sich zur Tür um und bemerkte bedauernd, dass Harm bereits gegangen war. Die Haushälterin sagte monoton:

„Der Herr Graf sitzt immer hier am Kopfende des Tisches. Sie können sich daneben setzen. Er wird gleich kommen, um ihnen Anweisungen zu geben."

Danach rollte Agnes mit ihrer Schwester, wie Lea aufgrund frappierender Ähnlichkeiten der Physiognomie vermutete, blicklos den Teewagen aus der Tür hinter dem Platz des Grafen, und Lea war erleichtert, dass beide verschwunden waren. Ihr Gekicher konnte sie hinter der Tür jedoch noch deutlich hören. Sie versuchte es, nicht auf sich zu beziehen. Verschlafen sah Lea aus dem gegenüberliegenden Fenster hinaus auf den Hof zu den Remisentoren. Helle Sonne leuchtete aus einem freundlichen blauen Himmel. Die Begebenheiten der letzten Nacht kamen ihr nun wie ein Traumgespinst vor, und doch wusste sie, dass sie sich nichts eingebildet hatte.

Lea war so in Gedanken versunken, dass sie das Eintreten von Max von Reebow nicht bemerkt hatte. Erst als dieser sich an seinen Platz gesetzt hatte und sie ansprach, wachte sie aus ihren Gedanken um den geheimnisvollen Schatten der letzten Nacht auf.

„Ich hoffe, dass sie eine ruhige und erholsame Nacht verbracht haben auf Moorburg", sagte der Graf von der Seite, während er sich Tee aus der silbernen Kanne in seine Tasse goss. Er zeigte auf die Kanne und fragte: „Wollen sie auch davon oder lieber Kaffee?" Lea reagierte eine Idee zu langsam, und der Graf beantwortete seine Frage daraufhin selbst:

„Sehr gut scheinen sie sich nicht erholt zu haben. Fühlen sie sich in ihrer Unterkunft etwa nicht wohl?". Er sah Lea forschend von der Seite an. Lea rang innerlich damit, ihm die Wahrheit zu erzählen, aber sie würde sich hinterher wie ein hysterisches Weib vorkommen, das sich in der Nacht vor Angst in der Einsamkeit sonst was einbildet.

„Nein, nein", antwortete sie schnell, „Ich fühle mich hier sehr wohl. Es ist nur noch alles etwas neu für mich". Dann legte sie einen Zettel auf den Tisch neben ihren Teller, um von ihrer Unausgeschlafenheit abzulenken.

„Ich habe eine vorläufige Besorgungsliste erstellt. Eine endgültige kann ich allerdings erst anfertigen, wenn ich gesehen habe, um welche Gegenstände es sich genau handelt. Denn jedes Material benötigt seine spezifischen Behandlungsmethoden und die dazu notwendigen Mittel". Der Graf nahm einen Schluck aus seiner Tasse und nickte dann verständnisvoll.

„Möchten sie vielleicht doch lieber einen starken Kaffee?" fragte er sie mit einem, wie Lea empfand, mitleidigen Blick. Sie ärgerte sich sehr darüber, am ersten Arbeitstag einen solch kraftlosen Eindruck zu machen, und bestand auf Tee.

Lea konnte sich kaum beherrschen, als sie nach dem Frühstück, nachdem der Graf zu einem Termin nach Hamburg aufgebrochen war, zusammen mit dem Verwalter vor dem Remisentor stand und dieser umständlich mit dem Schloss zu hantieren begann. Äußerlich sah man dem Tor und dem Schloss nichts an, das auf einen Einbruch hindeutete. Vielleicht wollte auch niemand hier einbrechen. Lea fröstelte bei dem Gedanken an die unheimliche dunkle Gestalt, die sich hier in der letzten Nacht herumgetrieben hatte. Unsicher beobachtete sie den jungen Mann, der verbissen mit dem verrosteten Türriegel kämpfte. Seine kurzen, blonden Haare, die während des Frühstücks noch als ordentlicher Seitenscheitel gekämmt waren, standen an der Stirn von der Anstrengung etwas lebendiger ab. Sein ernstes Gesicht zeigte eine leichte Röte. Lea wagte nicht zu fragen, ob sie helfen sollte. Womöglich hätte Dr. Stein das als Anmaßung empfunden. Aber dadurch, dass sie so tatenlos neben ihm stand, kam sie sich auch ein wenig unhöflich vor. Beide atmeten erleichtert auf, als der Riegel endlich nachgab und sich das Tor öffnen ließ. Lea überkam in der Dunkelheit des hohen Raumes eine leichte Gänsehaut, und das nicht nur von der plötzlichen Kühle, die vom lehmigen Boden aufstieg. Das Tor ließen sie weit geöffnet, damit genügend Licht ins Dunkel fiel. Die kleine Werkstatt schien ebenfalls unverändert. Nein. Das stimmte nicht ganz. Wie ein Schock durchfuhr es Lea: Die seltsamen rechteckigen Rahmen, die in einer Ecke gelehnt hatten, waren verschwunden.

„Heute Nacht war wirklich jemand hier in der Remise“ entwich es Lea unweigerlich, zwar nur im Flüsterton, aber doch laut genug, dass es Dr. Stein gehört hatte. Seine blauen Augen waren vor Verwunderung kreisrund geworden und glänzten wie Glasperlen, als er sich zu ihr umdrehte.

„Wer soll denn hier gewesen sein?“ fragte er milde lächelnd. Seine Augen waren wieder in ihre normale Form zurückgeglitten.

„Ich habe gestern Nacht jemanden am Remisentor gesehen“, entgegnete sie ihm mit fester Stimme.

„Sie sollen doch nachts schlafen und nicht hier herumgeistern. Ich kann mir kaum vorstellen, dass jemand freiwillig in diese verlassene Gegend reist, und das auch noch nachts.“

„Es geistert hier anscheinend noch jemand anderes herum. Die kleinen Rahmen, die gestern noch hier zuhauf standen, sie sind alle weg.“ Lea zeigte in die Ecke, in der sie gestern noch gestanden hatten und die ihnen jetzt leer entgegengähnte. Sehr kurz richtete Dr. Stein seinen Blick dorthin, dann drehte er sich abrupt zu der jungen Frau um, die knapp hinter ihm stand. Sein Gesicht war sehr ernst und auf der Stirn entdeckte Lea die feinen Wölbungen kleiner Ärgerfalten.

„Also ich kann keine Veränderungen feststellen. Außerdem war das Schloss der Remisentür unbeschädigt. Es gibt also keinen Grund, Panik zu verbreiten. Wenn sie solche Geschichten erzählen, läuft dem Herrn Grafen vermutlich noch das Personal weg. Ich an ihrer Stelle würde ihre schlechten Träumereien lieber für mich behalten, bevor sie nicht eindeutigere Beweise für ihre Verdächtigungen haben. Ich kann mir ja vorstellen, dass sie diese einsame Gegend verunsichert, aber doch bitte nicht schon am zweiten Tag.“ Kopfschüttelnd drehte er an dem Lichtschalter neben der Tür. Eine funzelige Glühbirne verbreitete ihren matten Schein und erreichte kaum die alte Werkbank an den Fenstern.

„Ich sehe selbst, dass sie noch eine andere Lichtquelle benötigen. Ich werde mich darum kümmern“. Damit schien für Dr. Stein das Thema beendet. Er sagte Lea, dass er ihr jemanden zur Hilfe schicken würde, damit die Werkstatt entrümpelt werden konnte. Leas Liste mit dem nötigen Werkstattzubehör nahm er an sich. Ich werde mich inzwischen auch um die Besorgung dieser Sachen kümmern. Hier schritt Lea energisch ein. Sich nochmals wie ein kleines Kind behandeln lassen wollte sie nicht.

„Beim Einkauf dieser Spezialwerkzeuge muss ich dabei sein. Ich muss schließlich sichten, welche Geräte für meine Zwecke geeignet sind“. Dr. Steins Augen waren abermals zu Murmeln geworden. Dann sah er auf die Liste und sagte: „Ich kenne mich zwar mit Werkzeug gut aus, aber wenn sie darauf bestehen, werden sie das eben erledigen“.

„Vorher sollte ich aber die Möglichkeit haben, die Objekte wenigstens kurz durchsehen zu können. Danach richtet sich dann auch die Anschaffung der Geräte“. Lea hatte in einem sehr geschäftlich bestimmten Ton gesprochen, und sie kam sich sehr professionell dabei vor. Dr. Stein schien überzeugt, denn er nickte nur kurz und bedeutete ihr mitzukommen. Sie liefen in den Vorraum mit den alten Kutschen zurück. Hier stapelten sich drei größere und zwei kleine Kisten mit den Objekten. Dr. Stein deutete mit der Hand darauf und sagte

„Bitte, sehen Sie alles in Ruhe durch. Ich werde mich um Weiteres kümmern.“ Damit ließ er sie allein. Lea war froh, dass er nun endlich gegangen war. Mit diesem steifen Wichtigtuer wollte Lea lieber nicht so viel zu tun haben. Dass sich dieser feine Pinkel in seinem teuren Zwirn ausgerechnet mit Werkzeug auskennen wollte, wagte sie ernsthaft zu bezweifeln, und verächtlich über seine maßlose Selbstüberschätzung blies sie sich eine von dem langen Zopf gelöste Haarsträhne aus dem Gesicht. Wahrscheinlich war er es sogar selber, der nachts die Rahmen weggenommen hatte. Aber was sollte so ein Bürokrat mit kleinen Holzrahmen anfangen? Lea versuchte über den Schattenmann nicht mehr nachzudenken. Sie war schließlich hier, um antike Objekte zu restaurieren, und nicht, um Detektivin zu spielen. Was aber, wenn der nächtliche Besucher es auf die Objekte abgesehen hatte? Lea nahm sich vor, den Grafen dazu zu bringen, die Tür noch mit einem weitern Schloss sichern zu lassen. Sie stand einen Moment mit verschränkten Armen vor den Kästen. Als einzige Lichtquelle fiel das Tageslicht durch das hohe offengelassene Portal herein. Sie lauschte, bis sie die Schritte Dr. Steins auf dem nassen Sand des fragmentarischen Pflasters nicht mehr hören konnte. Es war ein wenig unheimlich in dem hohen, düsteren Raum. Lea versuchte nicht zu den prächtigen schwarzen Kutschen zu sehen, sondern sich nur auf die Objektkisten zu konzentrieren. Sie hob eine der kleineren Kisten von einer großen herunter und nahm den Deckel ab.

Darin lagen in Zeitungspapier gewickelt kleine Eisenfragmente, die schon mächtig Rost angesetzt hatten. Die Krümel der Korrosion rieselten ihr beim Auswickeln eines kleinen, sichelartig gebogenen Messerchens entgegen. Lea vermied es, das feine Objekt weiter auszupacken, denn sie wollte nicht, dass sich noch mehr Eisenteile von der Oberfläche lösten. Stattdessen wagte sie einen vorsichtigen Blick in die anderen Kisten. Stundenlang wickelte Lea aus und wieder ein. Dass es plötzlich Mittag geworden war, spürte Lea erst, als ihr Magen fürchterlich vor Hunger biss, aber da hatte sie endlich alles durchgesehen. Vor allem Metallobjekte hatte Lea zählen können. Einige Keramikscherben und fragmentierte vorgeschichtliche Keramik in Form von Urnen und kleineren Vorratsgefäßen waren auch dabei. Alle Scherben trugen einen Überzug aus einer feinen Pilzschicht. Viel zu feucht wurden diese Kulturobjekte aufbewahrt. Ganz schlimm sah dieser Umstand für die Eisenobjekte aus. Kaum eines war ohne schwerere Korrosionsschäden. Am meisten freute sie sich auf die Restaurierung einer eisenzeitlichen Schwertklinge. Sie lag in fünf Einzelteilen vor, aber daraus ließ sie sich gewiss wieder rekonstruieren. Eine kleine Bronzefigur gefiel Lea besonders gut. Sie war nur fast so groß wie einer von Leas Fingern, aber das kleine Gesicht hatte es ihr angetan. Die runden Augen hatten sie angesehen, als ob sie lebten. Leider fehlten dieser Figur die Beine, aber vielleicht tauchten sie noch irgendwo auf. Schmuck und Fibeln aus Bronze waren die feinsten Objekte. Gold und Silber schienen nicht dabei zu sein. Die schwierigsten Anforderungen würden die Eisenobjekte stellen. Aber auf diesem Gebiet war sie während ihrer Aushilfstätigkeiten im Landesmuseum von dem großartigen Matthias Petersen bestens ausgebildet worden. Lea war erleichtert. Mit den Objekten würde sie mittels einer einigermaßen guten Ausrüstung blendend fertig werden. Mit den Bewohnern würde das sicher schwieriger werden, dachte Lea, als sie auf den Hof getreten war und erkannte, dass ihr Dr. Stein mit großen Schritten entgegen kam. Er fuchtelte schon von weitem mit einem Zettel. Als sie sich in der Mitte des Hofes trafen, sagte er atemlos, dass er mit ihr nach dem Mittagessen, zu dem sie vom Graf eingeladen war, zum Einkaufen nach Hamburg fahren würde. Lea nickte. Sie hatte großen Hunger und wanderte mit Dr. Stein zum Essen ins Schloss.

6

Die Stechmücke war durch das offene Küchenfenster hereingekommen. Das Licht der Glühbirne über dem kleinen viereckigen Tisch hatte sie angelockt. Lea verfolgte den kleinen, unruhig an der Tapete wandernden Punkt und schlug endlich mit dem Geschirrtuch zu. Das kleine Insekt war ihr entwischt. Schnell schloss Lea die Tür zum Schlafzimmer und ging in ihre kleine Küche zurück. Endlich hatte die junge Restauratorin alle Lebensmittel in dem kleinen Schrank über der Spüle und im Kühlschrank verstaut. Ab jetzt brauchte sie nicht mehr beim Essen in das säuerliche Gesicht von Agnes zu sehen. Es war spät geworden an diesem arbeitsreichen Tag. Die Uhr auf ihrem Handydisplay zeigte 21:20 Uhr an. Matthias hatte nicht mehr angerufen wegen des Handschleifgerätes. Lea hatte schließlich telefonisch bei einer Dentalfirma eines bestellt, von dem sie glaubte, dass es für ihre Zwecke ausreichen würde. Gerne hätte sie vorher noch Matthias' Urteil darüber gehört. Sie hatte sich mehrmals an diesem Tag seine Anwesenheit gewünscht. Er aber befand sich auf einer Fachtagung in Schleswig und hielt einen Vortrag über seine neuesten Kenntnisse bei der Anwendung von Polyethylenglykol in der Nassfaserkonservierung. Wahrscheinlich stritten die Kollegen noch immer über die Vorzüge der Zuckerkonservierung und die der Konservierung mit Polyethylenglykol. Lea war enttäuscht, dass Matthias sie so einfach vergessen hatte. Er wollte doch zurückrufen. Ansonsten war sie mit dem Einkauf soweit zufrieden. Ein paar wenige Chemikalien würden per Lieferung in den nächsten Tagen im Schloss für sie eintreffen.

Während das Teewasser auf der einen der beiden Kochplatten in dem kleinen Kessel anfing zu brausen, nahm sie abermals das Handy und stellte noch immer keine eingetroffene Nachricht fest. Das Fenster! Lea ärgerte sich über ihre Nachlässigkeit. Wahrscheinlich saßen nun schon zehn bis zwanzig blutrünstige Gäste hinter dem Küchenschrank und warteten darauf, dass Lea endlich schlafen ging und sie sich mit ihrem elenden Gesumm über sie hermachen konnten. Sie schloss das Fenster. Ihr Blick wanderte über den dunklen Hof. Kein Schatten bewegte sich, keine Regung irgendwo.

Das Teewasser kochte. Sie nahm den Kessel und spürte, wie das heftige Sprudeln der Luftblasen im Kessel sofort nachließ, als sie den Kessel von der Kochplatte genommen hatte. Nach wenigen Sekunden zog das feine Aroma des Bergamotteöls, mit dem der Tee aromatisiert war, durch den Raum. Jetzt fühlte sich Lea etwas heimischer. Es war halb zwölf geworden, als sie sich in ihre Bettdecke kuschelte. Das hielt sie jedoch nicht lange aus, denn die Nacht war warm. Unruhig drehte sie sich im Bett herum. Ihr fiel die dunkel Gestalt wieder ein und deshalb war sie plötzlich hellwach. Lea stand auf und spähte nach draußen. Sie konnte nichts erkennen. Das Käuzchen war diesmal auch ganz still. Ihre Augen wanderten zum Hauptgebäude. Alle Fenster waren dunkel.

Gerade, als Lea wieder ins Bett zurück wollte, bemerkte sie einen feinen Lichtkegel einer Taschenlampe, der hastig über den Boden glitt. Leas Herz klopfte vor Aufregung. Der Einbrecher war wieder gekommen. Was sollte sie tun? Sie versuchte etwas zu erkennen, doch es war zu dunkel. Der Lichtschein tanzte bis zum linken Remisentor und verharrte dort. Dann hörte Lea, wie jemand an dem alten Schloss rüttelte. Sie begann zu zittern. Sie nahm das Handy zur Hand und vertippte sich dauernd vor Erregung bei der Eingabe der Pinnummer. Lange, ganz unendlich lange suchte das Handy sein Netz. Lea konnte kaum noch atmen. Als die Freigabe auf dem Display erschien, sah Lea, wie sich die Person zum Schloss zurück bewegte und darin verschwand. Ein Licht im unteren Teil des Hauptgebäudes ging an. Der Graf. Er war an der Tür gewesen und hatte überprüft, ob es richtig verschlossen war. Anscheinend hat man ihre Geschichte doch ernst genommen. Warum aber hat man sie dann wie ein unmündiges Kind behandelt und alles abgestritten? Lea legte das Handy neben ihr Kopfkissen. Sie wagte nicht, es auszuschalten.

Ihre Gedanken hielten sie noch lange wach. Kurz bevor sie in den Schlaf fiel, vernahm sie ein ihr wohlbekanntes Geräusch. Das hohe Summen kam näher. Lea lag reglos, bis sie den Lufthauch der Flügel zu spüren glaubte. Sie knipste die Stehlampe neben dem Bett an. Ohne sich viel zu bewegen, tastete sie mit den Augen die Wände ab. Nichts war zu sehen, das Summen war verstummt. Irgendwo lauerte das Scheusal und lechzte nach ihrem Blut. Lea bebte innerlich bei diesem Gedanken und bei der Aussicht auf eine weitere Nacht mit wenig Schlaf. In diesem Moment sah sie einen kleinen schwarzen Punkt auf sich zuschweben. Sie hob beide Hände und klatschte sie im richtigen Moment zusammen. Der Feind klebte platt wie eine Pressblume in der einen Hand. Als Lea im Bad die Hände wusch, dachte sie: „Mit bloßen Händen erledigt. Das ist mir noch nie gelungen."

Zufrieden ging sie wieder ins Bett. Jetzt würde sie sicher schlafen können, und als sie die Augen geschlossen hatte, sah sie, wie sie die lange Kopfweidenallee zum Schloss entlang lief. Und sie lief und lief, tief hinein in einen traumlosen Schlaf.

7

Das energische Piepsen des leeren Handys neben ihrem Kopf weckte Lea etwa eine halbe Stunde vor dem nicht weniger nachsichtslosen Piepen des Weckers. Verwirrt klopfte die junge Frau zunächst auf dem Wecker herum. Als das Piepen jedoch nicht verstummte, fiel ihr endlich das Handy ein. Sie schaltete es aus und blieb noch liegen, bis der Wecker seinen Dienst tat. Zum Frühstück brauchte sie nun nicht mehr ins Hauptgebäude. Bei dem Gedanken an Agnes war sie sehr froh darüber. Der alte Toaster, den ihr der Hausangestellte Harm Karlsson geliehen hatte, spuckte mit einem lauten Knall die zwei an den Rändern etwas geschwärzten Brotscheiben aus. Es roch heimelig nach Röstbrot und Tee. Vom geöffneten Küchenfenster her drang die noch angenehm kühle Morgenluft eines schönen Sommertages und die melodische Tonfolge des tiefen Gesanges einer Amsel. Der Gesang berührte Lea seltsam, und so verzichtete sie darauf, wie gewöhnlich das Radio einzuschalten. Den Verkehrslärm aus Hamburg gewohnt, genoss sie hier die sanfteren Töne der Natur. Während Lea das krosse Brot aß, lauschte sie den dunklen Tönen der Amsel, die in einer der alten Kastanien bei der Remise ganz in ihrer Nähe sitzen musste. Die Tonfolgen brachen wie kurz gesungene Sätze jäh ab und wurden von einer anderen Amsel in weiter Entfernung teilweise exakt wiederholt, so dass Lea den Eindruck hatte, ein Gespräch zu belauschen.

Wie sie so in die wechselnden Melodien versunken dasaß, vergaß sie fast, warum sie eigentlich hier war. Zwei andere Stimmen, menschliche, rissen die junge Restauratorin aus ihren Träumen. Die eine Stimme erkannte sie als die des Grafen. Die andere war ihr unbekannt. Es klang, als ob sie stritten. Lea stand vom Tisch auf und blickte vorsichtig nach unten in den Hof. Als sie beim Fenster war, konnte sie nur noch einen älteren Mann mit kurzen weißen Haaren sehen, der schnellen Schrittes um die Ecke des Remisengebäudes verschwand. Der Graf blieb in angespannter Haltung auf dem Hof zurück. Die Hände an den seitlich herabhängenden Armen waren zu Fäusten geballt. Einen kurzen Moment blieb er so stehen und sah dem anderen nach, dann wandte Max von Reebow seinen Blick zu Leas Küchenfenster nach oben, als hätte er bemerkt, dass er beobachtet wurde. Lea wich sofort zurück und machte sich zur Arbeit auf.

Als sie auf den Hof trat, war der Graf verschwunden. Die Tür zur Werkstatt jedoch war offen. Lea trat unsicher ein. Herr von Reebow hatte sich vor der Werkbank in Hockstellung begeben und schien verbissen nach etwas zu suchen. Lea schlurfte absichtlich laut mit den Füßen, damit ihr Chef ihr Eintreten bemerkte. Herr von Reebow stand sofort auf und drehte sich erschrocken zu Lea um. In seinen dunklen Augen blitzte Zorn.

„Ich habe sie gar nicht hereinkommen gehört“, sagte er ein wenig außer Atmen. Der Graf bemühte sich zu lächeln, aber Lea hatte seine Augen gesehen.

„Die ganzen Sachen hier werden heute noch verschwinden“, fuhr er etwas ärgerlich fort und zeigte dabei besonders auf die kleinen viereckigen Holzkästen, die so seltsam rochen. Lea kannte den Geruch von irgendwo, doch es wollte ihr nicht einfallen, woher. Sie trat näher an die seltsamen Kästen heran und versuchte zu erkennen, was das war.

„Magazinbeuten für Bienen“, hörte sie die Stimme des Grafen hinter sich. Der eigenartige Geruch stammte also von den Resten alten Bienenwachses. Lea erkannte den Duft nun sofort.

„Haben sie Bienen?“ fragte Lea interessiert.

„Ich nicht. Nein. Ich habe keine Zeit für so was, und das hier ist altes Zeug, das sofort weg muss“. Der Tonfall, in dem Max von Reebow über die alten Bienenkästen sprach, veranlasste Lea, lieber nicht weiter nachzufragen, obwohl sie gerne mehr darüber gewusst hätte. Der Graf tippt eine Nummer in sein Handy und sprach nach kurzem Warten sofort hinein. Einen Björn verlangte er mit herrscherischer Stimme. Björn war sofort zu sprechen. Der Graf veränderte seine Tonlage in ein langsames und betont deutliches Sprechen. Er wählte einfache Worte. Björn solle sofort zum Schloss kommen und beim Aufräumen helfen. Als das Telefonat beendet war, wandte sich von Reebow Lea zu und sagte, nun etwas milder gestimmt: „Bauer Tede ist Pächter meiner Ländereien, und er betreibt den kleinen Heidehof hier in der Nähe. Sein Sohn Björn ist ein kräftiger junger Mann, aber leider geistig leicht zurückgeblieben. Deshalb hat er es schwer, eine Anstellung zu finden. Er hilft für gewöhnlich seinem Vater auf dem Hof und ist dankbar für jede Arbeit, bei der er nebenbei etwas Geld verdienen kann. Daher wird er ihnen gerne helfen, den Raum hier von dem alten Plunder zu befreien. Räumen sie ruhig einfach alles nach nebenan vor die Kutschen. Nur die Bienenkästen nicht, die stellen sie bitte auf den Hof. Aber lassen sie das lieber Björn machen. Denn die Magazine sind schwer. Ist hier soweit alles beseitigt, können sie gerne den Rest des Tages freimachen. Mit dem Restaurieren werden sie ohnehin erst beginnen, wenn die Geräte und Chemikalien eingetroffen sind. Erkunden sie ein wenig die Gegend. Ein Fahrrad finden sie zwischen den Kutschen. Ich muss leider geschäftlich nach Hamburg, bin aber gegen Abend zurück. Wenn sie Fragen haben, können sie sich gerne an Herrn Karlsson wenden. Sie brauchen nur am Dienstboteneingang zu läuten.“ Er zeigte auf die schmale Tür an der Rückfront des Hautgebäudes, in der er in der letzten Nacht verschwunden war. Lea fiel diese Begebenheit erst jetzt wieder ein und wunderte sich darüber. Das konnte sie allerdings nicht lange, denn plötzlich polterte ein Fahrrad über das bucklige Pflaster im Hof. Ein junger Mann im Alter von Ende zwanzig, wie Lea schätzte, mit weißblonden, kurzen Haaren und Augenbrauen in der gleichen Farbe stieg von einem alten Fahrrad, schob es zur Remise und lehnte es an dessen Wand. Er trug schwarze Gummistiefel und eine blaue Jeanslatzhose mit einem verwaschenen weißen T-Shirt. Hose und T-Shirt hatten Flecken. Er musste direkt von einer landwirtschaftlichen Tätigkeit gekommen sein. Blonde Bartstoppeln sprossen an Wangen und Kinn. Seine finstere Mine und das Weißblond der Haare ließen den jungen Mann vorzeitig vergreist wirken. Lea riet, dass dies Björn sein musste. Sie hoffte, dass Björn nicht irgendwie seltsam wäre. So sah er jedenfalls aus. Ihr wäre die Anwesenheit des Grafes beim Räumen lieber gewesen. Aber eine solche Tätigkeit schickte sich natürlich nicht für einen Adligen. Selbst als Björn vom Grafen Lea vorgestellt wurde, verzog der junge Mann keine Mine. Er sagte auch zu den Anweisungen nichts, sondern nickte nur stumm und fing sofort wortlos an. Der Graf verabschiedete sich und ging. Lea folgte Björn unsicher in die Remise. Sie räumten wortlos die Werkstatt aus. Nach zwei Stunden war der Raum besenrein. Zuletzt trug Björn die Magazinbeuten auf den Hof. Als er sie zwischen die beiden mächtigen Kastanienstämme gestellt hatte, blieb er vor den Kästen stehen und betrachtete sie lange, dann strich er fast zärtlich über das Holz ihrer Deckel. Farbe blätterte dabei ab. Lea fasste all ihren Mut zusammen und sagte laut und deutlich, wie Herr von Reebow am Telefon mit Björn gesprochen hatte:

„Das sind Bienenkisten.“ Sie wollte irgendwas nach zwei Stunden Schweigen zu ihrem fleißigen Helfer sagen.

„Ich weiß“, antwortete Björn monoton und langsam. Er sah Lea mit seinen dunkelblauen Augen ernst an.

„Sie brauchen nicht mit mir zureden wie mit einem Idioten. Ich verstehe alles ganz genau. Der Graf hält mich für einen Idioten, bloß weil ich nicht so lange in die Schule gehen konnte.“ Lea war betroffen.

„Das wollte ich nicht. Tut mir leid“, antwortete sie schnell. Sie kratzte sich verlegen am Arm. Da hatte schon den ganzen Morgen etwas gejuckt. Sie blickte verstohlen auf die kleine rote Beule am Unterarm.

„Mistviecher“, sagte Björn und deutete mit einem Kopfnicken auf Leas Arm.

„Ja“, antwortete Lea, „ich hatte gestern vergessen, das Fenster zuzumachen, bevor ich das Licht angemacht habe.

„Wo wohnen Sie ?“, fragte Björn.

„Ich wohne in dem Nebengebäude Gegenüber.“ Sie zeigte mit dem Arm darauf.

„Dann wohnen Sie auch hier im Schloss. Komische Gegend, komische Leute. Ich helfe hier manchmal. Ich kann gut Lampen reparieren und Holz sägen und Holz hauen.“ Bei den letzten Worten huschte Björn ein kleines Lächeln über das Gesicht, und die Augenbrauen, die wie ein dünner Streifen Watte aussahen, rutschten ein kleines Stück nach oben. Lea lächelte zurück.

„Was machen sie hier?“ fragte Björn.

„Ich repariere auch. Ich werde die Kunstsammlung von Herrn von Reebow wieder schön machen. Ich hoffe zumindest, dass ich das schaffe.“ Björn strahlte nun übers ganze Gesicht.

„Reparieren macht Spaß. Vielleicht kann ich auch einmal helfen, Frau Reebow.“ Lea lachte.

„Ich heiße nicht Reebow. Ich heiße Lea Bohm. Aber sag einfach Lea zu mir.“

„Lea, Lea“, übte Björn. Er reichte Lea strahlend seine Hand und sagte: „Ich dachte Sie wären die neue Freundin des Grafen.“ Lea verneinte das und bat Björn an, auch „du“ zu ihr zu sagen. Dann fielen Lea die Bienenkästen ein, und darauf deutend fragte sie ihn, ob er wisse, wem sie gehörten.

„Sie gehören ...“, sagte Björn, aber weiter kam er nicht, denn die schrille Stimme von Agnes schallte über den Hof. Sie war unbemerkt in dem Dienstboteneingang erschienen und hatte die Arme in die Hüften gestützt. Mit leicht errötetem Gesicht starrte sie böse auf Lea und Björn. Agnes brüllte Björn an, er werde zu Hause gebraucht und solle gehen und keine langen Reden halten. Björn sah Lea unsicher an, zuckte mit den Schultern. Dann nahm er sein Fahrrad und schob es langsam zu Agnes, die ihm einen Geldschein entgegen hielt. Was Agnes Björn mit böser Mine noch dabei zuzischte, konnte Lea nicht verstehen. Björn drehte sich noch einmal mit entschuldigender Mine zu Lea um, stieg auf sein Rad und fuhr die Allee zur Straße hinaus. Agnes ging wieder nach drinnen und knallte die Tür zu.

Lea blickte zur Allee hinaus. Björn bog gerade auf die Hauptstraße nach rechts in Richtung Moorburg ab, da blieb er noch einmal stehen und drehte sich zum Schloss um. Als er Lea sah, winkte er ihr herzlich mit dem ganzen Arm zu. Lea winkte zurück. Dann suchte sie betroffen die Rückfenster des Schlosses ab, ob sie auch nicht von Agnes dabei beobachtet wurde. Gleichzeitig schalt sie sich für diesen Gedanken. War sie nicht ein freier Mensch, der nett finden konnte, wen er wollte? Björn fand sie im Gegensatz zu Agnes jedenfalls sehr nett, und es würde sich gewiss eine Arbeit finden, bei der er ihr einmal helfen könnte, so der Graf zustimmt. Bei dem Gedanken an Freiheit fiel ihr ein, dass sie den Nachmittag frei hatte. Der warme Sommerwind blies ihre von der anstrengenden Arbeit verschwitzten Klamotten trocken. Das war ein angenehmes Gefühl. Hunger stellte sich auch langsam ein. Lea ging noch einmal in ihre Werkstatt und besah sich zufrieden den leergeräumten Werktisch, der sich unter den beiden großen Sprossenfenstern entlangzog. Das große, blecherne Waschbecken war einigermaßen sauber geworden, und das Wasser schoss mittlerweile glasklar aus dem Hahn. Sie beobachtet einen Moment zufrieden, wie die tanzenden Schatten der Kastanienbäume vor den Fenstern auf die Werkbank fielen. Dabei rauschte der Sommerwind durch die Blätter. Weil sich Lea auf das Rauschen in den Bäumen konzentrierte, hatte sie das Eindringen von Agnes nicht bemerkt. Diese setzte plötzlich wortlos sehr unsanft ein großes braunes Paket neben Lea ab. Lea fuhr erschrocken zusammen. Jetzt war sie richtig wütend auf dieses ungehobelte Hausmädchen. Deshalb war sie plötzlich so mutig, danach zu fragen, warum sie vorhin so unfreundlich zu Björn und auch zu ihr gewesen war.

„Warum tun sie das?" fragte Lea und bemühte sich, in Agnes' Gesicht zu blicken. Agnes' Augen blitzten zurück.

„Ich will nicht, dass es wieder Ärger gibt", antwortete sie selbstsicher, drehte sich sofort auf dem Absatz herum und verschwand mit festen Schritten. Noch bevor Lea die Situation ganz begriffen hatte, sah sie Agnes mit einem Korb die Allee zur Bushaltestelle entlang verschwinden. Lea versuchte ihren Ärger zu vergessen, indem sie das an sie adressierte Paket zu öffnen anfing. „Express-Lieferung" stand mit großen Buchstaben darauf und der Absender eines Dentallaborbedarf-Versandtes. Lea packte fieberhaft den Handbohrer aus, die Schleifköpfe aus Diamantsplittern und Korund und den viereckigen Transformator, Bürstchen, Bohrköpfe, wie sie der Zahnarzt benutzt, und andere Feinwerkzeuge. Sie konnte es nicht abwarten, das Gerät auszuprobieren. Die Steckdose unter der Werkbank war Gott sei Dank angeschlossen. Lea ließ das Handstück des kleinen Bohrers in ihrer Hand wieder und wieder aufsummen. Den Fußregler würde sie morgen anschließen. Zufrieden legte sie das Handstück auf eine kleine Ablage aus Metall. Zufrieden sah sie aus einem der hohen Sprossenfenster. Morgen wollte sie auch die Fenster putzen. Die Aussicht auf die lange Pappelreihe am Horizont war schön. Dort wollte sie jetzt gerne sein. Nach dem Mittagessen und nachdem sie sich ein wenig frisch gemacht hätte, würde sie sich ihren Skizzenblock einpacken und zum Zeichnen auf Motivsuche gehen. Sie legte ihre Hand auf das Holz der Werkbank, genau in einen der vielen Lichtflecke, die durch die Blätterkronen fielen. Das Holz fühlte sich an dieser Stelle ganz warm an.

8

In den Pappeln rollte der Wind wie heftige Wellen am Meer. Er war warm und streifte mal sanft, mal energischer über Leas Haut. Der See, den sie in der Ferne vom Schloss aus an dieser Stelle wegen der hohen Binsen richtig vermutet hatte, erwies sich als durch die Sommertrockenheit zusammengeschrumpfter schwarzer Tümpel. Ein paar Libellen flogen an seinen Ufern Patrouille. Lea fand nichts, um sich an seinem Rand nieder zu lassen, und das schwarze unergründliche Loch war ihr auch ein wenig unheimlich. In den höheren Grasbüscheln bezirpten die Grillen die Nachmittagshitze.

Der Weg hierher zur Pappelreihe war doch weiter, als Lea angenommen hatte. Das alte klapprige Fahrrad zischen den Kutschen war ihr auf ihrem ersten Ausflug eher wie ein Hindernis vorgekommen. Jedenfalls mussten erst einmal die schlappen Reifen kräftig aufgepumpt werden, aber eine Luftpumpe hatte sie nicht finden können. Von dem weiten Fußmarsch liefen Lea die Schweißperlen an den nackten Beinen herunter. Mit den olivgrünen Bermudashorts war sie sich vorgekommen, als ginge sie auf eine Expedition. Tatsächlich hatte sie auch einen Kompass dabei. Das Schloss lag jetzt in südöstlicher Richtung von ihr, aber natürlich konnte sie von hier die gelbgestrichenen Hauswände des Hauptgebäudes noch deutlich zwischen den hohen Kastanien leuchten sehen. Lea lief weiter. Sie wollte sehen, was jenseits der Pappelmauer war.

Als sie zwischen den schlanken Stämmen der Pappeln hindurchschritt, kam es ihr so vor, als sei sie durch eine unsichtbare Wand in eine andere Welt geraten. Die Landschaft hatte sich hier plötzlich sehr verändert. Vor ihr lag die flache Ödnis eines Moores. Ein Weg aus hellen Holzbohlen schlängelte sich durch ein flaches Meer aus Moosen und Flechten. Dazwischen erhoben sich kleine Büschel aus dichten, feinen Halmen und schilfartigem Gras. Heidekraut blühe violett dazwischen, und hier und da konnte Lea kleine Stellen erkennen, an denen der nasse, schwarz glänzende Torfboden hervorbrach. Am Horizont standen niedrige Kopfweiden, und Lea hatte für Sekunden erschrocken geglaubt, es seien Menschen. Der seltsame Gesang eines Kiebitz veranlasste sie, stehen zu bleiben und die eigenartige Stimmung des einsamen Ortes auf sich wirken zu lassen. Sie versuchte den Vogel mit den Augen zu finden, doch am Boden zwischen all den kleinen Grasbüscheln schien das fast unmöglich zu sein. Rechts grenzte die Moorlandschaft an einen niedrigen Föhrenwald.

Geheimnisvoll erschien ihr plötzlich eine Reihe von kleinen Würfeln, die sich am Waldrand erstreckten. Sie beschloß, diesem Rätsel auf die Spur zu kommen, und wanderte auf dem schmalen Bohlenweg in Richtung des Waldes. Bei jedem ihrer Schritte klapperten die Brettchen, seufzte der Pflock, der im Boden im feuchten Torf steckte. Es war gefährlich, im Moor außerhalb des Bretterweges zu laufen. Lea erschauerte bei dem Gedanken an die bronzezeitlichen Moorleichen, die sie aus dem Landesmuseum kannte. Das berühmte Moorburg-Mädchen musste im 19. Jahrhundert hier irgendwo gefunden worden sein. Lea sah das Gesicht des Mädchens genau vor sich, wie sich die dunkle, lederartige Haut über die Schädelknochen spannte. Der lange Zopf aus rotblondem Haar hatte sich um ihren Hals gewunden. Ihr Mund war wie im Schmerz verzerrt. Die rechte Hand hielt sie zur Faust geballt, und der Daumen war zwischen Zeige- und Mittelfinger geklemmt. Dies war das Zeichen dafür, dass sie einst von ihrem Stamm als Ehebrecherin im Moor hingerichtet worden war.

Der Wind hatte nachgelassen, sie war bereits in den Windschatten des Waldes geraten. Lea roch den Humus. Plötzlich gewahrte sie vor dem dunklen Hintergrund des Waldes eine Gestalt in einem weißen Anzug. Diese bewegte sich so langsam, dass es manchmal so aussah, als sei sie in ihrer Bewegung erstarrt. Wie ein seltsamer Tanz, immer auf und ab, als verneige sich die Person zu einem Gebet. Lea erschauerte immer mehr. Erst kamen ihr die unheimlichen Gedanken an das Moorburg-Mädchen, in die sie sich fast zwanghaft hineinversetzten mußte, und nun lief sie anscheinend irgend einem Verrückten in die Arme, der einem bizarren Ritual zu frönen schien. In ihrer Absonderlichkeit hatte die Szenerie jedoch für Lea auch etwas unwiderstehlich Fesselndes, und so merkte sie nicht, wie sie sich aus Neugier weiter der seltsamen Erscheinung näherte. Während sie das Gebrumm als das von Bienen endlich einordnen konnte, war sie der Gestalt im weißen Anzug ins Blickfeld geraten. Die vermummte Person stand nun aufrecht in Leas Richtung gewandt und bedeutete ihr mit langsamen

Armbewegungen, zur Seite zu gehen. Lea wusste aber nicht, wo sie hintreten sollte. Der Bohlenweg führte direkt auf die Bienenkästen zu. Kleine Wolken schwarzer flirrender Punkte bewegten sich davor. Lea hatte nur die Möglichkeit, ins Moor auszuweichen. An ihrem Ohr zischten bereits ein paar neugierige Bienen vorbei. Der Mensch im weißen Overall trug einen verschleierten weißen Imkerhut, so dass Lea sein Gesicht nicht erkennen konnte. Ihr blieb nichts anderes, als den Bohlenweg zu verlassen und das kleine Stück bis zum Waldrand durchs Moor zu stapfen. Der Imker hatte das gesehen und lief ihr entgegen. Als sie sich unter den Föhren auf festem Boden trafen, zog der Imker seinen Schleier vom Gesicht. Er blickte böse auf Lea und sagte:

„Sie haben sich direkt im Einfluggebiet der Bienen aufgehalten. Das hätte gefährlich für Sie werden können. Warum sind Sie nicht umgekehrt, als ich Ihnen das Signal gab?“

„Entschuldigen Sie bitte, aber ich kenne mich hier nicht aus. Warum haben sie kein Warnschild aufgestellt?“

„Für gewöhnlich geht hier niemand spazieren. Oder so selten, dass man kaum damit rechnen kann“, antwortete der Imker etwas milder gestimmt.

„Ich war neugierig und wollte sehen, was in den Kästen ist.“

„Beinahe hätten sie es eher zu spüren als zu sehen bekommen“, sagte der Imker gespielt streng. Er war, so schätzte Lea, ungefähr sechzig Jahre alt. Kluge, dunkle Augen schauten hinter einer kleinen Nickelbrille hervor. Ein kurzrasierter weißer Vollbart bedeckte Kinn und Wangen. Der Mann wirkte durch seine große, schlanke Statur sehr sportlich. Die Aluminiumpfeife hing ihm um den Hals und qualmte. Es roch nach verbrannten Gräsern. Als er Leas Blick auf der Pfeife bemerkte, erklärte er, dass er sie nur im Notfall benutze. Die Bienen sollen nicht unnötig in Panik gebracht werden. Das verderbe den Honig und versetze die Bienen in eine Art Angststarre die er ihnen nicht zumuten wolle. Es gäbe aber leider Kollegen, die voller Angst vor den Bienen nach dem Öffnen der Magazinbeuten erst einmal kräftig Rauch in den Bau beförderten.

„Wenn man mit solcher Angst herangeht, sollte man lieber Briefmarken sammeln oder ins Museum gehen“, sagte er und schritt vor Lea wieder zu den Kästen zurück. Kurz davor blieb er unvermittelt stehen und drehte sich zu ihr um.

„Ich ..., wir haben uns noch gar nicht vorgestellt. Es kommt schließlich nicht sehr oft vor, dass man hier jemanden trifft. Vielleicht ist es ja noch nicht einmal ein Zufall, dass wir hier in dieser Einöde aufeinander trafen."

Lea wurde heftig von einer Biene umschwärmt. Sie bekam Angst und versuchte sie mit der Hand zu verscheuchen.

„Sehen Sie", begann der Imker in völliger Gelassenheit über Leas Fuchteleien, „wenn sie sich zu heftig bewegen, kann sie die Biene besser sehen und mit ihrem Stachel umso besser treffen."

Lea hörte sofort auf zu fuchteln. Aber die Biene machte jetzt Anstalten, sich auf ihre Nase zu setzen. Schweiß rann ihr den Rücken herunter.

Der Imker nahm die Pfeife an den Mund und blies ihr beißenden Qualm ins Gesicht. Die Biene verschwand, Lea hustete. Mit völlig unbewegtem Gesicht fuhr der Herr im weißen Overall mit seinen Erklärungen fort:

„Sie müssen wissen, dass das Bienenauge aus hunderten von Augen besteht. Bienen sehen die Welt in eine Art Raster aufgelöst. Bewegt man einen Gegenstand heftig, zeichnen sich dessen Konturen umso deutlicher für die Biene ab. Sie nimmt ihre Umwelt schließlich hauptsächlich in der raschen Flugbewegung wahr. Daher sind schnelle Bewegungen bei der Arbeit mit Bienen nicht gerade ratsam." Die Augenbrauen hatte er fragend nach oben gezogen, und so sah er Lea einen Moment schweigend an.

„Aha", brachte sie nur hervor, da der Qualm noch immer in ihrem Halse brannte.

„Markus Moorberg", sagte der Imker nach kurzem Schweigen und hielt Lea seine rechte Hand entgegen. Lea griff danach und fühlte einen kräftigen Druck.

„Lea Bohm", antwortete sie mit einem angedeuteten Lächeln, weil ihr noch immer die Augen brannten.

„Und was treibt sie in diese einsame Gegend, Lea Bohm?" fragte Herr Moorberg unter seinem weißen Hut. Der Schatten seiner Hutkrempe hatte sich auf die Augen gelegt. Forschend sah er die junge Frau vor sich an.

„Ich zeichne." Lea deutete auf ihren Block unterm Arm.

„Sie sind also Künstlerin?"

„Nein, nein. Ich zeichne zum Spaß."

„Und das macht ihnen ausgerechnet hier in dieser Gegend Spaß? Es gibt sicher reizvollere Motive als das öde Moor."

„Ich empfinde das Moor als durchaus reizvoll“, antwortete Lea sicherer. Irgendwie kam sie sich diesem kühl distanzierten Menschen unterlegen vor. Dessen Selbstsicherheit löste in Lea eine Scheu aus, die ihr alles andere als angenehm war.

„Sie kommen aus Hamburg, nehme ich an?“

„Ja, woher wissen sie das?“ Der Imker lächelte kaum merklich und schwieg.

„Ja, aber ich wohne zurzeit im Schloss Moorburg bei Herrn von Reebow“, fügte Lea schnell hinzu, weil sie hoffte auf die weiße Säule vor sich Eindruck machen zu können. Sie sah in sein Gesicht, das mit einem Mal eine Spur von Abscheu trug. Lea war über diese Reaktion bestürzt. Björn hatte recht. Was waren das hier für seltsame Menschen? Sie kam sich plötzlich vor, als wüssten alle von einem Geheimnis, das ihr allerdings völlig unbekannt war. Sie fühlte sich wie in einem absurden Stück, in dem alle ihren Text kannten, nur sie nicht. Die Sonne warf schräges Licht über den Horizont, und bald würde sie hinter dem Föhrenwald verschwinden. Dann wollte sie auf keinen Fall mehr im Moor sein.

„So, so. Sie wohnen auf Schloss Moorburg. Sie sind befreundet oder verwandt mit dem Grafen?“ sagte Herr Moorberg eisig.

„Weder noch“, antwortete Lea bemüht ebenso eisig.

„Ich arbeite dort als Restauratorin“, fuhr sie fort und ärgerte sich, dass sie es gesagt hatte. Das ging diesen Wichtigtuer gar nichts an. Sein Gesicht jedoch verriet Interesse. Der eisige Blick war einem erstaunten, aber auch ein wenig misstrauischen Ausdruck gewichen.

„Was gibt es denn da zu restaurieren?“ fragte er mit leichtem Spott. Die junge Frau nahm sich vor, jetzt nichts mehr preis zu geben. Sie schwieg.

„Von besonderen Wand- oder Deckengemälden in Schloss Moorburg ist mir nichts bekannt. Aber vielleicht ist mir da was entgangen.“ Lea fand das Gespräch inzwischen unerträglich, und sie wandte sich zum Gehen. Eine, zwei Bienen umkreisten sie drohend. Herr Moorberg sah das ungerührt. Diesmal blieb Lea unbewegt stehen. Aber der Angstschweiß lief ihr erneut den Rücken hinunter. Eine dritte und vierte Biene kam bedrohlich nahe. Gesumm erfüllte die Luft.

„Es gibt ja wohl noch andere Objekte als Gemälde“, entfuhr es ihr vor Angst und Ärger. Der Imker lachte wissend und nickte. Aber etwas in seinem Gesicht spiegelte kalte Wut. Übertrieben, wie es Lea schien, zeigte er den Waldrand entlang hinter sie und sagte: „Zum Schloss geht es da entlang. Den langen Weg durch das Moor würde ich ihnen heute nicht mehr empfehlen."

Die Bienen schwärmten um Leas Kopf und ihre nackten Beine. Sie fühlte jeden Hauch ihrer metallisch glänzenden Flügel. Die Luft über ihr brauste. Der Schweiß drang aus all ihren Poren.

„Gehen sie einfach immer geradeaus am Wald entlang, bis sie zu einem Weizenfeld kommen, dann geht es links zum Schloß." Die Stimme des Imkers ließ sie hinter sich, sie war einfach in die Richtung gegangen, in die er gezeigt hatte.

„Wenn man in der Nähe von Bienen ist, sollte man auch nicht schwitzen. Das darin abgesonderte Adrenalin macht sie besonders aggressiv", hörte sie ihn noch rufen, danach beschleunigte sie ihren Schritt. Der Angstschweiß war stärker geworden. Als sie aus der Reichweite der Bienen und von deren unangenehmen Herrn und Meister war, musste sie auf einem großen Stein am Rande des Moores rasten. Ihr Blick glitt über die stille Ebene im orangeroten Abendlicht. Sie hatte nichts gezeichnet. Der ganze schöne Nachmittag war ihr verdorben. Was hatte sie diesem eigenartigen Alten bloß angetan? Sie wollte sich den Nachmittag nicht von einem alten Spinner verderben lassen, den sicher die Einsamkeit so weit gebracht hatte, und deshalb nahm sie den Block und ihre Stifte hervor.

Vor ihr lag eine alte Baumwurzel. In bizarren Krümmungen hatte sie die einzelnen Stränge von sich gestreckt. Lea begann ihre Konturen zu zeichnen, bis das Tageslicht fast völlig verschwunden war. Erschrocken über die hereinbrechende Dunkelheit, stand sie von dem Stein auf. Als sie ihn genauer betrachtete, erkannte sie, dass es sich um die Deckplatte eines Hünengrabes handelte. Was sie sonst begeisterte, kam ihr nun unheimlich und bedrohlich vor. So wanderte sie am schwarzen Waldrand entlang. Seltsame Laute kamen aus dem Moor. Lea fürchtete sich sehr und schritt in hohem Tempo voran. Ab und zu stolperte sie über eine Wurzel oder einen Stein. Das machte sie wütend, aber das war das bessere Gefühl.

Der Weg kam ihr unendlich länger als der durch das Moor vor. Hatte sie der Alte auch noch vorsätzlich in die Irre geschickt? Lea wollte gerade anfangen zu verzweifeln, als sie plötzlich vor sich ein helleres Rechteck entdeckte. Das Weizenfeld, das grüne

Weizenfeld, das sie neben dem Schloss bei ihrer Ankunft entdeckt hatte. Erleichtert verlangsamte sie jetzt den Schritt und spürte unendliche Müdigkeit, Hunger und Durst. Zwischen hohen Bäumen blitzte ab und zu ein Licht. Waren das die erleuchteten Fenster des Schlosses? Lea war gezwungen, am Feldrand weiter zu gehen. Die Weide neben dem Schloss war eingezäunt. In der Mitte des Feldes war die schwarze Gestalt der Vogelscheuche zu erkennen. Diesmal freute sie sich sofort, als sie sie sah. Bedeutete es doch, dass sie in unmittelbarer Nähe des Schlosses war. Lea musste bis zur Landstraße gehen, die Allee entlang bis zum Schloss. Der Innenhof des Schlosses war stockdunkel. Am tintenblauen Himmel glänzten die ersten Sterne. Aus dem Dunkel griff plötzlich eine Hand nach ihr. Sie wollte schreien, aber als sie sich nach der Person hinter sich umdrehte, erkannte sie durch das Licht am Personaleingang das liebe Gesicht von Harm.

„Ich habe mir Sorgen gemacht. Wo waren sie denn? Es ist schon spät", sagte er mit seiner warmen Stimme. Lea konnte nicht anders, als ihn zu drücken. So froh war sie, nach Hause gefunden zu haben und einen netten Menschen zu treffen. Und mit einer unendlichen Erleichterung fühlte sie ihre Umarmung erwidert.

9

Als Lea sich ausgekleidet hatte, sah sie im Dämmerlicht die Scheinwerfer eines Autos auf dem Hof. Sie glaubte es zu kennen und konnte ihren Augen nicht trauen, als sie Matthias aussteigen sah. Auf dem Weg nach Hamburg zurück, war er den kleinen Umweg hierher gefahren. Der Graf war sofort zur Stelle, ihm schien hier nichts zu entgehen. Er begrüßte Matthias und fragte ihn, wer er sei und was er wolle. Max von Reebow zeigte auf das kleine Gebäude, in dem Lea wohnte. Leas Herz pochte diesmal vor Freude. Schnell band sie sich die langen Haare zusammen und zog sich schnell wieder Jeans und Pullover über das Nachthemd. Das schmutzige Geschirr räumte sie in die Spüle. Matthias pochte gegen die Tür, aber Lea rannte bereits die Treppe herunter. Als sie ihm gegenüberstand, kam es ihr so vor, als sei sie ewig von der realen Welt abgeschieden gewesen. Endlich sah sie in ein vertrautes Gesicht. Sie umarmten sich freudig. Dann gingen beide nach oben und tranken noch eine Tasse Tee zusammen. Matthias fuhr sich beschämt durch seine dicken grauen Haare, als die Rede auf den ausstehenden Anruf kam.

„Ich hatte dich bestimmt nicht vergessen", sagte er.

„Ich habe mein Handy verloren. Ich weiß auch nicht, wie das passieren konnte, aber es war einfach plötzlich unauffindbar. Deine Nummer war darin gespeichert. Gib sie mir bitte noch einmal. Auf dem Weg zurück nach Hamburg habe ich mir dann vorgenommen, bei dir vorbeizuschauen. Ich stand zwei Stunden im Stau. Es tut mir leid, dass ich so spät noch bei dir reinplatze."

„Ich freue mich sehr darüber. Aber der Bohrer ist heute schon gekommen", sagte Lea, während sie ihre Handynummer auf einen kleinen Zettel schrieb. Dann erzählte sie von allen Objekten, die sie in den Kisten vorgefunden hatte, und von allen Arbeitsutensilien, die sie bisher dafür geordert hatte. Matthias war sehr zufrieden mit ihr. Gerne wollte er, bevor er sich nach Hamburg aufmachte, die Werkstatt sehen. Lea nahm den großen Schlüssel für das Remisentor und den kleineren für die Tür zur Werkstatt. Eine Taschenlampe war ratsam, denn der Weg über den Hof zur Remise war sehr dunkel. Es war kurz nach elf, als Lea die Türen aufschloss und in der Werkstatt das Licht einschaltete. Die Fenster im Hauptgebäude waren alle dunkel. Sicherlich schlummerte ihr Auftraggeber bereits irgendwo im oberen Stockwerk. Der Gedanke war schon ein wenig eigenartig, dass sie hier draußen im Schloss nachts nur zu zweit zurückblieben. Wenn wenigstens Harm auch hier wohnen würde. Der aber hatte seine Familie in Brookshafen, 10 km vom Schloss nach Norden entfernt. Wie schön, dass Matthias nun bei ihr war. Alleine wäre sie niemals nachts über den dunklen Schlosshof in die noch dunklere Remise gegangen, und auch jetzt, obwohl sie Matthias' starken Körper neben sich fühlte, empfand sie es als durchaus ein wenig unheimlich. Die Nachtluft war angenehm kühl geworden. Vom Boden erhob sich der bittere Geruch von durch den Nachttau feucht gewordener Erde und vergehendem Holz. Matthias sah sich um, drehte den Wasserhahn auf und nickte anerkennend, als er den Bohrer sah.

„Dich kann man alleine ziehen lassen, liebe Kollegin. Die Materialien bezahlt alle der Graf?" fragte Matthias ungläubig.

„Das wird ihn eine schöne Stange Geld kosten, zusammen mit deinem Honorar. Er muss ja sehr an seiner Sammlung hängen." Wird er sie denn hier im Schloss ausstellen?" Lea zuckte mit den Schultern.

„Er hat so etwas gesagt, ja."

Plötzlich zuckte sie erneut. Irgendetwas hielt sich in ihrer Nähe auf. Lea hatte ein schlurfendes Geräusch auf dem Pflaster draußen gehört. Da war etwas. Ihr fiel mit eisigem Schrecken der nächtliche Besucher ein, von dem sie Matthias noch gar nicht hatte erzählen können, weil dieser unbedingt eine Kurzfassung seines Vortrags bei der Tagung geben musste. Matthias aber redete begeistert von der schönen Werkstatt und sponn sich seine eigene Traumwerkstatt zusammen, während Lea ihre Aufmerksamkeit gespannt auf die Geräusche der undurchdringlichen Dunkelheit draußen richtete. Sie sah aus den hohen Fenstern und konnte nur ihr Spiegelbild erkennen. Die Dunkelheit draußen hielt alles in sich verborgen. Lea wurde jählings bewusst, dass sie durch das Licht im Innenraum auf keinen Fall draußen etwas erkennen konnte. Aber der Umherschleichende da draußen, den die Nacht wie eine Tarnkappe schützte, konnte sie beide hier im Licht dafür besonders gut belauern. Allein der Gedanke, in diesem Moment den Blicken irgendeines Menschen ausgesetzt zu sein, begann Lea mächtig zu gruseln. Da war wieder ein Geräusch von draußen, das sich wie das Streifen von Stoff am Ziegelmauerwerk der Außenwand anhörte. Lea hatte es bereut, die Türen nicht richtig geschlossen zu haben. Fieberhaft überlegte sie, ob sich die Sprossenfenster der

Werkstatt öffnen ließen, durch die man notfalls nach draußen entkommen könnte. Matthias bemerkte ihre Unruhe allmählich, und sein begeisterter Gesichtsausdruck wich einer tiefen Sorgenfalte auf seiner Stirn.

„Alles in Ordnung?" Er hielt inne und lauschte nun auch auf das Knarren des Remisentors, auf das aber kein Laut von Schritten folgte. Lea und Matthias sahen sich atemlos an. Wer war denn um diese Zeit noch außer ihnen unterwegs? Die Holztür zur Werkstatt war nur angelehnt und bewegte sich nun durch einen plötzlichen Lufthauch. Durch den kleinen Spalt, den sie nun freigab, konnte Lea nur die hereindringende Nachtschwärze erkennen. Sie blickte zu Matthias, der genau wie sie gebannt auf die Werkstatttür gesehen hatte. Nach unendlich langen Sekunden des angestrengten Lauschens, in denen nichts weiter geschah, wandte er sich wieder seiner jungen Kollegin zu.

„War das der Wind?" fragte er.

„Nein, das glaube ich kaum. Ich meine schon eine ganze Weile, dass hier noch jemand ist", flüsterte sie. Matthias antwortete ihrer Meinung nach viel zu laut

„Wer soll denn das sein? Wenn er was will, soll er doch herein kommen." Lea schluckte. Sie wusste nicht, ob sie ihm hier und jetzt sagen sollte, dass sich nachts jemand auf dem Hof rumtrieb. Gerade, als sie ihm antworten wollte, hörten sie, diesmal deutlich, Schritte, die sich ihnen näherten, vor der Werkstatttür kurz innehielten, ehe diese sich langsam öffnete. Lea blieb vor Spannung fast der Atem weg, als sich aus dem dunklen Rechteck im Türrahmen eine Gestalt löste und zu ihnen ins beleuchtete Zimmer trat. Es war der Graf. Mit seinen ernsten Augen hatte er Lea fest im Blick. Matthias sah er erst nach einer Weile des gegenseitig überraschten Schweigens an.

„Ich nahm an, dass sie schon zurück nach Hamburg gefahren wären", begann er seine Rede kühl.

„Wir hatten uns viel zu erzählen, und Frau Bohm wollte mir noch die Werkstatt zeigen."

„Ich glaube nicht, dass es hier viel zu sehen gibt. Ich bin gekommen, weil ich dachte, es seien um diese Zeit Einbrecher am Werk." Zu Lea gewandt, sagte er nicht gerade freundlich: „Es ist wohl besser, Sie vertagen ihre Besichtigungstour auf einen anderen Zeitpunkt. Ich wünsche nicht, dass nachts im Schloss herumgeschlichen wird. Ihre Arbeitszeit beschränkt sich auf 8 Uhr bis 17 Uhr." Damit verließ der Graf die

Remise und ging zum Hauptgebäude zurück. Seine Schritte hallten jetzt deutlich durch den Hof.

„Der ist aber nett", sagte Matthias ironisch, „besser, ich mache mich gleich auf. Habe sowieso ein schlechtes Gewissen, dich so spät noch gestört zu haben."

„Hör doch damit auf. Du weißt gar nicht, wie froh ich bin, dass du hier bist." Sie gingen nach draußen. Der Hof lag totenstill. Bei den Pappeln rief ein Käuzchen. Stumm gingen sie zum Nebengebäude zurück, in dem Lea wohnte. Sie war froh, dass er sie noch nach oben in die kleine Wohnung unterm Dach brachte. Als sie die Wohnungstür hinter sich geschlossen hatten, nahm Matthias sie bei der Schulter, sah seiner ehemaligen Schülerin fest in die Augen und sagte: „Wenn du irgendwelche Schwierigkeiten bekommen solltest, ruf mich an. Ich bin immer für dich da." Seine runden, braunen Augen sahen sehr müde aus. Daher ließ Lea ihn ohne weitere Erklärungen nach Hause, nach Hamburg, fahren.

10

Ein brauner Bus vom Paketdienst rumpelte bis vor das Remisentor, das Lea offengelassen hatte. Gemeinsam mit Björn baute sie ein paar hohe hölzerne Regale, die sich im Schlosskeller befunden hatten, auf. Sie stellten sie an die Wand neben der Tür, gegenüber der Fensterwand. Obwohl die großen Fenster in die Außenwand eingelassen waren, kam die Sonne nie direkt bis an diese Wand, jedenfalls nicht weiter als bis auf die Werkbank. Daher würde Lea die Objekte zur Trocknung und Aufbewahrung sehr gut in die Regale legen können. Ein schlaksiger junger Mann kam in die Werkstatt und klopfte laut an die offenstehende Werkstatttür.

„Moin, habe drei große Pakete für Frau Bohm."

„Das bin ich", sagte Lea und legte den Schraubenzieher weg, um die Empfangsbestätigung zu unterschreiben. Der Paketbote tippte piepend ein paar Zahlen in den viereckigen Kasten, den er in der einen Hand hatte, dann hielt er ihn Lea entgegen, die sich vergeblich bemühte, eine lesbare Unterschrift auf dem Display zu hinterlassen. Kritisch betrachtete sie ihr Gekritzel, aber der Paketbote schien durchaus zufrieden mit ihren Hieroglyphen. Er fragte, ob die Pakete in die Werkstatt sollten. Der Butler hätte ihn hierhin geschickt. Lea bejahte. Drei große braune Pakete standen schließlich auf der Werkbank und Lea hätte sie am liebsten sofort geöffnet. Es war die Lieferung von „Seeler-Pigmente", einer Firma, die chemische Produkte speziell für die Bedürfnisse von Restauratoren aller Fachbereiche vertrieb. Lea kam sich wie zu Weihnachten vor. Aber sie war bei ihrer Bestellung absolut ehrlich gewesen und hatte keine Dinge für ihre privaten Bedürfnisse auf Kosten des Grafen bestellt. Verlockend war es schon gewesen, noch ein paar Aquarellfarben für ihr Hobby mitzubestellen. Aber das hätte sie nicht mit ihrem Gewissen vereinbaren können. Björn sah sich die Pakete an und tippte vorsichtig an den Karton.

„Sind da Werkzeuge drin?"

„Nein, Chemikalien. Steht doch drauf." Lea schraubte das letzte Teil des letzten Regals fest. Jetzt passte nichts mehr an die Wand. Neben das Waschbecken hatten Björn und sie noch einen abschließbaren Vitrinenschrank aus feinem, dunklen Holz gestellt. Der war für eine Werkstatt eigentlich viel zu schade. Auf den Einlegeböden waren Krümel von Eisen und grüne Patina von Bronze gewesen. Lea hatte anfangs geglaubt, dass darin vielleicht altes Geschirr aufbewahrt worden war. Als sie aber eine winzige, schwarz gefirnisste Scherbe vorgefunden hatte, fühlte sie sich an eine Vitrine für eine kleine Sammlung von Kulturgütern erinnert. Wo waren die Sachen hingekommen? Vielleicht hatten einst die Objekte darin gelegen, die sie nun restaurieren sollte. Warum aber hatte man sie aus der Vitrine entfernt und in löchrige Kartons verpackt? Der Graf, der anscheinend viel Sinn für die Archäologie hatte, würde so etwas nicht tun, tat Lea ihre Gedanken ab. Sie wischte die Krümel mit einem feuchten Tuch weg. Björn stand immer noch bei den Paketen. Er sah finster auf das Etikett und schwieg. Lea hielt im Wischen inne und fragte Björn, was er habe.

„Ich kann nicht lesen", sagte er mürrisch.

„Hast du es je richtig versucht?"

„Ich kann mir einfach die Zeichen nicht merken. Immer wenn ich denke, ich weiß es jetzt, dann sehe ich mir die Worte an und kann die Buchstaben nicht wieder erkennen.

Dann bin ich irgendwann auf eine Schule gekommen, auf der man nicht lesen können muss. Da habe ich reparieren gelernt." Er sah jetzt wieder freundlicher aus.

„Möchtest du denn gerne lesen können?"

„Ja. Ich will nicht so dumm sein."

„Du bist bestimmt nicht dumm. Ohne dich hätte ich die Regale ganz sicher falsch aufgebaut." Björn strahlte nun übers ganze Gesicht.

„Ist das wahr?" fragte er, wieder etwas unsicher geworden.

„Klar. Ich bin auch sehr froh, dass du mir hilfst."

„Dir helfe ich gerne. Mein Vater schimpft den ganzen Tag mit mir. Ich würde gerne lesen lernen. Kannst du es mir nicht noch einmal zeigen?" Lea wollte das gerne. Sie verabredeten sich für den nächsten Freitagnachmittag. Als sie den Inhalt des ersten Paketes in den Vitrinenschrank geräumt hatten, wagte es Lea, Björn noch einmal nach den Bienenkästen zu fragen. Björn sah zur Tür. Die aber hatte Lea geschlossen. Vor den Fenstern war auch keine Menschenseele zu sehen. Da begann er von einem Dr. Moorberg zu erzählen, der am Rande von Brookshafen wohne, Bienen züchte, ihr Verhalten beobachte und nebenbei Honig verkaufe. Lea durchzuckte es bei diesem Namen. Sie ließ sich sicherheitshalber auch noch sein Aussehen beschreiben. Es gab keinen Zweifel mehr. Die in ihrer Werkstatt einst eingelagerten Bienenkästen gehörten diesem seltsamen Menschen. Als Lea sich den weißen Overall und den Hut wegdachte, fiel ihr plötzlich der Mann ein, den sie letztens morgens auf dem Hof mit dem Grafen streiten sah. Auch das musste Dr. Markus Moorberg gewesen sein. Was verband ihn mit dem Grafen? Es war wohl keine gute Verbindung. Lea erinnerte sich daran, wie der Imker das Gesicht verzogen hatte, als er den Namen des Grafen hörte. Lea fragte Björn danach. Doch Björn wusste nur, dass sie einmal befreundet waren und Herr von Reebow Moorberg gestattete, seine Bienenkästen für die Wanderbienen hier unterzustellen, die Werkstatt für die Reparaturen zu nutzen. Doch plötzlich hätten sie sich gestritten und der Graf verbot dem Bienenforscher, sich auch nur dem Schlossgelände zu nähern. Nicht mal seine Magazinbeuten habe er holen dürfen. Aber das sei ja nun doch endlich geschehen. Irgendetwas Schlimmes musste geschehen sein, ehe man so zerstritten ist, dachte Lea. Aber eigentlich ging sie das nichts an. Sie wollte nur ihre Arbeit tun. Aber wenn man den ganzen Tag alleine ist, will man doch wissen, was um einen herum geschieht.

Lea hatte Harm um eine Luftpumpe gebeten. Ein wenig in der Gegend wollte sie herumfahren können, vielleicht zum Einkaufen nach Moorburg oder sogar Brookshafen. Das war eine richtige Kleinstadt mit Buchladen und einem kleinen Kino. Nach dem Erlebnis mit dem Imker wollte sie auch nicht unbedingt immer nur im Moor unterwegs sein. Am Ende würde sie noch genauso merkwürdig wie dieser Kauz. Leas Neugier war fürs erste befriedigt, der Chemieschrank eingeräumt. Ein paar brauchbare Werkzeuge hatte sie in der Werkstatt beim Ausräumen sichergestellt. Eigentlich konnte sie nach der Mittagspause schon mit den Restaurierungsarbeiten anfangen. Björn blieb an der Tür stehen, als er sich wieder nach Hause aufmachen wollte. Er zögerte, dann drehte er sich zu Lea um.

„Nicht sagen, dass wir über den Bienenzüchter gesprochen haben. Die Agnes hat mich gewarnt. Wenn ich dir was sage, dann darf ich nicht mehr hierher kommen. Aber ich habe es dir gesagt, weil du wirklich sehr nett zu mir bist." Lea war über diese Worte sehr erschüttert. Hatte das Ganze doch sogar etwas mit ihr zu tun, dass man sogar bis zum Dienstpersonal verlauten ließ, Lea dürfe nichts von dem Streit mit dem Imker wissen? Die Spur schien plötzlich bis in ihre Werkstatt zu führen. Warum wollte der Imker wissen, was sie hier tat? War sie jetzt hysterisch?

„Björn", bat sie ihn, „warum darf ich nichts wissen?" Björn zog die wolligen weißen Augenbrauen nach oben, und seine blauen Augen sahen aus wie die eines kleinen Kindes, das seine Unschuld beteuert.

„Ich weiß es wirklich nicht. Dir darf ich nichts sagen. Sagt die Agnes. Bitte sag es nicht der Agnes." Björns flehendlicher Blick ging Lea den ganzen Tag nicht mehr aus dem Kopf. Sie versprach es Björn hoch und heilig. Am Freitagnachmittag würden sie Lesen üben.

Nachdem Björn gegangen war, besah sich Lea zufrieden ihre Werkstatt. Sie hatte mit den Regalen und dem schönen „Chemieschrank" etwas Gemütliches. Es würde schön sein, hier zu arbeiten. Die Fenster musste Lea nach der Mittagspause putzen. Ein klarer Blick nach draußen konnte durchaus wichtig sein.

11

Lea ließ das alte, klapprige Fahrrad auf dem Waldweg bis zur Kreuzung ausrollen. Die Luft unter den niedrigen Föhren und den kleinen, knorrigen Eichen war angenehm kühler als vorher zwischen dem offenen Weideland, auf das die schwüle Abendsonne noch immer mit Kraft brannte. Der Weg bis hier war vom Zirpen der Grillen und dem intensiven Duft der Färberkamille an den Weide- und Feldrändern erfüllt gewesen. Im Wald war es fast still geworden, nur der leichte Wind sauste ab und zu brausend durch die Baumkronen. Lea war abgestiegen. Nach Björns Beschreibung musste sie nun den Weg weiter geradeaus nehmen und ihn bis zum Ende des Waldes fahren. Sie stieg wieder auf, kleine Steine spritzten vom Vorderreifen weg. An die seltsam U-förmig gebogene Lenkstange musste sie sich erst noch gewöhnen. Es dauerte nicht lange, da war sie aus dem Wald heraus gekommen, und vor ihr erstreckte sich das Heideland mit seinem kurzen Bewuchs und den teilweise bereits verblühten Stauden des violetten Heidekrauts. Sie rollte an dem menhirähnlichen Stein vorbei, den Björn als „Odins Finger“ bezeichnet hatte. Die Sonne war dem Horizont ein wenig näher gerutscht und schickte goldene Strahlen über die vor Hitze flirrende Landschaft. Bienen und Hummeln brummten an Leas Ohr vorbei. Aber es gab diesmal nichts, worüber sie sich ängstigen musste. Der schmale Wirtschaftsweg, der sie nun durch die flache Gegend führte, war mit einer Asphaltdecke befestigt. Auf der rechten Seite, ein Stückchen vor ihr, erhob sich aus dem Heidemeer ein sanfter, aber voluminöser Hügel, der mit krüppeligen Bäumen umrundet war. Dazwischen konnte Lea die Konturen von mehreren größeren Gebäuden ausmachen. Das musste der Heidehof von Björns Vater sein. Den kurzen Anstieg zur Wurt hinauf schob Lea das Fahrrad. Oben angekommen, stand sie vor einem Bretterzaun mit einem offenen Tor. Sie lehnte das Rad an den Zaun neben das Schild mit der Aufschrift „Täglich frische Eier und frische Milch“. Genau deshalb war sie hergekommen. Auf dem Hof war niemand zu sehen. Lea lief zu einer offenstehenden Stalltür. Im leeren Stall traf sie auf einen älteren Herrn, der gerade dabei war, das Melkgeschirr zu reinigen. Als er Lea sah, sagte er sofort:

„Sie sind die Restauratorin vom Schloss?“

„Sieht man mir das an?“ fragte Lea betroffen.

„Nein", antwortete der Bauer lachend „aber mein Sohn Björn hat sie uns genauestens beschrieben. Er will mit ihnen noch einmal versuchen, lesen zu lernen. Machen sie sich mal nicht zu viel Hoffnungen. Unser Björn wird das niemals lernen. Meine Frau und ich haben es schon oft versucht. Aber da fehlt wohl was bei ihm. Er ist zu dumm dafür. Jedenfalls reicht es bei ihm nur für die körperliche Arbeit. Das muss man halt hinnehmen. Es reicht ja für die Arbeiten auf dem Hof auch. Vielleicht reden sie ihm das besser ein für allemal aus. Es erspart ihm eine weitere Enttäuschung. Überlegen sie sich das." Lea schwieg. Sie wollte jetzt erst recht ausprobieren, ob das mit dem Lesen und Schreiben bei Björn wirklich so „hoffnungslos" war oder ob es nicht vielleicht an mangelndem Zutrauen lag. Danach kam sie sofort zu ihrem Anliegen.

„Ich bin gekommen, um Milch, Butter, Eier und Honig zu kaufen." Der Bauer nahm das Melkgeschirr und bedeutete ihr, ihm zu folgen. Sie kamen in die Milchkammer. Hier roch es außer nach Kuhmist auch nach säuerlichem Rahm. Der Bauer griff nach der blechernen, einen Liter fassenden Milchkanne, die Lea ebenfalls von Harm geliehen bekommen hatte.

„Einen Liter?" fragte er und wandte sich einem Bottich aus Stahl zu, dessen Deckel er abgenommen hatte. Auf Leas Kanne setzte er ein Sieb und schöpfte mit einer Kelle Milch aus der stählerne Bütte hinein. Das tat er so gekonnt, dass kein Tropfen dabei verloren ging.

„Sie haben Glück. Ich war gerade von den Weiden vom Melken gekommen. Eine frischere Milch können sie kaum woanders kaufen. Wie viele Eier wollen sie denn?" Lea wollte zwanzig. Zehn davon würde sie Harm mitbringen. Der Bauer verschwand einen Moment, und Lea blieb mit ihrer gut gefüllten Milchkanne im Vorraum zu Milchkammer und Stall. Björns Vater kam nicht alleine zurück. Mit ihm kam eine hagere, verhärmte Frau mit einem Kopftuch um die grauen Locken. Ihr faltiges Gesicht war von Arbeit gezeichnet. Aber rote Wangen ließen auf eine relativ gute Gesundheit schließen. Sie lachte Lea schüchtern an und reichte ihr die Hand. Ein schlaffer Händedruck umfasste Leas rechte Hand und drückte ihr gleich danach eine wohlriechende Hartwurst hinein.

„Die gibt's dazu", sagte die Bäuerin, die sich als Björns Mutter vorgestellt hatte. „Als Willkommensgeschenk." Lea freute sich sehr darüber und bedankte sich. Die zwanzig Eier hatte der Bauer in zwei Eierkartons verpackt und diese, die Butter und die Wurst in eine Stofftragetasche gesteckt.

„Die Tasche können sie Björn ja beim nächsten Treffen wieder mitgeben. Die Eierkartons füllen wir gerne jederzeit nach“, sagte der Bauer, als er das Geld für die Sachen entgegengenommen hatte.

„Honig können sie bei uns leider nicht kaufen“, sagte Björns Mutter, „den bekommen sie aber bei Herrn Moorberg in Moorburg.“ Bei diesem Satz durchfuhr es Lea. Da wollte sie doch lieber auf Honig verzichten oder sich diesen beim nächsten Einkauf in Hamburg besorgen. Es war seltsam. Zum ersten Mal kam ihr die Namenskombination von Moorberg und Moorbug merkwürdig vor. Das konnte doch kein Zufall sein. Als sie mit der schweren Kanne am Lenker und den Eiern, der Butter und der Wurst in Richtung Föhrenwald auf dem alten Fahrrad zurückschwankte, beschloss sie, den alten Zausel zu besuchen und doch Honig bei ihm zu kaufen. Sie wollte wissen, ob die Namen vielleicht sogar etwas mit dem gleichnamigen Schloss zu tun hätten. Sie war völlig in Gedanken versunken. Ihr fiel Max von Reebow ein, wie er sie in der Werkstatt beim Fensterputzen am Nachmittag nach Matthias ausgefragt hatte. Die Fragen waren sehr ins Persönliche gegangen, und der Graf war ihr dabei äußerst indiskret vorgekommen. In welchem Verhältnis sie zueinander stünden und ob er jetzt öfter vor habe, sie zu besuchen, und ob er gar hier übernachten wolle. Was ging das den Grafen an, solange die Arbeit nicht darunter litt. Lea ertappte sich dabei, dass sie sich plötzlich selbst fragte, in welchem Verhältnis sie zu Matthias stand. Ein leichtes Kribbeln fuhr ihr durch den Bauch beim Gedanken, ihn zu küssen. Sie musste lächeln. Sie waren nur gute Freunde, gute Kollegen, Schülerin und Lehrer. Sie war ihm sicher viel zu jung. Und er? Er konnte ihr Vater sein. Er war es aber nicht. Das Alter spielte in der Liebe doch nun wirklich keine Rolle. Oft sehnte sie sich nach Matthias’ Nähe, seiner ruhigen Art und seiner Geduld, etwas zu erklären. Es war wunderbar, mit ihm die gleichen Gefühle für bestimmte Situationen zu teilen, oft reichte nur ein Blick, und sie wussten was der andere dachte. Sie waren sich so nahe. Lea bremste heftig und hätte beinahe die Milch verschüttet. Gut, dass die Kanne einen Deckel hatte. Jetzt reichte es aber mit solchen Gedanken. Auf die hatte sie erst der Graf gebracht. Lea war ärgerlich bei dem Gedanken an das Gespräch mit ihm in der Werkstatt. Die einzigartige Beziehung von Lea und Matthias ging ihn absolut nichts an.

Sie war genau neben „Odins Finger“ zum Stehen gekommen, der drohend zum Himmel zu zeigen schien. Beim Blick auf den Himmel über dem Wald wusste sie auch, warum und was sie plötzlich aus ihren intensiven Gedanken gerissen hatte: Donnergrollen drang herüber. Der Himmel über dem Wald war schwarz. Heftige Windböen rauschten in den Baumkronen. Lea stieg augenblicklich wieder auf den Drahtesel und gab ihm die Sporen. Im Wald war es sehr düster geworden. Lea überkam eine mächtige Angst, in das aufziehende Gewitter zu geraten. Immerhin musste sie zum Schloss, wenn sie aus dem Wald kam, noch eine nicht unerhebliche Strecke durch ungeschützte Felder und Wiesen fahren. Sie trat angestrengt in die Pedale und hörte mit Schaudern, wie über ihr der Regen einsetzte. Das dichte Blätterdach verhinderte aber, dass die Tropfen bis zu ihr nach unten durchdrangen. Als sie aus dem Wald kam, erfassten sie heftige Windböen und machten das Vorwärtskommen zu einem verbissenen Kampf mit den Elementen. Regen peitschte ihr ins Gesicht und durchnässte sie in wenigen Minuten. Das dünne Kleid klebte wie eine falsche Haut an ihrem Körper. Der Regen war warm. Trotzdem fror Lea sehr.

Der Himmel war dunkelgrau, und dicke Wolkenberge rollten ihr am Horizont entgegen. Mit Entsetzen bemerkte Lea die feinen weißen Blitze, die daraus zur Erde schossen. Ein wenig beruhigte es sie, dass der Donner noch länger brauchte, um an ihr Ohr zu dringen. Die Luft war erfüllt vom Geruch nach feuchter Erde. Hätte sie doch lieber im Wald das Gewitter abwarten sollen? Der Weg zum Schloss erschien ihr noch unendlich weit. Auf der freien Fläche kam sich Lea vor wie zum Abschuss feigegeben. Sie bereute ihren Entschluss mehr und mehr. Der Wind drückte sie immer wieder so heftig zurück, dass sie das Gefühl hatte, keinen Millimeter voran zu kommen. Der wolkenbruchartige Regen wusch Lea die Augen aus und nahm ihr stellenweise die Luft zum Atmen.

Erleichtert stellte sie plötzlich fest, dass sie gerade zur Hauptstraße gekommen war, die sie nur noch überqueren musste, um die Allee zum Schloss zu erreichen. Die grünen Ähren des Weizenfeldes bogen sich in den Windböen fast flach auf den Boden. Die Vogelscheuche tanzte darin wie irrsinnig geworden. Aber die alten Lumpen, die sie trug, schien sie extrem gut fest zu halten. Das Gewitter war jetzt ganz nah. Die Blitze zuckten überall. Donnerschlag folgte auf Donnerschlag. Als sie glücklich auf das Kopfsteinpflaster im Schlosshof rollte, schlug der Blitz in das Transformatorenhäuschen neben der Bushaltestelle an der Hauptstraße ein. Lea sprang vom Fahrrad und schob es panisch vor Schreck zur Remise. Sie nahm den Schlüssel, den sie an einer Schnur um den Hals trug, und schloss das Tor auf, um das Rad unterstellen zu können. Danach zerrte sie die durchweichte Stofftasche vom Gepäckträger. Mit Milchkanne und Tasche trat sie wieder auf den Hof in das Unwetter hinaus und traf auf Harm, der mit einem besorgten Gesicht und einem Regenschirm zur Remise gekommen war. Unter dem Arm trug er ein großes Frotteehandtuch, das er Lea sofort um den Kopf und die Schultern legte. Sie war sehr dankbar dafür, denn das dünne Sommerkleid war nicht nur fest an ihren Körper geklatscht, sondern zu allem Unglück auch noch extrem durchsichtig geworden. Harm geleitete Lea unter dem Schirm bis zum Nebengebäude. Er hatte sich mal wieder schreckliche Sorgen ihretwegen gemacht, hätte längst Feierabend machen und zu Hause bei seiner Frau sein können. Zu Hause hätte er sowieso keine Ruhe gefunden, hatte er Leas Entschuldigungen abgetan. Dann hatte er ihr noch eine paar Beutel Pfefferminztee zugesteckt und ein paar Stücke Marmorkuchen von seiner Frau gebracht.

„Nimm 'ne heiße Dusche, Mädchen." hatte er zum Abschied gesagt. Dass er sie immer „Mädchen" nannte, gefiel ihr. Irgendwie war es immer so, wenn Harm da war, als ob sie nach Hause käme.

12

Als das Sandstrahlgerät als Leihgabe einer in Moorburg ansässigen Werkzeugfirma in der Werkstatt installiert war, konnte Lea endlich anfangen, die durch Korrosion stark beschädigten Eisenfragmente zu bearbeiten. Seit vier Wochen hatte sie sich ausschließlich mit der Reinigung, Trocknung und Festigung der Keramik beschäftigt. Einige der tausend Scherben ließen sich zu erkennbaren Urnen der Völkerwanderungszeit wieder zusammensetzen. Diese standen nun aufgereiht in den

Regalen hinter ihr. Der Graf war anfangs öfter zu ihr in die Werkstatt gekommen, um den Fortgang der Arbeiten zu beobachten.

Während Lea gerade die dritte Urne zusammensetzte, hatte er missmutig bemerkt, dass da ja auch noch andere Gegenstände aus Metall seien, die dringender restauriert werden müssten. Solche Bemerkungen kamen fast täglich und verdarben Lea jedes Mal die Lust, mit der Keramik weiter zu arbeiten. Schließlich konnte sie den Grafen davon überzeugen, dass zur Eisenrestaurierung auch ein recht teures Sandstahlgerät notwendig wäre. Als Lea Max von Reebow erklärte, dafür zwei Wochen in der Werkstatt von Matthias arbeiten zu müssen, um dort das Sandstrahlgerät des Landesmuseums nutzen zu können, hatte er vehement abgelehnt und war bemüht darum, ein solches Gerät für die Dauer der Restaurierungsarbeiten von der Werkzeugfirma Schnepper in Brookshafen geliehen zu bekommen.

Endlich hatten seine Anstrengungen gefruchtet. Das Gerät, eine tischvitrinengroße Kabine mit einem schrägen Fenster, das sich nach oben aufklappen ließ, und zwei Löchern in der Frontwand, durch die man die Hände in die Strahlkabine stecken konnte, war nicht mehr das neueste Modell, für Leas Bedürfnissee jedoch brauchbar. Im Innern befand sich eine kleine Düse, die an einem Gummischlauch befestigt war. Durch diese Düse, die man im Innenraum am Schlauch an das Objekt führen konnte, wurde mit Druckluft das Strahlgut geschickt. Ein kleiner Kompressor mit einem Druckbehälter, in dem sich Korund als Strahlgut befand, konnte auf einen kleinen Tisch neben der Strahlkammer gestellt werden. Die Firma hatte Lea dazu einen Kasten mit Korund geschenkt. Der Inhaber wollte sich damit als Freund der Archäologie ausweisen. Insgeheim hoffte er, namentlich in der Ausstellung im Schloss genannt zu werden. Lea war das nur recht. Sie konnte endlich mit der Bearbeitung des Eisens beginnen. Eigentlich hatte sie sich schon darauf gefreut, wieder einmal an der Seite von Matthias arbeiten zu können. Ihm war die ganze Aktion immer noch suspekt. Seiner Meinung nach gehörten solche Objekte nicht in Privatbesitz, sondern ins Museum. Lea fand das ein wenig übertrieben. Mittlerweile gefiel ihr der neue Arbeitsplatz so gut, dass sie an den Wochenenden kaum mehr das Bedürfnis verspürte, nach Hamburg zu ihren Freunden zu fahren. Ein paar schöne Zeichnungen vom Moor und dem Heidehof hatte sie freitags nach dem Leseunterricht mit Björn angefertigt. Mit dem Lesen ging es schleppend und meistens gar nicht voran. Aber den Eltern von Björn Recht geben wollte sie auf keinen Fall. Sie bemerkte, dass es Björn sehr wichtig war, mit ihr zusammen zu lesen, obwohl er die meiste Zeit nur begeistert zuhörte, wenn Lea ihm die Abenteuer von Tom Sawyer vorlas.

Die junge Frau hatte hier in der ländlichen Ruhe zum ersten Mal das Gefühl, sie selbst zu sein, und war erstaunt darüber, dass sie dazu fähig war, auch einsame Stunden genießen zu können. Einmal war sie mit ihrer Freundin Friederike, die sie am letzten Wochenende besucht hatte, in Brookshafen ins Kino gegangen und hatte sich wie in einer anderen Welt gefühlt. Friederike machte sich nun wirklich unnötige Sorgen. Es ging ihr hier so gut wie noch nie. Sie fühlte sich frei und leicht, und die Arbeit machte Spaß.

Die schwarz gebrannte kleine Scherbe hatte eben noch in eine der Lücken des Gefäßbauches gepasst. Nachdem Lea den Nitrocelluloseklebstoff auf die Bruchstellen des Wandscherbenfragments aufgetragen hatte, war sie ihr aus der Hand gefallen. Als sie sie wieder aufgenommen hatte, wusste die junge Restauratorin nun nicht mehr so genau, wie herum die Scherbe gehörte und wo genau die vorher ausgesuchte Stelle war, an der sie passte. Das Gefäß war eine terrinenförmige Urne der vorrömischen Eisenzeit und leider unverziert. Deshalb konnte sich Lea auch nicht an einem Musterverlauf orientieren. Der Klebstoff war mittlerweile angetrocknet und verfälschte die Passgenauigkeit, weshalb sich Lea dazu gezwungen sah, den durchsichtigen Kleber wieder zu entfernen. Seufzend nahm sie die Spritzflasche mit Aceton und befeuchtete damit einen Wattebausch, mit dem sie nun die Klebereste vorsichtig wieder entfernte. Die Chemikalie rann an Leas Fingern wie das Schmelzwasser eines Eiswürfels herunter und kühlte aufgrund ihrer raschen Verflüchtigung die Fingerspitzen auf durchaus angenehme Weise. Das an der Scherbe getrocknete Aceton hinterließ auf der schwarzen Oberfläche hässliche weiße Ränder. Lea ging zum Spülbecken und wusch die Ränder mit Wasser ab. Danach versuchte sie, das Fragment wieder einzupassen, aber es wollte ihr nicht mehr gelingen. Ärgerlich und ungeduldig drehte sie das bisher zusammengepusselte Gefäß hin und her. Mit Gummibändern aus alten Fahrradschläuchen und Metallklammern hatte sie die vorher eingepassten und angeklebten Teile aneinander befestigt, damit sie stabil aneinender hafteten, bis der Kleber richtig ausgehärtet war. Lea besah sich die Scherbe noch einmal genau. Der Ton war nicht überall gleichmäßig schwarz gebrannt. An einer kaum merklichen kleinen Stelle hatte er einen winzigen rostbraunen Farbton auf der Innenseite. Außerdem sah man dort die feinen unregelmäßigen Rillen der Finger des Töpfers, wie er vor etwa 2450 Jahren versucht hat, die Oberfläche mit seinen Fingern zu glätten. Lea fand es immer spannend, sich den Menschen vorzustellen, der das Objekt hergestellt hatte. Wie hatte er wohl ausgesehen und wie hatte er gelebt? Dabei kam es ihr immer so vor, als ob sie eine geheimnisvolle Verbindung mit einem Menschen einer längst vergangenen Zeit einging, als wären keine 2450 Jahre zwischen ihrer Existenz und der des Handwerkers vergangen. Lea versuchte nun anhand der beobachteten Spuren auf der Oberfläche im Innern des Gefäßes die passende Stelle zu finden. Ein kleiner rostbrauner Fleck wies ihr den Weg. Auch ließen sich an dieser Stelle die Töpferspuren anschließen. Die Scherbe passte genau. Lea zog über das eingepasste Fragment und der bereits befestigten einen feinen Strich mit weißer Kreide. Auf diese Weise würde sie die Scherbe jederzeit wieder einpassen können. Als die Scherbe getrocknet war, trug sie erneut Nitrocelluloseklebstoff auf die Bruchkanten und klebte sie an die passende Stelle. Mit einer Eisenklammer stabilisierte Lea die Klebung und streckte sich genüsslich über die gelungene Arbeit den schmerzenden Rücken. Die Arme behielt sie für einen Moment hinter dem Kopf verschränkt und sah aus dem Werkstattfenster in die Sommerlandschaft zu den Pappeln. Dahinter begann der Bohlenweg durch das Moor. Lea konnte ihn aber aufgrund der hohen Schilfgräser nicht sehen.

Die Lösungsmitteldämpfe brannten Lea in der Nase. Es war noch eine Scherbe übrig, die zur Urne gehörte und vermutlich auch noch passte. Gerade, als Lea sich wieder an die Arbeit machen wollte, gewahrte sie zwischen den Pappeln eine menschliche Gestalt mit einem großen Hut. Als sie aufstand, um die Person besser sehen zu können, duckte sich diese schnell ins Unterholz und war aus Leas Blickfeld verschwunden. An Weiterarbeit war nicht mehr zu denken. Wer war das, der da jetzt auch tags in der Mittagshitze herumgeisterte und sich nicht entdecken lassen wollte? Lea stellte sich in den verschatteten Teil der Werkstatt und wartete, dass die Person wieder auftauchte. An ihrer Schürze wischte sie sich die Kleberreste ab. Den Rest pulte Lea in gespannter Erwartung als kleine Fetzen von den Fingern. Sie stand fast eine halbe Stunde so da, dann wurde es ihr zu bunt, und Lea beschloß, Mittagspause zu machen. Vielleicht hatte sich an dieser Stelle auch nur ein Ast bewegt, und sonst war da nichts. Ihre Augen, die von der Arbeit ganz müde geworden waren, und die Lösungsmitteldämpfe hatten ihren Sinnen offensichtlich einen Streich gespielt. Wenn sich jemand dort geduckt hielt, dann war er bestimmt schon längst im Morast versunken oder hatte die Hockstarre bekommen. So lange konnte das keiner aushalten. Lea merkte sich aber dennoch die Stelle. Es war zwischen der vierten und fünften Pappel von links.

Lea ging in ihre Wohnung und briet sich ein Spiegelei auf Toast. Dazu gab es grünen Salat aus Frau Karlssons Gemüsegarten. Harms Frau hatte Lea kannengelernt, als diese ihren Mann einmal mit dem Auto von der Arbeit abholte. Sie war ebenso herzlich und nett wie Harm. Harm selbst setzte sich nicht mehr ans Steuer, seit er vor Jahren mit seiner Tochter im Auto unterwegs gewesen war. Sie hatten nach Brookshafen auf die Kirmes gewollt, dabei war ihnen an der Kreuzung nach Moorburg ein betrunkener Raser in die Seite gerast. Die Tochter starb sofort an der Unfallstelle. Harm war danach lange krank und später nicht mehr fähig, seinen Beruf als Konditor auszuüben. Als er sich psychisch und körperlich wieder einigermaßen gefangen hatte, trat er die Arbeit im Schloss an. Viele Menschen konnte er kaum um sich herum ertragen. Schuldgefühle, die völlig absurd waren, quälten ihn noch immer ab und zu. Seine Frau war nun Hauptverdienerin und arbeitete als Bedienung in einem Feinkostladen in Brookshafen. Seit sie Lea kannte, ließ sie ihr durch Harm immer ein paar Köstlichkeiten aus Schokolade zukommen. Der Hausangestellte des Grafen trank manchmal Nachmittags mit Lea in der Werkstatt einen Tee, und dann klönten sie oft und vergaßen die Pausenzeit. Lea liebte diese sie bereichernden Gespräche mit dem klugen Harm. Dies aber geschah nur, wenn der Graf geschäftlich in Hamburg war. Lea war für diesen Sonnabend bei Karlssons zum Tee eingeladen. Sie freute sich sehr darauf, waren die beiden älteren Herrschaften trotz ihres Schicksals ein Bund von liebevoller Herzlichkeit, die ihresgleichen suchte. Was Lea am meisten beeindruckte, war die Tatsache, dass keine Bitterkeit und kein Hadern aufkamen, wenn sie von ihrer geliebten Tochter sprachen, die, wenn sie noch leben würde, in Leas Alter wäre. Harm und seine Frau Elke freuten sich, dass Lea im Schloss wohnte und ein wenig junges Leben in

Harms Umfeld brachte. Da hatte er wieder jemanden, um den er sich sorgen konnte und der ihn von seinen eigenen Sorgen ablenkte.

Noch in der Mittagspause wanderte Lea eilig zur Pappelreihe, sich immer wieder zum Schloss umdrehend, damit auch keiner mitbekam, dass sie sich vom Schloss entfernte. Die seltsame Person hatte ihr keine Ruhe gelassen. Wenn es nur Einbildung war, dann konnte sie sich endlich wieder getrost ihrer Arbeit widmen. Die Stelle zwischen der vierten und fünften Pappel hatte sie bald erreicht. Der Boden war vom nächtlichen Platzregen noch ganz weich, und deshalb konnte sie die frischen Fußspuren darin deutlich sehen. Eine Feldlerche stieg in diesem Moment mit jubilierendem Gesang hinter ihr im Feld in den Sommerhimmel. Hier und da zirpten verhalten ein paar Grillen in der flimmernden Hitze. Lea wischte sich den Schweiß von der Stirn und drehte sich suchend um. Kein Mensch war zu sehen an diesem verdammt verlassenen Flecken Erde. Der dunkle Föhrenwald duckte sich wie ein lauerndes Tier am Horizont. Wer da drin hockte, den konnte man auf keinen Fall sehen. Lea überlegte, ob es eine so gute Idee war, hier zu stehen und der mysteriösen Person zu zeigen, so sie noch in der Nähe war, dass Lea sie vorhin entdeckt hatte. Ein großer runder Hut, dunkle Kleidung. Lea konnte nicht einmal mit Bestimmtheit sagen, ob es sich um eine männliche oder weibliche Person gehandelt hat. Sie wanderte wieder zum Schloss zurück, den Kopf voller Fragen. Jetzt würde es noch schwieriger sein, sich auf die Arbeit zu konzentrieren. Zum erstem Mal war sich Lea ganz sicher, dass hier etwas nicht stimmte. Matthias' Misstrauen war vermutlich berechtigt.

Am Nachmittag hatten sich Leas Gedankenwogen wieder etwas geglättet. Die Suche nach der passenden Stelle für die letzte Scherbe der Urne hatte sie aufgegeben. Diese musste aus dem Halsbereich stammen. Hier fehlten die meisten Teile, daher konnte Lea die Stelle nicht finden, an der sie passte. Die junge Restauratorin entschied, auch bei diesem Gefäß aus Stabilitätsgründen später einige Fehlstellen mit Gips zu ergänzen. Damit aber wollte sie erst morgen beginnen. Wenn sie ehrlich war, hing ihr die Keramik momentan ein wenig zum Halse heraus, und sie beschloß, sich nun dem Eisen zu widmen, da es auch dem Grafen besonders am Herzen zu liegen schien. Im Raum neben den Kutschen wollte sie sich daher einen Karton mit Eisenobjekten heraussuchen. Im Halbdunkel der fensterlosen Ecke war das nicht so einfach. Lea tastete vorsichtig den Inhalt eines kleineren Kartons ab und erstarrte plötzlich vor Entsetzen. Aus einer der unheimlichen schwarzen Kutschen kam ein Geräusch. Erst dachte Lea sie habe sich das nur eingebildet, dann aber war sie sich ganz sicher. Ein scharrender Laut kam aus der Kutsche ganz am anderen Ende des Raums. Leas Herz pochte zum Zerplatzen. Sie ging langsam rückwärts zum Tor, ohne die Kutsche aus den Augen zu lassen. Am Tor angekommen, griff sie panisch nach der Klinke der in das Tor eingelassenen Tür. Sie war nicht ganz geschlossen, und Lea brauchte die Tür nur aufzustoßen, um ins Freie zu gelangen, blieb aber wie angewurzelt stehen, als sich bei der Kutsche knarrend die Tür öffnete. Mit weit aufgerissenen Augen versuchte sie in der Düsternis etwas zu erkennen. Zwei Beine in Jeans, ein breiter Oberkörper, weißblonde Haare. Es war Björn, der nun der Kutsche entstieg. Er klopfte sich den Staub von der Latzhose und sah Lea wie ein ängstliches kleines Kind an.

„Hab mich furchtbar erschrocken", fing er zu reden an, „Dachte, es wäre der Graf. Habe mich in der Kutsche vor ihm versteckt. Habe was in der Uhlenburg zu tun gehabt. Er hat mich wieder bis hierher mitgenommen. Er hat mir befohlen, sofort wieder nach Hause fahren. Das wollte ich aber nicht, ohne dir hallo zu sagen." Verlegen nestelte er an seinem Schlüssel herum, den er an einem Stoffband um den Hals trug. Lea schüttelte erleichtert den Kopf.

„Und ich dachte, du wärst ein Geist." Björn machte erst ein erschrockenes Gesicht, dann lachte er und sagte, dass es Geister nicht gebe. Und wenn, dann seien die ihm lieber als der Graf. Lea nahm Björn mit in die Werkstatt. Hier ließ es sich angenehmer plaudern. Sie setzten sich auf die beiden wackligen Holzstühle, und Lea fragte Björn, was er denn mit der „Uhlenburg" gemeint habe. Björn erzählte ihr nun stolz, dass er der Einzige sei, den der Graf dort hin mitnähme. Heute morgen habe der Graf angerufen, damit Björn ihm wieder helfe. Bei was, wollte Lea nun genauer wissen, außerdem wusste sie noch immer nicht, was es mit der „Uhlenburg" auf sich hatte.

„Uhlenburg" heißt das Moorschlösschen des Grafen. Es ist weit von hier. Immer nach Norden. Es gibt einen Waldweg dahin. Der ist noch weiter. Wir sind mit dem BMW vom Grafen gefahren. Wegen der vielen Kisten. Die muss ich doch dann immer tragen. Die kommen ins Schlösschen. Ich darf aber nix erzählen. Dass da keine Diebe kommen." Den letzten Teil hatte Björn mit geheimnisvoller Mine geflüstert. Lea ließ sich den Weg zum Moorschlösschen genauestens beschreiben. Sie wollte das Bauwerk unbedingt besichtigen. Außerdem kam ihr die Geschichte mit den Kisten äußerst mysteriös vor. Vielleicht lagerte der Graf auch nur irgendwelche unbedeutenden Dinge aus. Aber warum dann diese Geheimniskrämerei? Jedenfalls würde sie das Gebäude gerne sehen. Das war mal wieder ein spannendes Ausflugsziel, und vielleicht sogar ein schönes Motiv zum Zeichnen. Sie würde den Grafen lieber nicht danach fragen, wenn der so empfindlich war. Er hatte das Schlösschen auch nie in ihrer Gegenwart erwähnt. Was sollte sie ihm also sagen, woher sie davon wusste, ohne Björn zu belasten? Was in den Kisten war, wusste Björn wirklich nicht. Manche waren schwer, manche nicht. Mehr konnte er dazu nicht sagen. Björn spielte während des Gesprächs mit der übriggebliebenen Scherbe, sah sie einen Moment an und passte sie dann genau an die Stelle der Urne an, wo sie hingehörte. Lea war erstaunt. Wortlos schob sie ihm den Kleber hin und sagte ihm, wie er die Scherbe ankleben sollte. Björns Gesicht strahlte, und er wurde ein wenig rot vor Freude.

„Kann ich das denn?“ fragte er unsicher. Lea nickte. Björn besah sich noch eine Weile zufrieden sein Werk. Als plötzlich Schritte vor der Werkstatttür zu hören waren, verfluchte Lea die Tatsache, dass sie nur Fenster zur Landschaft, nicht aber zum Innenhof hatte. Jetzt konnte es Ärger geben. Es klopfte, und Björn sprang hastig auf und versteckte sich hinter dem Sandstrahlgerät. Die Tür wurde geöffnet, und zu Leas großer Erleichterung trat Harm mit einem Tablett voller Kuchen ein. Keinesfalls überrascht war er, als Björn hinter dem Sandstrahlgerät zum Vorschein kam.

„Ich habe dein Fahrrad an der Kastanie vor dem Dienstboteneingang gesehen, und da wusste ich, dass du noch hier bist“, begann Harm, „das war keine gute Idee, das Rad dort zu vergessen. Du weißt, dass der Graf sehr ärgerlich wird, wenn man seine Befehle nicht beachtet.“ Björn war kreidebleich vor Schreck über das vergessene Fahrrad. Da klopfte ihm Harm freundschaftlich auf die Schulter und lachte. Dann sah er Lea und Björn wieder mit ernster Mine an und sagte in seiner ruhigen Art und Weise, die Lea so sehr an ihm mochte: „Das Rad kann der Graf nicht mehr entdecken. Ich hatte es, nachdem ich dich in der Remise verschwinden sah, sofort versteckt. Wer vor seinen Angestellten Geheimnisse hat, darf sich nicht wundern, wenn diese dann auch geheimnisvolle Dinge tun.“ Verschwörerisch blickte er erst Lea, dann Björn an und reichte frischen Kuchen zum Tee, den sie sich alle drei auf den Schreck hin schmecken ließen.

13

Sonntägliche Stille herrschte über dem Moor. Aber wenn man danach ging, war hier immer Sonntag. Bienen brummten an den wenigen Blüten des verblühenden Heidekrauts. Den Gesang des Kiebitz vermisste Lea diesmal. Dafür schrieen ein paar Lachmöwen in der blauen Luft über ihr, bis sie am Himmel auseinander stoben und sich schließlich kreischend in der Nähe auf den Boden stürzten. Ihr Flug war auffallend tief an diesem Tag. Vielleicht bedeutete das schlechtes Wetter, aber vielleicht auch nur, dass es hier unten etwas zu futtern gab.

Lea sah zum wolkenlosen, blauen Himmel hinauf. Nein. Schlechtes Wetter konnte sie sich nicht vorstellen. Mit dem kleinen Zeichenblock musste Lea allerdings ab und zu ein paar lästige Insekten verscheuchen. Sie wanderte auf dem Bohlenweg durch das Moor in nördlicher Richtung, so, wie Björn ihr den Fußweg zum Moorschlösschen „Uhlenburg“ beschrieben hatte. Der Fußweg durch das Moor war lang, aber um einiges kürzer als der befestigte Waldweg, den man mit dem Auto dorthin fahren konnte.

Die Möwen stiegen wieder in den Sommerhimmel auf, und ihr Gekreisch begeleitete Leas einsame Wanderung durch das Moor. Mit Freude musste Lea gerade an den gestrigen Nachmittag bei den Karlssons denken. Wie festlich der Tisch gedeckt war und wie nett sie zusammen geredet hatten. Seit Langem hatte Lea wieder über die eigenen schrecklichen Erfahrungen ihrer Kindheit geredet, ein Kapitel, das sie gerne verdrängte. Als sie acht Jahre alt war, waren ihre Eltern zu einer Beerdingung eines nahen Verwandten nach Israel gefahren. Sie selbst hatte mit Windpocken im Bett in Deutschland bleiben müssen. Auf dem Friedhof in Jerusalem hatte jemand einen Sprengsatz gezündet, und beide Eltern waren dabei ums Leben gekommen. So stand Lea mit acht Jahren plötzlich alleine da, wurde zu Freunden der Eltern geschickt. Aber die eigenen Kinder dieser Familie waren eifersüchtig, und das Familienleben hatte mit Leas Einzug sehr gelitten. Die Zeit bei dem älteren Rabbinerehepaar war für sie auch nicht sehr erinnernswert. Die beiden Löwensteins hatten sich zwar Mühe gegeben, waren aber letztendlich daran gescheitert, weil sie sich, da sie nie eigene Kinder hatten, nicht in die Seele eines Kindes hineindenken konnten. Die Vormundschaft behielten sie zwar, aber Lea kam in ein Internat an der Nordsee, in dem sie ihre Schullaufbahn mit dem Abitur beendete. Als sie dann zum Studieren nach Hamburg kam und wieder bei den Löwensteins einzog, entwickelte sich das Verhältnis zu ihnen zu einer sehr freundschaftlichen Verbindung.

Die Löwensteins unterstützten Leas Studium großzügig sowohl finanziell als auch mit Rat und Tat. Aber ihre Eltern konnten sie trotzdem niemals ersetzen. Es war Lea oft, als fehle ihr ein Stück ihrer eigenen Vergangenheit, die nur acht Jahre umfasste. Alles andere erschien wie ein Flickenteppich und sie blendete ihn aus ihren Erinnerungen aus. Hier in der Einsamkeit der Umgebung des Schlosses tauchten die Erinnerungen wieder deutlich hervor. Immer mehr erkannte Lea, dass Stück für Stück dieser Flickenteppich allmählich ein Gesamtbild, nämlich das ihre, ergab. Dadurch schien sie mit einem Mal zu sich selbst zu kommen, sich als Ganzes zu fühlen und zu spüren, dass gerade die Erfahrungen der letzten Jahre sie stark gemacht hatten. Leas Freunde in Hamburg gingen in Discos aus, konnten nichts mit der notwendigen Gelassenheit tun, wollten alles, und zwar sofort. Auch sie war bis vor Kurzem ein wenig so gewesen. Hier aber war das Leben langsamer, beschaulicher, aber keinesfalls langweiliger. Im Gegenteil. Seit sie hier war, hatte sie längst vergessen, was Langeweile bedeutete.

Die Ruhe und Stille der Natur umgab die junge Restauratorin wie eine schützende Wand und erfüllte sie mit Gefühlen von Befreiung und tiefem inneren Frieden. Außerdem hatte Lea neue Freunde gefunden: Björn, Harm und Elke und natürlich Matthias den sie über alles liebte und bewunderte. Diese nahmen sie so an, wie sie war. Lea musste sich nicht durch Leistung deren Aufmerksamkeit erarbeiten. Sie war einfach nur da, wie das Heidekraut, das Schilfgras und der glänzende Torfboden. Sie wünschte sich plötzlich sehr, dass Matthias neben ihr herlaufen würde. Die Landschaft würde noch schöner, könnte sie ihre Eindrücke mit ihm teilen. Nächste Woche wollte er sie besuchen. Er war im Stress. Zwei Sonderausstellungen mussten im Landesmuseum vorbereitet werden. Lea konnte sich gut daran erinnern, wie viel Arbeit das bedeutete. Bei diesem Gedanken war sie gleich noch mal so froh, hier zu sein. Ob der Graf mit ihrer Arbeit wohl zufrieden war? Als sie in der letzten Woche die eisernen Sichelmesser vorgelegt hatte, schien er aus dem Staunen nicht heraus zu kommen. Immer wieder hob er sie hoch und betrachtete sie genau. Die Fehlstellen, an denen das Eisen komplett weggerostet war, hatte Lea geschickt mit eingefärbtem Epoxydharzgemisch ergänzt. Jetzt waren die eisenzeitlichen Messerchen wieder stabil. Lea bat den Grafen, diese empfindlichen Objekte nicht mehr in einen feuchten Keller zu legen. Sie hatte ihm einen Vortrag über die Schädlichkeit von zu hoher Luftfeuchtigkeit und zu großen Temperaturschwankungen gehalten. Allerdings war sie sich nicht sicher, ob er alles verstanden hatte. Er nahm die Messer jedenfalls sofort an sich und packte sie weg. Wohin, hatte er ihr nicht verraten.

Lea war nun schon über eine Stunde auf dem Bohlenweg unterwegs. Allmählich bekam sie Hunger. An einem Hünengrab, von denen es in dieser Gegend viele gab, sollte der Weg, so Björn, enden. Lea blieb stehen und sah in die Ferne. Die Hitze flimmerte und löste das Bild des Moores am Horizont in kleine flirrende bunte Flecken auf. Ein Steinhaufen, der von einem Hünengrab sein konnte, war nicht auszumachen. Die Luft war schwül geworden und die Möwen flogen tief über ihren Kopf hinweg. Lea musste eine kurze Rast einlegten. Sie hatte Durst. Das Mineralwasser war durch die Sommerhitze unangenehm warm geworden, und die Kohlensäure biss ihr unangenehm in den Hals.

Die junge Frau hatte sich auf den Bohlenweg gesetzt und betrachtete die feinen Gräser und Halme, die still auf dem Moorboden verharrten. Ein kleines Stück von ihr entfernt glänzte ein schwarzes Loch. Wie ein dunkler Spiegel lag der Moorboden an dieser Stelle offen. Lea gruselte bei dem Gedanken, dort hineinzutreten und langsam in die Tiefe hinabgezogen zu werden. In dem fettig glänzenden Boden spiegelten sich das Blau des Himmels und ein paar kleine Wolkenfetzen. Lea biss in ein mit Leberwurst bestrichenes Rundstück und kaute hungrig den hellen Teig. Als sie ihr Vesper beendet hatte, nahm sie ihren Block hervor und skizzierte das Moorloch, dabei bemerkte sie mit einemmal, wie die zarten Halme am Boden in feine Schwingungen gerieten. Ein leichter Wind war aufgekommen, den Lea dankbar begrüßte. Ihre Kleidung klebte völlig durchgeschwitzt an ihrem Körper.

Als sie ihren Weg fortsetzte, wurde der Luftzug immer stärker und entwickelte sich zu deutlich spürbaren Böen. Nichts Gutes ahnend, drehte sich Lea nach hinten um, von wo der Wind kam, und sah mit Entsetzen die hohen, grauen Wolkentürme über sich. Sie beschleunigte unwillkürlich ihre Schritte und wagte nicht mehr aufzusehen. Die Bohlen jagten unter ihr nur so dahin. Ein Gewitter im offenen Moor stellte sie sich grauenhaft vor. Sie war gefangen auf dem Bohlenweg, war gezwungen, ihn in die vorgegebene Richtung zu laufen, wenn sie nicht im Moor ihr Leben riskieren wollte. Die Möwen kündigten durch ihr Kreischen immer wilder den bevorstehenden Sturm an und flogen plötzlich in den hellen Teil des Himmels über ihr davon. Die Luft schien vor Elektrizität wie aufgeladen. Es war mit einem Mal totenstill. Nur wenn eine Windbö über sie hinwegfegte, rauschten die Föhren im das Moor umgebenden Wald. In der Ferne rumpelte der Donner. Lea schwitze nun vor Angst, und sie bereute es zutiefst an diesem Tag zur „Uhlenburg" gehen wollen zu haben. Wenn sie das Schlösschen doch nur bald erreicht hätte! Plötzlich endete der Bohlenweg in struppigem Grasboden. Der Mischwald mit Föhren, Birken und krummen Eichen hatte sich nun wie ein dichter dunkelgrüner Wall um die junge Frau gelegt. War sie zu weit gelaufen, hatte sie die Abzweigung beim Hünengrab verpasst? Ein eisiger Schreck durchfuhr sie. Sie war mutterseelenallein in einer unwirtlichen Gegend, und gleich würde ein Unwetter über sie hereinbrechen. Voller Verzweiflung sah sie sich um. Sie stand auf einer kleinen Lichtung, die hinter ihr im Moor endete. Links und rechts und vor ihr war ein undurchdringlich scheinender dunkler Wald. Die Bäume rauschten wie ein tosendes Meer. Immer wieder sah sie sich ratlos um und konnte nicht verstehen, wie sie den großen grauen Steinhaufen links am Waldrand hatte übersehen können. Sie eilte dorthin und stolperte zweimal wütend über hohe, feste Grashügelchen. Ihr Herz klopfte aufgeregt und zugleich vor Erleichterung, als sie erkannte, dass die grauen Steine in einer kastenförmigen Anordnung vor ihr lagen. Das war mit Sicherheit das Hünengrab, von dem Björn erzählt hatte. Lea solle daran vorbei gehen, und rechts davon führe ein

Trampelpfad in den Wald. Sie fand den schmalen Weg, der in den braunen Humus gestampft war.

Im Wald rauschten die Bäume über ihr. Aber nur, wenn eine der heftiger werdenden Böen darüber hinweg fuhr. Ansonsten wurde es auch bisweilen wieder ganz still. So still, dass die junge Frau mit klopfendem Herzen das Donnergrollen in der Ferne wahrnehmen konnte. Die Luft war kühl geworden. Irgendwo ging gerade das Gewitter nieder und kühlte die Sommerhitze deutlich ab. Als Lea im dunklen Unterholz entlang schritt, bemerkte sie unerwartet eine Bewegung zwischen den Stämmen vor sich. Da lief bei diesem Wetter und in dieser Einsamkeit noch jemand außer ihr durch den Wald. Als sich Lea von dem Schrecken erholt hatte, beeilte sie sich, die Gestalt einzuholen, die auf demselben Pfad in die gleiche Richtung wie sie selbst unterwegs war. War die Anwesenheit dieser Person nun tröstlich oder eher bedrohlich? Das konnte die junge Frau nicht zweifelsfrei entscheiden. Die dichte Wolkendecke, die sich über dem Wald gebildet hatte, verdunkelte die Atmosphäre, so dass die menschliche Gestalt, die vor Lea herlief, meistens mit den Konturen des Waldes verschwamm. Dazu war sie noch in dunkle Farben gekleidet und damit perfekt getarnt. Lea holte aber jäh auf, denn die Person hatte ihr Lauftempo gedrosselt. Lea bemerkte nun, dass sie einen großen runden Hut trug. Lea erschrak. Das war genau die Gestalt, die sie kürzlich zwischen den Pappeln beim Spionieren erwischt hatte. Plötzlich wollte sie dieses Wesen auf keinen Fall mehr treffen. Lea wartete einen Moment lang hinter einer Brombeerhecke ab, bis das Phantom verschwunden war. Was sollte sie nun tun? Zum Schlösschen weitergehen? Umkehren kam nicht in Frage. Sie musste fast am Ziel sein. Langsam schlich Lea auf dem Pfad weiter. Der Wind rauschte laut in den Bäumen. Plötzlich wurde sie von hinten am Rucksack festgehalten. In wilder Panik schlug sie um sich und befreite sich jäh aus der Umklammerung. Ein Geräusch, das wie das Zerreißen von Stoff klang, ertönte hinter ihrem Rücken. Sie drehte sich um und erkannte, dass sie sich nur in den Dornen der Brombeerhecke verfangen hatte. Eine der Taschen am Rucksack hatte dran glauben müssen. Sie hing im Gestrüpp wie eine Markierung des Wegs, der in Richtung des Moores führte. Das konnte Lea womöglich nützlich sein, da sich der Trampelpfad an dieser Stelle in einen schmaleren Weg gabelte, und sie ließ den orangeroten Stofffetzen dort hängen.

Lea ging auf dem Hauptweg weiter. Nach einem kurzen Stück durch den Wald, bei dem sie alle Sinne vollends auf Empfang gestellt hatte, trat sie erneut auf eine Lichtung, die als schmales, aber langes Band vom Mischwald umsäumt war. Das Donnergrollen in der Ferne wurde leiser. Anscheinend zog das Gewitter in einer anderen Richtung davon. Ganz obern ragte ein Gebäude vor dem Waldrand auf. Es war nicht groß und erinnerte in seiner Gestalt an ein Einfamilienhäuschen. Lea ging darauf zu. Es war schließlich nicht verboten, hier zu wandern. Die Hutgestalt konnte ihr nun wirklich nichts anhaben. Lea hatte alsbald das Schlösschen des Grafen erreicht. Es war ganz aus Fachwerk, deren Gefache mit roten Klinkersteinen ausgefüllt waren, gebaut. Das Krüppelwalmdach war mit Reet gedeckt. Björn hatte zu erzählen gewusst, dass es die Grafen zu Moorburg 1875 als Jagdschloss erbaut hatten. 1875, die Zahl konnte Lea im Balken über der Tür erkennen. Darunter hing das Geweih eines Rehs. Sie ging einmal um das Gebäude herum. Die grünen, hölzernen Fensterläden hatte jemand leider blicksicher und fest verschlossen. Das enttäuschte Lea ein wenig. Sie hatte sich ein richtiges kleines Schloss vorgestellt, mit Zinnen und Türmchen und einem Wassergraben drum herum. Lea setzte sich ins Gras vor das Haus, den Rücken zum Gebäude, und genoss die Aussicht auf die spätsommerlich blühende Wiese der Lichtung. Bienengesumm erfüllte wieder die Luft, und ab und zu musste Lea eine lästige Bremse von ihren brombeerstrauchverkratzten Armen verscheuchen. Hinter dem Haus hatte sie die geteerte Waldstraße entdeckt, die der Graf mit dem Auto benutzte. Lea aß ihr letztes Rundstück mit Käse und trank von dem mittlerweile wieder leicht abgekühlten Mineralwasser. Dann setzte sie sich so, dass sie das Haus sehen konnte, und begann, eine Skizze zu zeichnen. Das Jagdschlösschen war nichts weiter als ein kleine Heidekate. Aber Lea fand es trotzdem hübsch. Wie schön musste es sein, hier zu wohnen. Die Nacht allerdings stellte sie sich alleine ziemlich unheimlich vor. Da müsste schon Matthias dabei sein. Wieder kribbelte es ihr im Bauch. Welchen Floh hatte ihr der Graf da nur ins Ohr gesetzt?

Lea mühte sich gerade ein wenig mit der Wiedergabe der korrekten Perspektive des Daches ab, als sie unmittelbar von hinten angesprochen wurde. Lea fuhr zu Tode erschrocken herum. Die Hutgestalt hatte sich von hinten unbemerkt angeschlichen und sah nun mit ernster Mine auf Lea herab. Die breite Hutkrempe beschattete die Augen der

Gestalt, von der Lea immer noch nicht entscheiden konnte, ob sie einem Mann oder einer Frau gehörte. In diesem Moment riss die Wolkendecke auf, goldenes Licht ergoss sich über der Lichtung und blendete Lea so, dass sie nur mit blinzelnden Augen in das Gesicht ihres Gegenübers sehen konnte. Lea stand sofort auf und presste den Zeichenblock an sich. Der Hutmensch sah sie streng an und fragte Lea, was sie hier suche. Lea stammelte etwas vom Zeichnen und trat unwillkürlich einen Schritt zurück. Sie konnte nun erkennen, dass sie vor einer älteren Frau stand. Kurze graue Haare kamen unter dem Hut hervor.

„Woher kennen sie denn das Schloss hier?“ wurde Lea weiter ausgefragt.

„Davon habe ich mal gehört. Ich war neugierig und habe ein Motiv zum Zeichnen gesucht. Ist es denn verboten, hier zu sein?“ Den letzten Teil hatte Lea etwas mutiger vorgetragen, gemischt mit ein wenig Ärger.

„Nein, das ist es nicht. Ich frage mich nur, warum ich sie nicht kenne. Sie sind doch nicht von hier?“

„Ich komme aus Hamburg“ antwortete Lea.

„Und was tun sie hier noch außer Zeichnen?“

„Ich bin Restauratorin und arbeite für den Grafen von Reebow.“

„Ach ja, dann sind sie die junge Frau, die dort vor einigen Wochen eingezogen ist.“ Lea nickte. Warum waren bloß alle, die sie traf, so kühl, wenn sie vom Grafen hörten?

„Was restaurieren sie denn?“

„Archäologisches Kulturgut aus der Privatsammlung.“

„Was will der Herr Graf denn *damit* anfangen?“ fragte die ältere Frau neugierig.

„Das kann ich ihnen nicht sagen. Ich restauriere nur.“ Die Alte mit dem Hut lachte. Ihre dunkle Bluse zeigte Schwitzflecken unter den Armen. Dann fragte sie, ob sie denn schon etwas fertig restauriert habe und was das denn sei. Lea erzählte nur von den Keramikurnen, und das tat sie extra langweilig und stellte das Ganze möglichst uninteressant dar. Sie erinnerte sich daran, dass diese Frau ihre Arbeit womöglich heimlich beobachtete. Als ihr das einfiel, fragte Lea, wer sie denn eigentlich sei. Die Frau nahm den Hut ab. Dichtes graues Haar kam zum Vorschein.

„Ich bin Gisela Moorberg, und ich passe auf, dass sich keiner am Schlösschen zu schaffen macht.“ Dann setzte sie den Hut wieder auf und riet Lea, bald wieder umzukehren. Es sei nicht gut, als Frau alleine zu Fuß in dieser Gegend unterwegs zu sein. Dann fragte sie Lea gespielt freundlich, ihre Augen aber blieben kalt, ob sie sie nicht zurück begleiten solle. Lea lehnte ab. Sie hatte das Gefühl, dass diese Frau sie auf diese Weise nur aushorchen wollte. Die Dame mit Hut verschwand grußlos hinter dem Jagdschlösschen. Wie kam diese Person dazu, Lea Vorschriften über ihr einsames Wandern zu machen? Sie selbst war hier doch offensichtlich auch alleine unterwegs. Lea beschloß, die Zeichnung zu Hause zu vollenden. Zum Zeichnen hatte sie jetzt keine Lust mehr. Musste ihr denn immer jemand in die Quere kommen und sie auf unangenehme Weise ausquetschen wie eine Zitrone? Sie war, verdammt noch mal, keinem Menschen außer sich selbst Rechenschaft schuldig! Die ältere Dame hatte es schließlich geschafft, dass Lea sich etwas zu fürchten begann. Hatte sie die Gefahren etwa unterschätzt? Vor Einbruch der Dunkelheit wollte Lea auf jeden Fall das Moor hinter sich gelassen haben. Der Himmel hatte sich inzwischen wie vor einem Unwetter wieder verfärbt. Der Wald rauschte jetzt unablässig. Es war stockdunkel unter dem Blätterdach, und Lea strengte ihre Augen an, um den Pfad nicht zu verfehlen. Als sie dank der abgerissenen Rucksacktasche auf richtigem Kurs war, hörte Lea das Poltern von Autoreifen vom befestigten Waldweg her. Zwischen den Baumstämmen brauste ein grausilberner Mercedes davon. Darin konnte Lea Frau Moorberg erkennen. War sie etwa mit dem Imker verwandt? Dann hatten die beiden doch etwas mit dem Schloss zu tun. Wen konnte sie nur danach fragen? Auf dem Heimweg nahm sich Lea vor, demnächst ein Glas Honig zu kaufen. Das konnte vielleicht ein wenig Klarheit bringen. Noch lange bevor die Sonne komplett hinter dem Horizont verschwunden war, hatte sie todmüde das Schloss erreicht.

14

Im ersten Moment hatte Lea geglaubt, dass sie sich die kleine Bronzefigur nur eingebildet habe. Sie konnte sich aber doch noch so gut an das kleine Gesicht mit den großen Augen erinnern. Aber da lag sie. Ganz unten im Karton. Sie war in einem Fetzen Zeitungspapier verpackt worden. Vorsichtig nahm Lea das etwa vier

Zentimeter große Fragment in ihre Hand. Die Bronze hatte eine pulvrig-grüne Patina, die Beine waren am Oberschenkelansatz abgebrochen. Lea nahm sich vor, alle Kasten danach zu durchsuchen. Kühl lag die kleine Bronze in ihrer flachen Hand und blickte sie mit großen runden Augen an. Die Haare waren mit einzelnen Kerben in die ansonsten fein geglättete Oberfläche eingeritzt. Oben am Kopf war eine kleine runde Öse. Anscheinend hatte man sie an irgendetwas aufgehängt. Die Bronze nahm allmählich die Wärme von Leas Hand an. Das Gesicht war sehr einfach gehalten. Die Augen bestanden aus kleinen runden Löchern, die Nase ein winziges hervortretendes Dreieck und der Mund nur eine waagrechte Kerbe. Ein kurzer, schlanker Hals verband Kopf und Rumpf, der aus einem Rechteck bestand. Die Arme liefen als schmale Bänder ein wenig aus der Schulter zur Seite, knickten dann eckig nach unten ab und verliefen in einem etwa drei Millimeter großen Abstand links und rechts geradlinig am Rumpf entlang, bis sie in Hüfthöhe in kleinen runden Händchen endete. Auch hier waren die Finger nur als winzige Kratzer in dem runden Armende angedeutet. Lea besah sich die Bruchstellen an den Beinen unter ihrer Lupe. Die Bronze hatte auch hier Patina angesetzt. Der Bruch war also nicht neu.

Die junge Restauratorin konnte sich nicht erinnern, schon einmal eine solche Figur gesehen zu haben. Ein wenig erinnerte sie die Art der einfachen Gestaltung an frühe keltische Menschendarstellungen. Irgendwie passte dieses Objekt nicht in die Fundstücke der Sammlung, die ja aus einem Gräberfeld zu stammen schien. Lea las die Fundzettel, die mit den Stücken zusammen verpackt waren. Erst jetzt fiel ihr auf, dass diese alle neu geschrieben waren. Die Fundstücke selbst waren den Aussagen des Grafen nach am Ende des neunzehnten Jahrhunderts aus gegraben worden. Lea hatte deshalb auch alte vergilbte Fundzettelchen erwartet, auf denen in Sütterlin der Fundort und die Inventarnummer verzeichnet wäre. Das wäre zumindest in einem Museumsbestand so der Fall gewesen. Auf keinem der bisher bearbeiteten Stücke war, wie eigentlich üblich, eine klein geschriebene Inventarnummer auf dem Objekt selbst zu finden gewesen. Das wunderte Lea plötzlich sehr, denn der Graf hatte am Anfang auch ein Inventarbuch erwähnt, in das sein Ahnherr akribisch alle Fundstücke verzeichnet haben sollte. Lea nahm alle Fundzettel, die sie in die Urnen und neben das jeweils zugehörige Objekt gelegt hatte, und betrachtete sie eingehend. Auf blütenweißes, neues

Papier war in lateinischer Schrift jeweils nur die Art des Objektes und der Fundort mit blauem Kugelschreiber verzeichnet. Auch hier gab es keine Hinweise auf eine Inventarnummer. Lea stellte fest, dass alle Stücke anhand der Fundzettelangaben angeblich aus einem Gräberfeld auf dem Heideberg stammten, der sich, wie Lea vom Grafen erfahren hatte, auf der kleinen Anhöhe zwischen Moorburg und Brookshafen befand. Die Urnen, die Sichelmesser, einige Bronzefibeln und Nadeln passten da ja noch irgendwie dazu, die kleine Bronzefigur aber musste von woanders herstammen. Aber auch auf ihrem Fundzettel stand als einzige Angabe „Bronzefigur, Fundort: Gräberfeld auf dem Heideberg". Lea legte die Figur vor sich auf den Tisch. Sie war handwarm, als ob sie zu leben begonnen hätte. An einer Stelle an der eckig ausladenden Hüfte entdeckte Lea eine Stelle mit pockenartigen Ausblühungen der Korrosion, die sie dringend entfernen musste. Ansonsten schien die Bronze unter der grünen Patina aus Malachit noch intakt zu sein. Die junge Restauratorin beschloss, den Grafen nach dem Inventarbuch zu fragen. Darin mussten noch weitere Hinweise zu den Fundstücken stehen. Außerdem wollte sie ihn nach den Grabungstagebüchern von Magnus von Reebow fragen. Diese mussten noch existieren.

Das Mittagessen hatte Lea schnell hinter sich gebracht. Den BMW des Grafen, der im Hof zur Abfahrt bereit stand, ließ sie aus ihrem Küchenfenster nicht aus den Augen. Anscheinend wollte er heute noch geschäftlich nach Hamburg. Welche Geschäfte das waren, hatte sie von Dr. Stein nur flüchtig erklärt bekommen. Es war irgendetwas mit Auktionen. Die Antwort war so dürftig gekommen, dass Lea nicht gewagt hatte, weiter danach zu fragen. Den Grafen bekam sie privat nur äußerst selten zu sprechen. Er schien immer sehr beschäftigt zu sein.

Lea klopfte an die Bedienstetentür und hoffte, von Harm eingelassen zu werden. Es war aber Agnes, die ihr griesgrämig wie immer die Türe öffnete. Lea fragte, ob Herr Karlsson da sei. Agnes' Gesicht wurde noch länger, als sie diese Frage hörte. Sie verneinte kühl und erklärte, dass er am Nachmittag einen Termin beim Arzt habe und daher heute nicht mehr herkomme. Lea musste nun wohl oder übel Agnes nach dem Grafen fragen. Agnes machte darüber ein noch längeres Gesicht und ließ Lea mit dem Versprechen vor der Tür stehen, ihn zu fragen, ob er für Lea Zeit habe. Lea blieb stehen und wartete verärgert einen Moment, dann wurde es ihr zu dumm, und sie ging in die Werkstatt zurück, um mit der Arbeit fortzufahren. Diese dämliche Agnes hatte mal wieder ihre Machtspielchen getrieben, kam sich ja immer vor wie die rechte Hand des Grafen und ließ das Lea genau spüren. Harm mochte Agnes auch nicht besonders, verteidigte sie aber immer ein wenig, indem er Lea zu bedenken gab, dass Agnes im Grunde ein armes Würstchen sein. Sie musste für sich und ihre Schwester arbeiten gehen. Die Schwester ging noch auf die Volksschule, und die Eltern waren beide Säufer, so dass sich Agnes praktisch alleine um die Familie kümmern musste. Da kostete sie ihre bevorzugte Stellung hier eben gerne aus. Lea solle sich nicht von ihr ärgern lassen, sagte Harm. Lea ärgerte sich aber trotzdem noch einen Moment. Dann öffnete sie das Werkstattfenster und atmete warme Sommerluft, die nach verbranntem Holz und Heu roch. Irgendein Bauer in der Nähe verbrannte etwas auf dem Feld. Als Lea sich die blaue Schürze angezogen hatte, nahm sie einen Skalpellgriff und zog eine nagelneue Klinge auf. Gemächlich machte sie sich daran, vorsichtig die grüne Malachitschicht auf der Oberfläche der Bronzefigur zu entfernen. Dunkelbraun kam darunter eine schützende Patinaschicht zum Vorschein. Diese ließ Lea unberührt, da sie das Objekt vor oberflächenschädigenden Einflüssen bewahrte. Die junge Restauratorin hatte gerade einen winzigen Bereich an der rechten Schulter der Figur freigelegt, als es unmittelbar an der Werkstatttüre klopfte. Lea dachte, dass es Agnes sei, die sich entschuldigen wolle, aber gleichzeitig wusste sie, dass Agnes dies niemals tun würde. Es war tatsächlich nicht Agnes, die die Türe öffnete, nachdem Lea „Herein“ gerufen hatte. Es war Max von Reebow selbst. Er trat zu ihr an den Werktisch und sagte, dass im Agnes ausgerichtet habe, dass Lea mit ihm zu sprechen wünsche. Lea bot ihm einen Platz an. Der Graf setzte sich und betonte dabei, dass er nicht viel Zeit habe, da er einen Termin in Hamburg wahrnehmen müsse. Lea fragte ihn gleich nach dem Inventarbuch.

„Wie kommen sie denn darauf, dass ich ihnen dieses wertvolle Stück überlassen könnte“, entgegnete er finster.

„Sie sollen mir das Buch ja nicht überlassen, ich möchte es nur einsehen“.

„Wozu denn? Sie sollen restaurieren und keine wissenschaftliche Abhandlung dazu verfassen“, antwortete er schnell.

„Ich möchte nichts außer einem Restaurierungsbericht schreiben, aber ich möchte Genaueres über die Objekte erfahren.“

„Wozu soll denn ein Restaurierungsbericht gut sein?“ ließ der Graf nicht locker.

„Jeder Restaurator macht das, damit man später weiß, falls eine erneute Behandlung notwendig ist, welche Chemikalien, Überzüge und Ergänzungen benutzt wurden. Das erleichtert dem anderen Restaurator die Arbeit, außerdem kann man in seinen Berichten nachschlagen, wie man vorgegangen ist, wenn man ein ähnliches Objekt bearbeitet“. Der Graf schien nach diesen Erklärungen etwas beunruhigt zu sein und verlangte, dass er die Unterlagen später bekam. Lea versicherte ihm dies.

„Sie dürfen nichts davon veröffentlichen. Dazu müssen sie mir ihr Wort geben.“ Lea gab ihm ihr Wort und war etwas missgelaunt über den Verlauf des Gesprächs.

„Ist denn darüber nicht schon etwas veröffentlicht worden?“ Max von Reebow überlegte kurz, dann sagte er schnell: „Sie haben Recht. Darüber ist bereits etwas veröffentlicht worden. Sie brauchen sich also die Mühe nicht mehr zu machen und sich darüber auch keinen Kopf mehr zu zerbrechen“. Bei diesen Worten war er aufgestanden und langsam zur Türe gegangen.

„Ich würde aber trotzdem gerne die Inventarbücher sehen. Sie können dabei anwesend sein. Die Grabungstagebücher wären auch sehr interessant für mich“, sagte Lea noch schnell, weil sie fürchtete, der Graf könnte ihr nun so mir nichts dir nichts davon fahren.

„Warum sollte Sie das interessieren?“ fragte der Graf etwas herablassend. Lea schüttelte ihren letzten Trumpf aus dem Ärmel:

„Die Fundumstände sagen mir etwas über den Grund des Erhaltungszustandes, und mit diesem Wissen kann ich die Objekt einer gezielteren konservatorischen Prozedur unterwerfen.“ Die Worte waren ihr wie durch eine plötzliche Eingebung aus dem Mund gekommen. Daraufhin schwieg der Graf einen Moment. Für ihn als Nichtfachmann war es nun schwer, die passenden Gegenargumente zu finden.

„Wir reden darüber, wenn ich wieder aus Hamburg zurück bin. Ich muss jetzt gehen.“ Er wandte sich zur Tür, drehte sich, bevor er sie von außen schloss, noch einmal zu Lea um. Er lächelte nun freundlich und sagte in weicherem Tonfall, dass Lea das einfach verstehen müsse. Es seien nun mal Erbstücke, an denen er sehr hänge. Er gab ihr zu verstehen, dass es für Lea schon eine große Ehre sei, die Funde bearbeiten zu dürfen. Jedem hätte er seine „Schätze“ nicht anvertraut. Bevor er die Tür schloss, hatte er Lea wie zur Bekräftigung des Gesagten noch einmal verschwörerisch zugezwinkert. Lea wunderte sich darüber, dass er dann kein Vertrauen hatte, ihr die Grabungsunterlagen und das Inventarbuch zu zeigen.

Die Bronzefigur wollte sie in Ruhe und Muße weiterbearbeiten. Beides war ihr nach dem Gespräch mit dem Grafen gründlich vergangen. Daher verbrachte sie den Rest des Arbeitstages damit, die Fragmente des Eisenschwertes mit Epoxydharz aneinander zu fügen. Eine Messerklinge, ebenfalls aus Eisen, begann sie mit Korund abzustrahlen. Die feinen Rostflecken und Verunreinigungen auf der Oberfläche hatte sie damit sehr gut entfernen können. Das Eisen war aber immer noch sehr porös, und größere Rostblasen konnte sie nur mit dem Bohrer abschleifen. Danach hatte sie die Werkstatt aufgeräumt und die Apparate und Gefäße saubergemacht.

Da der Graf nicht da war, wagte sie es, ein wenig früher Feierabend zu machen, um in Moorburg ein paar Einkäufe erledigen zu können. Sie war heute sogar in der richtigen Stimmung, ein Glas Honig zu kaufen.

Als sie mit dem Fahrrad wenig später den Schosshof verlassen hatte und in Richtung Moorburg radelte, roch die Luft wieder nach Holzfeuer und Heu. Das war ein typischer Sommergeruch auf dem Land, und er erinnerte Lea an schöne Wanderungen in ihrer Nordseeinternatszeit auf der Halbinsel Eiderstedt. Sie fühlte sich plötzlich ein wenig wie ein Kind in den Sommerferien, so leicht und frei. Es war schön, nach der langen Arbeitszeit in der kühlen und dunklen Werkstatt die Sommerluft an den nackten Beinen und die warmen Strahlen der goldorangenen Abendsonne auf der Haut zu spüren. Fröhlich kam sie in Moorburg an. Sie holperte mit dem Rad über die gepflasterte Dorfstraße bis zum Tante-Emma-Laden, der sich in einem reetgedeckten, roten Klinkerhaus befand. „Koopmann Wulf“ prangte in roten Buchstaben halbrund über dem Eingang. Immer, wenn Lea hier einkaufte, bekam sie eine Kleinigkeit extra. Herr Wulf, ein untersetzter, älterer Mann mit dichtem Vollbart und hellblauen Augen, begrüßte sie wie immer sehr herzlich mit einem gebrüllten „Moin“. Dieser Gruß war hier so üblich, bedeutete es doch, dass sich Lea schon sehr am Rande des Hamburger Landes befand. Hier hatte das „Moin“ den in Hamburg eher üblichen Gruß „Tach“ bereits abgelöst. Die „saute Deern“, wie Lea von Herrn Wulf immer genannt wurde, kaufte Brot, Süßigkeiten und Südfrüchte und eine Tiefkühlpizza, die sie sich am nächsten Tag zum Mittagessen bereiten wollte. Wurst, Käse, Äpfel, Eier und Milch bekam sie bei Björns Eltern auf dem Heidehof. Da bekam sie auch oft was hinzugeschenkt als Lohn, weil es Lea immer noch nicht aufgegeben hatte, deren Sohn das Lesen beizubringen. Herr Wulf gab gerne darüber Auskunft, wo der Imker Herr Dr. Moorberg wohnte.

Lea fuhr, wie von Herrn Wulf beschrieben, die Dorfstraße bis zum Ende des Ortes entlang, an zwei Weiden vorbei bis zu einem schmalen Pfad, der zu einer flachen Wurt führte. Darauf stand eine wunderschöne alte Bauernkate mit reetgedecktem Krüppelwalmdach und weißen Sprossenfenstern. Lea lehnte ihr Rad an den Gartenzaun. Sie ging zur Haustür und klingelte. Ihr Herz klopfte vor Aufregung. Würde sie der Imker wiedererkennen? Diesmal musste er freundlich sein. Sie wollte schließlich von seinem Honig kaufen. Weil niemand öffnete, klingelte Lea noch einmal. Es tat sich wieder nichts. Da bemerkte sie ein kleines Schild, das rechts an der Hauswand hing. Ein kleiner Pfeil war darauf zu sehen, er zeigte nach rechts. Darüber stand: *"Zur Imkerei."* Lea lief dem Pfeil nach rechts um das Haus herum und kam auf eine Wiese. Rechts auf dem Grundstück stand eine große, langgestreckte Bretterbude. Das musste das Bienenhaus sein. Davor sah sie viele bunte Bienenkästen. Sie ging keinen Schritt weiter, denn sie fürchtete sich vor den Bienen. Lea wäre am liebsten wieder umgekehrt und mit dem Rad so schnell wie möglich nach Hause gefahren, auch wegen der Tiefkühlpizza. Sie rief nach Herrn Dr. Moorberg und hatte es sogleich wieder bereut. Nun war es aber zu spät umzukehren, da sich kurz darauf ein weißer Kopf aus der Bretterbude reckte und etwas in ihre Richtung sagte. Lea verstand es als Aufforderung, zu ihm zu kommen. Langsam lief sie zu der Stelle, an der sie den weißen Schopf gesehen hatte, und blieb vor einer geöffneten Türe stehen. Im dunklen Innern des Bienenhauses hörte sie ein Kratzgeräusch und schwere Schritte. Sie sprach Herrn Dr. Moorberg an und erwartete eine unfreundliche Antwort. Stattdessen erklang Herr Dr. Moorbergs Sprache in freundlichem Ton.

„Den Doktor lassen sie man weg", sagte er, und seine Stimme wurde lauter, da er sich zur Tür bewegte.

„Sie brauchen hier nicht stehen zu bleiben, kommen sie nur herein", forderte er Lea auf. Lea trat in den dunklen Verschlag. Hier roch es seltsam nach modrigem Holz und süßlich nach altem Wachs. Herr Moorberg stand an einer Zentrifuge und zapfte einen großen Eimer mit goldenem Honig ab.

„Das ist die letzte Ernte für heute. Ich habe schon kaum noch Gläser zum Abfüllen. Dieses Jahr sind die Bienen besonders fleißig gewesen." Lea konnte ihn nur von der Seite betrachten. Da fiel ihr blitzartig ein, wo sie ihn schon einmal außer im Moor gesehen hatte. Es war im Schlosshof, eines Morgens, als sich der Graf mit einem weißhaarigen Mann gestritten hatte. Das war also Herr Moorberg gewesen. Lea war sich ganz sicher. Sie schluckte. Er schien sie nicht erkannt zu haben, denn sonst wäre er nicht so freundlich zu ihr gewesen. Sie nestelte unsicher an ihrem T-Shirt herum, das sie lässig über der abgeschnittenen Jeans trug. Die Haare hatte sie diesmal hochgesteckt. Wahrscheinlich hatte sie Herr Moorberg deshalb nicht erkannt. Nachdem er den Schleudervorgang beendet hatte, wandte sich der ältere Herr seiner Kundin zu.

„Was kann ich denn für sie tun", lächelte er sie an.

„Ich möchte Honig kaufen", antwortete Lea, noch immer unsicher. Da bemerkte sie in seinem Gesicht die befürchtete Veränderung. Er betrachtete sie ernst.

„Sie sind nicht von hier", begann er, ohne auf den Auftrag einzugehen.

„Nein", sagte Lea und bemühte sich ihm in die forschenden dunklen Augen zu sehen.

„Ich bin aus Hamburg. Wir hatten schon einmal die Ehre im Moor", sagte sie schnell, damit das leidige Frage- und Antwortspiel ein Ende hatte. Der Imker betrachtete sie nun noch forschender.

„Ich weiß nicht, was sie meinen. Machen sie hier Urlaub?"

„Ich bin die Restauratorin vom Schloss. Wir haben uns schon einmal im Moor getroffen. Sie hatten dort ihre Magazine stehen."

„Das ist schon möglich. Ich habe meine Wandermagazine für den Waldhonig öfter am Rande des Moores stehen." Er schwieg einen Moment und sagte dann ohne Umschweife: „Die archäologische Sammlung des Grafen muss bedeutende Stücke enthalten".

„Kennen sie den Grafen?" fragte Lea.

„Kennen? Man denkt man kennt jemanden, und dann kennt man ihn doch nicht." sagte der Imker und lächelte Lea bedeutungsvoll an.

„Kennen sie ihn denn?" fragte er Lea.

„Nur ganz flüchtig. Ich arbeite völlig alleine und sehe ihn daher kaum.“ Herr Moorberg betrachtete Lea ungläubig.

„Und da lässt er sie so einfach an seine geheimsten Schätze heran?“ fragte er ungläubig.

„Immerhin bin ich ausgebildete Restauratorin. Er kann mir da schon vertrauen. Außerdem sind das keine Geheimnisse. Er will die Stücke später dem Publikum zugänglich machen, in einer Ausstellung.“ Bei den letzten Worten war Herr Moorberg in ein zynisches Schmunzeln ausgebrochen.

„Das hat er ihnen erzählt?“ rief er in den dunklen Raum. Einige der Bienen huschten ab und zu herein und flogen, nachdem sie ihren Irrtum bemerkt hatten, sofort wieder ins Freie. Lea wäre auch gerne wieder gegangen. Das aber wollte sie jetzt nicht mehr ohne ein Glas Honig tun.

„Wo arbeiten sie denn?“ Lea wurde hellhörig. Diese Frage wollte sie auf keinen Fall der Wahrheit entsprechend beantworten.

„Im Hauptgebäude. Im Keller“ log sie. Ihr waren der nächtliche Besucher und die Alte mit dem Hut eingefallen. Ob sie wohl seine Frau oder irgendeine Verwandte war? Dem Namen nach konnte das gut möglich sein. Der Name. Lea fiel plötzlich ein, dass sie Herrn Moorberg nach seinem Namen fragen wollte. Sie konnte ihn damit auch gut von dem unangenehmen Gesprächsthema abbringen.

„Woher kommt eigentlich ihr Name? Ist das Zufall, oder hat das was mit der Gegend zu tun?“ fragte Lea.

„Der Name Moorberg ist ein sehr alter Name“, antwortete der Imker bedächtig. Eigentlich hatte er noch weiter nach den archäologischen Objekten fragen wollen. „Wir Moorbergs haben einen langen Stammbaum, und wir sind sehr mit der Gegend hier verwurzelt. Das drückt ja auch der Name des Ortes, an dem wir uns befinden, aus.“ Bei dieser Rede hatte er eine sehr aufrechte Haltung angenommen, wie es Lea schien.

„Haben sie vielleicht auch etwas mit dem Schloss zu tun?“ fragte Lea und bemerkte, wie er sie erschrocken ansah.

„Ja, also ...“, begann er und ließ mit seinem Blick nicht mehr von Lea ab, bis vom Wohnhaus unvermittelt eine Frauenstimme seinen Vornamen „Markus“ rief . Das schien ihn in die Realität zurückgeholt zu haben, denn plötzlich gab er Lea eines der frisch abgefüllten Gläser und sagte, dass er ihr das Glas schenke. Lea wollte abwehren und darauf bestehen, das Glas zu kaufen. Herr von Moorberg sah schnell zum Wohnhaus, geleitete Lea aus dem Bienenhaus und verabschiedete sich, indem er sagte: „Das Glas haben sie sich für ihre Mühen verdient, versüßen sie sich damit die bittere Gegenwart ihres Chefs.“ Dann lief er zum Wohnhaus. Davor stand eine kompakt gebaute ältere Frau mit kurzem weißen Haar. Sie deckte den Tisch auf der Veranda und hatte Lea nicht bemerkt. Wohl aber war Lea nicht entgangen, dass es dieselbe Frau war, der sie im Wald beim Jagdschlösschen begegnet war. Schnell huschte Lea zur Hauswand. Jetzt konnte sie von der Hut-Frau nicht mehr gesehen werden. Sie schwang sich aufs Rad und jagte völlig verwirrt zum Schloss zurück. Wem konnte sie nur vertrauen? Dem Grafen oder dem Imker? Lea dachte über alles nach und kam zu dem Schluss, dass es gut war, dem Imker nicht gesagt zu haben, wo die wahre Werkstatt war. Die kleinen Holzrähmchen und die Bienenkästen, die anfangs in der Werkstatt gelagert hatten, gehörten ihm. Das war ihr klar. Augenscheinlich hatte er daher auch etwas mit dem Schloss zu tun. Die Antwort war der Imker ihr aber schuldig geblieben.

Die beiden Moorbergs wussten von den Funden und waren offenkundig scharf darauf. So viel stand fest. Wie weit sie dafür gehen würden, konnte sich Lea nicht so richtig vorstellen. Warum hatte er so getan, als ob er sie nicht wiedererkannt hatte? Er hatte sie wiedererkannt. Da war sich die junge Restauratorin ganz sicher. Lea hatte in diesem Moment nicht zum ersten Mal das Bedürfnis, darüber mit jemandem zu reden. Es musste jemand sein, der sich in der Gegend gut auskante. Björns Eltern vielleicht oder am besten Harm. Ihm vertraute sie. Morgen wollte sie ihm von seinen Beobachtungen erzählen. Morgen bei der Pizza. Als sie das aufgetaute, schlappe Ding zu Hause aus der Packung pulte, war ihr klar, dass die Pizza nicht bis morgen warten konnte, das Gespräch aber musste.

15

Matthias lief Lea voran. Sie sollten sich immer auf dem schmalen Weg durch den Forst geradeaus halten, um auf der nächsten Lichtung den Heideberg zu erreichen. Matthias war an diesem Sonnabendmorgen zeitig gekommen. Freitagabend hatte Leas Handy geklingelt. Matthias brauchte unbedingt Tapetenwechsel. Die Vorbereitungen zu den Sonderausstellungen hatten ihn ziemlich geschlaucht. Obwohl Lea eine Langschläferin war, hatte sie sich riesig über Matthias' Kommen gefreut. Sie wollten sich den geheimnisvollen Grabungsort am Heideberg mal genauer ansehen, nachdem Matthias, der sich mit den Grabungsstätten in und um Hamburg sehr gut auskannte, erklären musste, von einer Grabung am Heideberg nichts zu wissen.

Die Luft war noch angenehm, leichter Nebel schwebte über dem Boden und legte sich feucht und kühl um Leas nackte Beine. Eine Amsel schimpfte mit spitzen Schreien von einer Föhre auf sie herab. Ansonsten war es sehr still. Matthias betonte immer wieder, dass er Lea um ihren ruhigen Arbeitsplatz beneide.

„So ruhig ist es hier aber gar nicht. Die Stille trügt. Es ist etwas faul, und nicht nur im Staate Dänemark, Herr Hamlet. Ich weiß nur noch nicht, was!" rief ihm Lea von hinten zu. Matthias hatte einen Rucksack mit Essen auf dem Rücken und erinnerte Lea von hinten an einen Abenteurer, der durch den Urwald Südamerikas unterwegs ist, um die Geheimnisse eines verborgenen Volkes zu erkunden. Mit seinen grauen Haaren sah er wie ein Wissenschaftler auf Expedition aus.

Die „Expedition Heideberg" war seit einer Stunde unterwegs. Erst waren sie durch Felder und Wiesen gegangen, dann durch den Mischwald, der sich zwischen Brookshafen und Moorburg erstreckte. Bald mussten sie ihr Ziel erreicht haben. Der Wald begann sich vor ihnen bereits zu lichten. Dahinter befand sich die offene Heide, aus deren Mitte der Heideberg herausragen sollte. Die Sonne blieb an diesem Morgen hinter einem weißen Schleier verborgen. Als sie auf die Heide hinaustraten, stand sie als weiße Scheibe über ihnen. Das kurze feste Gras war gelblichgrün. Das Heidekraut war auch hier zum größten Teil verblüht. Sie blieben stehen und hielten Ausschau nach einer erkennbaren Erhebung in der weiten Ausdehnung der Heide. Sie konnten nichts erkennen, das auf eine kleine Erhebung hindeutete. Matthias nahm seinen Feldstecher aus dem Rucksack und suchte lange den Horizont ab. Irgendwann hatte er ganz weit draußen eine Erhebung ausgemacht. Knorrige Bäume standen darauf.

„Also, die einzige Erhebung, die ich sehen kann, ist noch ein gutes Stück von uns Entfernt. Hat sich Harm auch nicht geirrt bei seiner Beschreibung?“ fragte Matthias, indem er sich zu Lea umdrehte, die sich erschöpft auf einem großen Stein niedergelassen hatte und ihre juckenden Mückenstiche von letzter Nacht an den Beinen betrachtete. Sie achtete penibel darauf, erst das Licht einzuschalten, wenn alle Fenster geschlossen waren, aber immer mogelte sich eines von den üblen Insekten in ihre Wohnung und fiel in der Dunkelheit heimtückisch über sie her.

„Der hat sich bestimmt nicht geirrt. Er hat mir erzählt, dass er als Junge dort immer gespielt hatte. Aber mit der Entfernung hat er wohl doch ein weinig untertrieben. Früher musste er eben alles zu Fuß gehen. Da kam ihm dieser Weg wahrscheinlich nicht allzu weit vor.“ Sie machten auf dem großen Stein eine kurze Rast. Als Matthias sich zum Weitergehen aufgemacht hatte, blieb er vor dem großen Stein stehen und betrachtete ihn kritisch.

„Das ist ja ein Relikt aus dem Neolithikum, auf dem wir da eben campiert haben.“ Begeistert betrachtete er sich den Stein von allen Seiten, und auch Lea erkannte erst jetzt, dass es sich um die Deckplatte eines 6000 Jahre alten Grabes handelte.

„Davon gibt es hier in dieser Gegend anscheinend einige. Vor ein paar Wochen habe ich am Rande des Moores beim Schloss schon einmal bei einem Hünengrab gesessen.“ Matthias bedauerte es, kein Messtischblatt von dieser Gegend zu besitzen. Sobald er wieder in Hamburg war, wollte er sich eines besorgen.

„Geschichtsträchtige Gegend ist das hier bei dir“, lachte er Lea an und schritt eisern auf einem schmalen Pfad durch die Heide voran.

„Geschichtsträchtig, bedeutungsschwangere Geschichte, Geschichten und Geschichtchen“, fabulierte Lea ironisch hinter seinem Rücken. Sie blickte dabei starr auf den Trampelpfad vor sich. Heller Sand kam unter einer dünnen braunen Erdschicht hervor und ließ den Weg in der fahlen Sonne leuchten. Eine einsame Krähe flog über sie hinweg, schrie und ließ sich in einer freistehenden Eiche mit einer prachtvoll entwickelten Baumkrone nieder. Zwischen dem dichten Laub konnte Lea sie nirgends mehr entdecken, obwohl sie noch immer ihr Gekrächze hören konnte. Hoch über ihnen schwebte lautlos ein Bussard. Für einen Moment hatten sie ihn für einen der Kinderdrachen aus Plastik gehalten, dann, als ein hoher Schrei über der Heide erschallte, erkannten sie, dass er echt war. Die Flügel bewegte er kaum, sondern ließ sich von der Thermik der Sommerluft treiben. Beim Bewundern des Bussards stolperte Lea unsanft über eine Wurzel und wäre beinahe gefallen, wenn Matthias sie nicht aufgefangen hätte. Sie spürte seine starken Arme, die sie festhielten, und es war ein sehr gutes Gefühl. Für einen Moment hielten sie sich fest, und da war es wieder, das Kribbeln in Leas Bauch. Aber schon viel zu bald drängte Matthias zum Weitergehen. Sie fühlte sich an seiner Seite absolut sicher.

Sie kamen an einen schmalen Bach, den man eher als Rinnsal bezeichnen musste. Darin spiegelte sich der Kreis der Sonne, und Lea dachte daran, dass sich, so lange es den Menschen gibt, nichts an den Wetterstimmungen geändert hatte. Die Landschaft hatte vor 6000 Jahren ein wenig anders ausgesehen, dass sich aber die Sonne ab und zu so mystisch hinter einem dünnen Wolkenschleier verbarg, war sicher auch damals vorgekommen. Da keimte in ihr mit einem mal wieder dieses Gefühl der Nähe zu den Menschen der Vergangenheit auf. Diese waren mit Bestimmtheit noch empfänglicher für die Stimmungen der Natur gewesen, stand ihnen ihre Abhängigkeit doch auch viel intensiver vor Augen als dem modernen Menschen. Aber die modernen Menschen waren noch immer den Gesetzen der Natur unterworfen, auch wenn das Bewusstsein dafür im Laufe der Jahre verdrängt worden war. Lea aber gelang es noch, die unterschiedlichsten Stimmungen durch das sich verändernde Licht der Sonne und die Farbtöne aufzunehmen und in Empfindungen umzusetzen, die schwerlich in Worte zu fassen waren.

Wieder trug die Luft den Duft nach Heu und Holzfeuer. Dieses verstärkte in der jungen Restauratorin die Ahnung einer Beziehung von der Jetztzeit zur Vergangenheit, denn der Geruch von Holzfeuer begleitete die Menschheitsgeschichte schon viele tausend Jahre. Wie zur Bekräftigung ihrer Gedanken, sah sie neben sich im Heidekraut ein paar Flintsteinbrocken. Lea blieb stehen und bückte sich, um ein seltsam auffällig spitz geformtes Exemplar aufzuheben. Sie rief Matthias zu sich. Es war schwer zu entscheiden, ob es sich bei den Abschlägen nur um zufällige Erscheinungen handelte oder ob Lea da in der Tat ein Artefakt in den Händen hielt. Sie war ganz aufgeregt. Hier war es wirklich so, als ob die Zeit stehen geblieben wäre. Den Stein steckte sie in ihre Tasche.

Hungrig hatten sie endlich die feine Erhebung erreicht. Auf dem höchsten Punkt dieser Erhebung standen rundherum knorrige kleine Eichen in einer Art Kreis. Bevor sie den Heideberg untersuchten, machten sie eine Mittagspause, in der Lea Genaueres von ihren Erlebnissen berichtete. Mit Harm hatte sie mittlerweile auch darüber gesprochen. Dem kam die Sache ebenfalls höchst merkwürdig vor. Dass der Imker Dr. Moorberg vor Kurzem noch ein gutes Verhältnis zum Grafen hatte, weil er seine Bienensachen in der kleinen Werkstatt, in der Lea jetzt restaurierte, unterstellte und reparierte, wusste sie ebenfalls von Harm. Die Heimlichkeiten und das Zerwürfnis mit Markus Moorberg hatten kürzlich, bevor Lea eingezogen war, begonnen. Auch Harm erfuhr von den Restaurierungsarbeiten erst, nachdem Lea im Schloss eingetroffen war. Entweder war alles Zufall, oder es musste mit der archäologischen Sammlung zu tun haben. Was ging diese aber den Imker an? Vielleicht gab es auch nur andere Differenzen zwischen ihm und dem Grafen, und diese hatten mit der Sammlung überhaupt nichts zu tun. Vielleicht gönnte der Imker dem Grafen sie nur nicht. Matthias und Lea überlegten so eine Weile hin und her, dann begannen sie, den Heideberg zu erkunden.

Auf der höchsten Erhebung erkannten sie merkwürdige Unebenheiten im Boden, die aussahen, als stammten sie von Mauern eines alten Gebäudes. An einer Stelle war eine runde Stelle, an der sich der Boden abgesetzt hatte. Matthias fand, dass das so aussehe, als ob an dieser Stelle ein Brunnen existiert hätte. Er folgerte daraus, dass sie sich auf einer Wurt befanden.

Rundum auf der Wurt hatte ein Maulwurf fleißig gearbeitet und dicke Erdhaufen hinterlassen. Matthias begann einige davon mit der Hand zu zerwühlen. Lea verstand das nicht und sagte scherzhaft: „Jetzt ruinierst du in Sekunden die Mühen eines so fleißigen Tieres. Stell dir mal vor, ein dicker Maulwurf zerstört eine gerade von dir frisch restaurierte Vase aus eierschalendünnem Glas.“ Matthias lachte, aber sein Lachen ging sofort in einem Ausruf des Erstaunens unter. Er hatte irgendetwas gefunden. Lea eilte zu ihm, um zu sehen, was er da in seiner Hand so eindringlich betrachtete. Er hatte ein kleines Stück einer Delfter Kachel gefunden. Man konnte nichts mehr vom blau gemalten Bild auf dem nicht mehr ganz weißen Untergrund erkennen. Aber glücklicherweise war die Ecke erhalten geblieben. Die Anordnung der Punkte und Striche verrieten das Herstellungsjahr. Matthias kannte sich damit gut aus, und er erklärte Lea, dass dieser Kachelrest aus der Mitte des 17. Jahrhunderts stammte. Sicher hatte einmal ein Haus hier gestanden, denn sie fanden noch Reste von Ziegelbruch und ein wenig glasierte Keramik. Anscheinend handelte es sich bei dem Heideberg um eine Erhebung, die früher als Schutz für ein Gebäude vor Hochwasser genutzt worden war. Für ein Gräberfeld der Größenordnung wie sie die Funde im Schloss andeuteten, hielt Matthias die Fläche allerdings für zu klein. Außerdem wären bei den im 19. Jahrhundert stattgefundenen Ausgrabungen die Mauerreste des Hauses entfernt worden. Es deutete nichts darauf hin, dass es hier jemals Grabungen gegeben hatte. Nicht auszuschließen war allerdings, dass der Friedhof unterhalb der Wurt gelegen hatte und man den Fundort einfach nach der nächstgelegenen Erhebung benannt hatte.

Sie stiegen die Wurt wieder herunter und umrundeten die Erhebung, die gerade mal so groß war, dass ein kleiner Heidehof darauf passte. Die Sonne hatte sich endlich durch den Wolkenschleier gekämpft, und Lea konnte nun nicht mehr ab und zu zum Himmel sehen und ehrfurchtsvoll die weiße Scheibe bewundern. Das war nun unmöglich geworden und tat jedes Mal furchtbar weh in den Augen. Die Luft begann sich auch alsbald wieder aufzuheizen. Matthias und Lea wanderten noch ein wenig in der Heide umher, fanden aber nichts, das auf eine Grabung hindeutete. Das bedeutete aber nichts, denn nach der Grabung von Magnus von Reebow war inzwischen viel Zeit vergangen.

Auch an diesem Tag verging die Zeit, und es war Abend geworden. Als sich die kleine Expedition auf den Heimweg machte, gaben hunderte von Grillen ein großes Abschiedskonzert. Die Sonne war gerade über dem Wald untergegangen, und der Himmel zeigte an dieser Stelle bunte Streifen, während er weit oben bereits in ein tintenfarbiges Nachtblau überging. Lea drehte sich noch einmal um und betrachtete den sanften Hügel der Wurt. Die knorrigen Eichen, die ihn umringten, hoben sich als schwarze Silhouette vor dem bunten Streifen des Abendhimmels ab und sahen wie Menschen aus. In der wieder einkehrenden Einsamkeit des Abends schienen sie sich an den ausgestreckten Armen gefasst zu haben und in teilweise grotesken Verrenkungen rund um die Anhöhe der Wurt zu tanzen.

16

Harm konnte es nicht fassen. Frau Moorberg schnüffelte auf dem Schlossgelände herum? Lea stellte schnell richtig, dass sie ihre Silhouette bei der Pappelreihe gesehen hatte und nicht direkt auf dem Schlossgelände.

„Vielleicht hat ihr Mann noch etwas hier vergessen“, mutmaßte der Hausangestellte, aber Lea merkte, dass er selbst nicht recht daran glaubte. Der Regen trommelte jetzt wieder heftiger an die hohen Werkstattfenster, und der Sturm heulte und knackte laut im Gebälk der Remise über ihnen. Es wurde regelrecht dunkel, obwohl es erst früher Nachmittag war. Harm hatte Kaffee gemacht und war mal wieder zum Klönen in die Werkstatt gekommen. In letzter Zeit war der Graf seltener weggefahren, und wenn, dann hatte er Harm Spezialaufgaben gegeben, und dieser konnte Lea deshalb nicht besuchen.

„Man meint, er macht das extra. Soll doch froh sein, wenn sich seine Angestellten gut verstehen und nicht dauernd streiten. Jedenfalls, die Arbeit ist immer gemacht. Da kann er sich nicht beschweren“, sagte Harm ärgerlich und biss in sein Honigbrot.

„Der Honig von Herrn Moorberg schmeckt jedenfalls“, fügte Harm schmatzend hinzu. „Agnes, diese Spitzel, hat dem Grafen bestimmt gesteckt, dass wir manchmal die Mittagspause oder den Nachmittagstee zusammen verbringen“, sagte Harm mit einer Ärgerfalte auf der Stirn. Lea schluckte den letzten Bissen hinunter. Sie war froh, dass Harm hier bei ihr saß. Bei diesem Wetter war es ein wenig unheimlich in der Werkstatt. Jetzt, wo Harm da war, war es sogar gemütlich geworden. Sie hatten zur Pause das Licht ausgemacht, dadurch konnten sie zum einen besser nach draußen sehen und beobachten, wie sich die Bäume im Sturm bogen und die dunklen Wolkentürme am Himmel entlang jagten. Zum anderen konnten sie von Agnes nicht gesehen werden, falls diese wieder zu spionieren anfing. Ob sie das wirklich tat, wusste Harm allerdings auch nicht sicher, aber es lag nahe, denn woher wusste der Graf, dass Harm die Pausen hier verbrachte.

„Der Imker und seine Frau haben also deutliches Interesse an den archäologischen Funden gezeigt. Gut, dass du ihnen nicht gesagt hast, wo sie gelagert werden. Vielleicht ist es besser, die Urnen im Regal zuzuhängen." Lea erschrak. Harm hatte natürlich recht. Wer hier herumschnüffelte und die Urnen sah, konnte sich an fünf Fingern abzählen, dass der Rest hier auch herumlag. Aber wohin mit den Stücken? Sie nahmen zusammengesetzt viel Platz weg. Harm wollte nach der Pause große Kartons suchen gehen, in die man die Urnen verpacken konnte.

„Wo das Inventarbuch liegt, finde ich heraus", sagte Harm.

„Ich werde eine geeignete Gelegenheit abwarten und es dir bringen, oder dich holen." Lea war ganz erpicht darauf, das Buch einzusehen.

Als Harm zurück ins Haupthaus gegangen war, nahm Lea noch einmal die Einladungskarte von Matthias für die Sonderausstellung „Römische Importe" in die Hand und betrachtete die Farben des Designs. Eine bronzene Stierfigur mit großen runden Augen glotzte sie an. Die Augen erinnerten Lea an die kleine Bronzefigur, die sie kürzlich restauriert hatte. In den Kerben saß die grüne Patina noch hartnäckig. Deshalb wollte Lea sie noch mit einem Komplexonlöser behandeln. Das fiel ihr jetzt ein, und sie legte den bronzenen Spiralarmreif beiseite, den sie gerade bearbeiten wollte. Sie holte das Männchen aus der Schachtel auf dem Holzregal neben dem Chemieschrank und betrachtete das feine Gesicht. Lea nahm die Einladungskarte von Matthias und legte sie daneben. Die Ähnlichkeit der Gestaltung war frappierend. Die Figur stammte ursprünglich sicher nicht aus der norddeutschen Bronzezeit. Sie hatte tatsächlich eher römischen Charakter. Die Römer haben ihre Kunst weithin exportiert. Woher stammte dieses kleine Relikt aus der Vergangenheit? Lea zog sich Untersuchungshandschuhe aus dünnem Latex an und suchte im Chemieschrank nach dem weißen Pulver des Komplexonlösers „Titriplex". Die braune Chemieflasche nahm sie mit zur Feinwaage und wog 4 g in ein Jenaglas. Dazu füllte sie das Gefäß mit etwa 100 ml destilliertem

Wasser auf. Die junge Restauratorin rührte einen Moment, ehe sich das Pulver gänzlich im Wasser aufgelöst hatte. Dann nahm sie ein Holzstäbchen und drehte einen Klumpen Watte daran fest. Die Watte saugte sich mit dem Lösungsmittel voll, und Lea strich damit vorsichtig über die feinen Rillen an Kopf und Händen der Figur. Den Vorgang wiederholte sie so oft, bis die Malachitablagerungen komplett aus den Rillen herausgelöst waren. Die Watte hatte sich bläulich verfärbt. Lea warf das Wattestäbchen sofort in den verschließbaren Mülleimer. Die Figur spülte sie mit destilliertem Wasser ab und legte sie kurz in Ethanol. Dadurch trocknete die schädigende Feuchtigkeit schneller ab. Die Bronze hatte jetzt die Farbe eines sehr dunklen Brauntons. Dies war die Patina, die die darunter liegende glänzende Bronzeoberfläche schützte. Nun aber waren alle Details in der Oberfläche genügend erkennbar, so dass aus konservatorischer Sicht keine weitere Behandlung mehr notwendig war. Die Pocken hatte Lea vollständig entfernen können. An zwei Stellen waren kleine rote Flecken. Lea erkannte sie als Kupfer-II-Oxydschicht, eine weitere Form der Bronzepatina, die ebenfalls schützend auf die Originaloberfläche wirkte, weshalb Lea auch diese Spuren erhielt. Als gute Restauratorin beherzigte sie das Motto aller Restauratoren für archäologisches Kulturgut: *„Restaurieren heißt nicht neu machen."* Zufrieden besah sie sich die kleine Figur.

Draußen hatte das Unwetter ein wenig nachgelassen, aber es war noch immer sehr dunkel, und ein gleichmäßiger Regen rauschte auf das Remisendach, so dass Lea an Geräuschen fast nichts anderes wahrnehmen konnte. Als sie dann auch noch den Bohrer anmachte, um den eisernen Schildbuckel von Korrosionsprodukten zu befreien, und das helle Summen des Bohrers den Raum erfüllte, drang kein anderer Laut mehr an ihr Ohr. Sie hörte deshalb auch nicht, wie jemand an die Werkstatttür klopfte, sie öffnete und hereintrat. Erschrocken fuhr Lea herum. Sie hatte die Anwesenheit einer anderen Person gespürt. Sie riss sich die Atemschutzmaske herunter, als sie den Grafen vor sich erblickt hatte.

„Ich sehe, Sie sind noch fleißig. Was bearbeiten Sie denn gerade?" hob er zu sprechen an.

„Ich nehme gerade die Korrosionsschicht von einem eisernen Schildbuckel herunter. Er scheint sogar verziert zu sein, was sehr selten vorkommt."

„Sie meinen also, dass es sich hierbei um ein ganz besonders seltenes Stück handelt.“ die Augen des Grafen glänzten vor Begeisterung. Lea bestätigte ihm diese Annahme. Er sah sich auf dem Tisch um und bewunderte die Bronzefigur. Max von Reebow fragte, ob er sie in die Hand nehmen dürfe. Lea lehnte freundlich ab, denn die Oberfläche musste erst noch einen Schutzüberzug aus einem Kunstharzlack bekommen, um sie vor der Säure der menschlichen Haut zu bewahren. Im nächsten Moment bereute Lea, dass sie dem Grafen nicht erlaubt hatte, die Figur zu nehmen und genauer zu betrachten, denn nun hatte er das Honigglas von Herrn Moorberg entdeckt. Lea hatte es leichtsinnigerweise vergessen wegzuräumen. Der Graf nahm das Glas und las auf dem Etikett den Namen Herrn Moorbergs und grinste spöttisch. Dann sah er Lea mit kalten Augen an.

„Haben Sie Bekanntschaft mit Herrn Moorberg geschlossen?“ stellte er mit gespielter Freundlichkeit fest. „Wo haben sie ihn denn kennen gelernt?“

„Im Moor bei einem Spaziergang. Da hat er mir Honig angeboten“, antwortete Lea so gleichmütig wie möglich.

„So, so. Honig hat er Ihnen angeboten. Hat er dafür vielleicht ein paar Fragen gestellt?“ Lea schüttelte den Kopf.

„Kennen S*ie* ihn denn?“ fragte sie gleich zurück.

„Ja, das will ich meinen. Wir waren einmal befreundet. Aber bald habe ich gemerkt, dass er mein Vertrauen missbraucht. Er behauptet die unglaublichsten Dinge, nur um an meinen Besitz zu kommen. Ich bin mir sicher, dass er versuchen wird, sie über die archäologische Sammlung auszuhorchen. Ich bitte Sie also, keinem etwas darüber zu erzählen. Sagen Sie einfach, Sie polieren meine Waffensammlung im Schloss auf.“ Lea schluckte. Das hätte er ihr ja eher sagen können. Für diese Notlüge war es bei den entscheidenden Personen jedenfalls zu spät. Doch noch ehe Lea etwas erwidern konnte, sah sie, wie sich hinter den Pappeln etwas bewegte. Lea hatte inzwischen ihre Sinne geschult. Sie rannte zum Lichtschalter neben der Werkstatttür und machte das Licht aus. Der Graf verlangte eine Erklärung. Lea deutete zum Park hinaus.

„Ich habe dort jemanden laufen sehen“, flüsterte sie fast vor Aufregung.

„Er darf nicht erfahren, dass die Fundstücke hier sind. War er schon einmal hier und hat sie gesehen?“ fragte der Graf energisch.

„Ich weiß nicht. In der Nacht war einmal jemand hier. Aber ich konnte nicht erkennen, wer das war." Der Graf erinnerte sich.

„Sie hatten Recht. Wir müssen ein weiteres Schloss am Tor anbringen. Lassen Sie keine Sachen offen liegen, wenn sie die Werkstatttür verlassen", forderte der Graf mit Nachdruck. Lea nickte. Es war sehr düster ohne Licht in der Werkstatt. Die Welt draußen war dunkelgrün wie in einem Aquarium. Der Graf starrte wie gebannt in die Parklandschaft. Lea tat es ihm gleich. Als sich nach einigen Minuten noch immer nichts tat, machte sich der Graf auf zum Gehen.

„Räumen sie die Fundstücke zu sich ins Nebengebäude. Dort stehen zwei Zimmer fast leer. Hier darf nichts mehr bleiben." Dann sah er Lea an, und sie konnte seine Augen in der düsteren Beleuchtung blitzen sehen. Er sagte, bevor er ging: „Aber wie ich gemerkt habe, kann ich mich auf Sie verlassen. Seien Sie vorsichtig und verraten Sie nichts. Ich möchte nicht, dass man mich bestiehlt. Ich vertraue Ihnen", damit ging er. Lea fühlte sich geehrt durch seine letzten Worte. Sie hatte also richtig vermutet. Der Imker, der falsche Hund, wollte sich die Sammlung unter den Nagel reißen. Sie hatte ihn sofort sehr unsympathisch gefunden. Tatsächlich hatte er sie von Anfang an aushorchen wollen. Lea machte das Licht an und begann, die Objekte in die Kisten zu verpacken, die Harm auf dem Speicher des Haupthauses gefunden hatte. Als sie fast damit fertig war, kratzte es an der Werkstatttür. Lea blieb vor Schreck das Herz stehen. Der geheimnisvolle Spion im Park fiel ihr wieder ein. War er das etwa? Die Tür öffnete sich langsam. Lea konnte nur einen schwarzen Spalt erkennen. Ihre Angst schlug in Zorn um, und die junge Frau rief böse: „Kommen Sie herein, Herr Dr. Moorberg. Ich habe sie schon erwartet." Danach tat sich für Sekunden nichts, bis sich die Tür ganz öffnete und Björn nass vom Regen hereintrat. Wo er stand, sammelte sich eine Wasserpfütze. Er sah Lea mit großen erschrockenen Augen an und stammelte: „Ich bin kein Bienenzüchter. Aber heute ist Freitag, Lesetag."

17

Nachtschwärze. Kein Lufthauch. Nur die Turmuhr auf dem Haupthaus des Schlosses schlägt. Sie schlägt drei Mal. Es ist also Viertel vor irgendwas. Es muss Nacht sein, denn es ist dunkel. Lea steht auf unebenem Boden. Sie kann nichts um sich herum erkennen. Sie hält etwas in der Hand und presst es in ihrer Faust zusammen. Es ist klein und fühlt sich warm an. Lea beginnt zu frieren, denn Wind ist aufgekommen. Sie ist irgendwo draußen. Wie ist sie hier hergekommen? Der Wind treibt dunkle Wolken auseinander, und im fahlen Mondlicht erkennt Lea, dass sie im Nachthemd mitten auf dem Weizenfeld steht.

Der Weizen ist abgeschnitten. Nur die gelben Stoppeln sind noch in der aufgewühlten Erde zu erkennen. Die junge Frau ist bestürzt. Was macht sie hier mitten in der Nacht? Ist sie verrückt geworden? Lea versucht sich zu beruhigen, indem sie sich sagt, schlafgewandelt zu sein. Sie macht ihre Hand auf, und darin liegt die Bronzefigur. Sie glänzt im Mondlicht wie aus Gold. Erst ist sie handwarm, dann wird sie heiß, immer heißer wird sie. Voller Schmerz wirft Lea die glühende Bronze ins Feld. Fassungslos beginnt die junge Frau danach zu suchen. Die Luft ist kalt und der Wind wird stärker. Lea will nicht ohne die Figur ins Schloss zurück. Mit nackten Füßen läuft sie gebückt langsam auf der kalten Erde durch das Feld. Unerwartet stößt sie mit dem Kopf gegen etwas Hartes. Sie fährt hoch und sieht genau vor sich die Vogelscheuche. Gruselig steht sie im Mondlicht vor ihr mit den ausgebreiteten Armen, dem großen Hut auf dem Strohkopf.

Von hinten ist sie gegen die Puppe aus zerschlissenen Kleidern und Stroh gestoßen. Lea weiß in diesem Moment, dass ihr etwas Fürchterliches passiert, wenn sie die Puppe von vorne sieht, trotzdem läuft sie um sie herum. Leas feine Nackenhaare sträuben sich vor Entsetzen, und die junge Frau beginnt vor Grausen und Kälte mächtig zu frieren, als sie der Vogelscheuche ins Gesicht sieht: Max von Reebows Kopf ist schmerzverzerrt auf einem Holzstiel aufgespießt. Die Augen fehlen. Lea will schreien, aber nur ein unterdrückter gurgelnder Laut entringt sich ihrer Kehle. Sie will das entsetzliche Gesicht nicht mehr sehen, nimmt der Vogelscheuche in heller Panik den großen Hut herunter und wirft ihn weg. Jetzt hat die Vogelscheuche das Gesicht gegen das von Herrn Moorberg getauscht. Lebendig funkelnde, dunkle Augen sehen Lea ernst ins Gesicht, dann reißt die Scheuche die Arme herunter, dass die Holzstäbe darin krachend zerbrechen. Da fängt Lea an zu schreien, hell und laut schreit sie. Plötzlich hebt sie etwas Schweres in ihrer rechten Hand nach oben. Es ist die Bronzefigur. Sie ist riesengroß geworden und liegt fest in ihrer Hand. Damit zerschlägt sie die abscheuliche Figur vor sich, bis das Stroh in Leas Mund fliegt. Die junge Frau schlägt in Ekel und wilder Angst um sich, wehrt sich mit Händen und Füßen, windet sich schweißgebadet in den zerfetzten Kleidungsstücken der Vogelscheuche.

Lea fuhr auf. Es war noch immer dunkel. Das Nachthemd klebte an ihrem Körper. Sie zog sich ein paar Strähnen ihres langen Haares mit der Hand aus dem Mund. Panisch suchte Lea nach dem Schalter der Stehlampe neben dem Bett. Mit dem plötzlich einsetzenden Licht verebbte allmählich auch ihre Furcht. Die dünne Bettdecke hatte sich wie Fesseln um ihre Beine gewickelt. Es war alles nur ein Traum gewesen. Trotzdem brauchte Lea nach dem Schrecken lange, bis sie das Licht wieder ausschalten konnte. Nachdem die Unordnung im Bett gerichtet war, lag sie bei eingeschaltetem Licht ausgestreckt auf dem Rücken, hatte sich die Zudecke bis zum Kinn gezogen und lauschte auf die Geräusche von draußen.

Ihr fiel das Gespräch mit Björn wieder ein. Zum Lesen waren sie an diesem Freitag kaum gekommen, denn der junge Mann wollte natürlich alles wissen, warum Lea ihn mit dem Bienenzüchter verwechselt hatte. Björn meinte, dass der Imker und der Graf eben alte Spinner seien. Dabei war Björn eine alte Geschichte eingefallen. Auf dem Feld neben dem Schloss war bisher immer Raps angebaut worden. Der Bienen wegen. Aber mit einem Mal musste Björns Vater, der als Pächter das Land des Grafen bestellte, Weizen aussähen. Das war schon ein ungewöhnlicher Auftrag, aber Herr Tede führte ihn aus. Alles schien sich geändert zu haben, als eines Tages im Frühjahr 1990 nach der Wende ein älterer Mann auf dem Schloss erschienen war. Sein klappriger Golf hatte ein Nummernschild aus den neuen Bundesländern gehabt. Daran konnte sich Björns Vater gut erinnern, denn das kam zu dieser Zeit noch nicht so häufig vor. Herr Tede hatte gerade das Feld neu gepflügt und wollte dem Grafen Bericht erstatten. Da hatte er den alten Mann aus dem Auto im Schlosshof steigen sehen. Der Graf zeigte an diesem Tag kein Interesse an Tedes Bericht. Das wunderte Björns Vater, musste er doch sonst immer über alle seine Tätigkeiten genauestens Rechenschaft ablegen. Am nächsten Tag war der Besucher verschwunden, und als der Pächter Tede wenige Tage später das Saatgut auf das Feld bringen wollte, stand in der Mitte des Feldes in aufgewühlter Erde eine Vogelscheuche. Der Graf war seitdem bei Herrn Tede als kompletter Spinner abgestempelt.

Als Lea das Licht ausschaltete, besang in der Ferne die dunkle Stimme einer Amsel die Ankunft des herannahenden Tageslichtes.

18

Hamburg erschien Lea zum ersten Mal in ihrem Leben wie ein anderer Planet. Das Landleben hatte sie ein wenig verändert, alles an Gebäuden und Straßen dort war klein und überschaubar gewesen. Beim Anblick der Turmspitzen, die als höchste Bauten hervorragten, zersprang ihr aber fast das Herz vor Freude. Der Telemichel strahlte als weiße Säule über dem Dächermeer, dann zählte Lea die übrigen Spitzen in Gedanken auf: St. Jacobi, St. Katharinen, St. Petri, St. Michaelis und das niedrigere, grünliche Dach des Rathauses. Sie war wieder zu Hause. Die Kanäle glänzten im Morgenlicht. Der Himmel über der Stadt war hellblau, und ein ockerfarbener Schein umrandete die Konturen der niedrigen Skyline. Der Ausblick aus dem kleinen Turm im archäologischen Landesmuseum auf dem ehemaligen Domplatz über die „Stadt der Städte", wie Matthias Hamburg gerne nannte, war wunderschön. Matthias hatte vor der Ausstellungs-Eröffnung, die in einer halben Stunde beginnen sollte, leider noch keine Zeit für Lea gehabt. Einer der Ausstellungstechniker war kürzlich gegen eine Vitrine gestoßen, und durch die Erschütterungen war eines der fragilen Terrakottafigürchen beschädigt worden. Das hatte Matthias nun in der Mache, weshalb er auch nicht mit Lea auf den Aussichtsturm steigen konnte. Nach der Eröffnung wollten sie zusammen auf dem Museumsschiff „Rickmer-Rickmers“ Fisch essen gehen. Das hatte sich Lea gewünscht.

Sie ließ noch einmal ihren Blick über die Stadt schweifen und verstand nicht, wie sie ohne sie hatte leben können. Aber auch, als ihr das Schloss einfiel, fragte sich Lea, wie sie ohne das Schloss je leben sollte. Hin und hergerissen von ihren Gefühlen, wanderte sie mit ihrem Blick nach links über die rote Speicherstadt. Zwischen den grün patinierten Kupferdächern leuchtete eines, das vor kurzem neu gedeckt worden zu sein schien, denn an dieser Stelle fehlte die grüne Patina. Lea amüsierte sich ein wenig darüber, dass neu gedeckte Kupferdächer oft mit einem Patinabeschleuniger behandelt werden, damit das kupferglänzende neue Dach sich dem grünen Gesamtbild schneller anpasst. Sie stellte sich vor, wie sie als Restauratorin auf einem der Dächer läge, mit einem Skalpell in der Hand, und wie sie Millimeter für Millimeter die unter der Malachitschicht liegende Kupferoberfläche freilegen würde. Das wäre eine Sisyphusarbeit, denn hätte sie nach Jahren alle Dächer behandelt, wären die ersten durch die salzhaltige Luftfeuchtigkeit und den Regen schon längst wieder grün. Interessanterweise waren die Kupferdächer Hamburgs durch Malachitausblühungen mehr grün, während die in Schleswig-Holstein durch azurhithaltige Ausblühungen eine eher bläulich-grüne Patina ansetzten. Lea schüttelte über ihre eigenen absurden Gedanken den Kopf. Niemals würde sie in die Verlegenheit geraten, die Dächer der Speicherstadt mit einem Skalpell freilegen zu müssen. Beim Gedanken an grüne Patina fiel Lea plötzlich die kleine Bronzefigur ein, dann wandte sich die junge Restauratorin zum Gehen, denn in wenigen Minuten begann die Eröffnung.

Als die meisten Gäste gegangen waren und Lea alle neugierigen Fragen über ihre Arbeit im Schloss den ihr bekannten Restauratoren des Hauses beantwortet hatte, konnte sie sich die Sonderausstellung über die römischen Importe von der Bronze- bis zur römischen Kaiserzeit ansehen. In den schummrig beleuchteten Glasvitrinen lagen sehr interessante Stücke, die sich die junge Frau interessiert betrachtete. Sie wanderte daher langsam Vitrine für Vitrine ab. Matthias hatte sich mit einem Kollegen aus dem

Landesmuseum in Schleswig festgeredet, und Lea konnte sich daher in Ruhe Zeit lassen. Dachte sie, denn plötzlich hörte sie, wie Matthias ihren Namen rief. Sie wollte ihm gerade antworten, als sie von etwas in der Vitrine, die sie gerade vor sich hatte, mit unheimlicher Kraft in dessen Bann gezogen wurde. Da lag ein kleines Bronzefragment. Es waren nur die Beine einer kleinen Figur. Der Oberkörper fehlte. Lea biss sich vor Spannung auf die Unterlippe. Sie überlegte und wünschte sich, dass sie ein Bild der kleinen Bronzefigur aus dem Schloss bei sich hätte. Das Teil konnte passen. Dies konnten die fehlenden Beine ihrer Figur im Schloss sein. Lea suchte fieberhaft die Beschriftung nach dem Fundort ab. Vor Aufregung verrutschte sie zwei mal in der Zeile. Lea las den Namen immer wieder. Aber es stimmte. Die Beine waren 1915 in *Taman* in der Ukraine gefunden worden. Damit konnten es unmöglich die Beine ihrer kleinen Bronze im Schloss sein. Oder doch? Matthias' Stimme klang inzwischen ungeduldig. Er war zu ihr an die Vitrine gekommen.

„Was ist denn los? Ich wollte dich Herrn Andrewsen vorstellen. Er leitet die Werkstätten in Schleswig. Ich dachte, dass dich das auch interessiert. Sie konservieren dort ein kleines Boot aus der Bronzezeit." Lea blickte erschrocken auf.

„Sicher. Ich habe nur etwas entdeckt, dass mich irritiert hat." Lea hatte gehofft, damit Matthias' Neugier zu wecken, aber er war so begeistert von dem bronzezeitlichen „Nassholzfund", dass ihn im Moment schwerlich etwas anderes mehr begeistern konnte. Daher gingen sie nun zu dritt auf die „Rickmer-Rickmers" zum Fischessen. Das hätte Lea unter normalen Umständen nicht gestört. Jetzt aber wäre sie mit Matthias lieber alleine gewesen.

19

Wenn Matthias in dieser Nacht neben ihr nicht geschnarcht hätte, hätte sie bestimmt schlafen können. Als die U-Bahn in der Ferne angefangen hatte, in den Schienen zu quietschen, war Lea bewusst geworden, dass die Nacht vorbei war. Mit der U3 Richtung Barmbek war sie früher oft gefahren. Im Bett, an

Matthias gekuschelt, war es gemütlich gewesen trotz Schlaflosigkeit. Jetzt aber, wo sie der Zug nach Brookshafen zurückbrachte, spürte Lea eine bleierne Müdigkeit. Inzwischen war ihr klar, dass es nicht Matthias' Schuld war, dass sie nicht hatte schlafen können, sondern die neue Situation zwischen ihnen beiden und die Gedanken an die Bronzefigur hatten sie wachgehalten.

Das Großraumabteil des Interregio war fast leer. Eine ältere Frau saß vor ihr sich und raschelte mit dem *Abendblatt*. Da wurde Lea bewusst, dass es Montag war. Sie hatte für heute freigenommen, sonst hätten Matthias und sie gar keine Zeit zusammen gehabt. Zum Reden waren sie diesmal nicht viel gekommen nach dem Essen auf der „Rickmer-Rickmers". Lea musste lächeln bei dem Gedanken an den gestrigen Abend. Irgendwie war es ihr klar gewesen, dass es so kommen würde, irgendwie war alles neu und trotzdem vertraut.

Nachdem die Häuserschluchten verschwunden waren, hatte das grüne flache Land sie wieder. Ein paar kleinere Höfe duckten sich zwischen hohen Bauminseln. Ein Waldsaum begrenzte den Blick zum Horizont. Die Abendsonne begann gerade dahinter zu versinken. Beinahe hätte Lea den letzten Zug nach Brookshafen verpasst, weil Matthias auf Leas Bitte hin mit ihr noch einmal in die Restaurierungswerkstatt des Landesmuseums gefahren war. Hier hatte sie von Matthias eine Dose Silikonkautschuk samt Härter, Bronzepulver und eine Kunststoffgießmasse aus zwei Komponenten mitbekommen. Matthias hatte die Idee gehabt, die Figur im Schloss heimlich abzuformen, um die Kopie mit den Beinen im Landesmuseum vergleichen zu können. Bei diesem Gedanken und bei dem Gedanken an Matthias klopfte Lea das Herz. Sie konnte es kaum abwarten, die Figur mit dem Silikonkautschuk abzuformen. Als der Interregio in den winzigen Bahnhof von Brookshafen rollte, war die Sonne zwar untergegangen, aber es war noch immer hell. Lea hoffte flehentlich, dass der letzte Bus nach Moorburg, der auch an der Straße zum Schloss hielt, noch nicht weg war. Aber die Sorgen hätte sie sich sparen können, denn am Bahnsteig wartete einsam und allein eine dünne kleine Gestalt. Es war der gute Harm. Seine tiefe Sorgenfalte wich ein wenig, als er Lea erblickt hatte. Lea war sehr verwundert darüber, dass Harm sie abholte. Etwa mit dem Fahrrad? Auf dem Parkplatz vor dem Bahnhof stand das Auto von Karlssons. Als sie darauf zu liefen, stieg auf der Fahrerseite Elke aus. Lea und sie umarmten sich herzlich.

„Harm war es, als wärest du wochenlang weggewesen“, sagte Elke lachend, als sie zum Schloss fuhren.

„Ich brauche doch jemanden zum Verwöhnen“, antwortete Harm vom Rücksitz mit gespielter Rechtfertigung.

„Tja, Lea. Du hast es gut. Harm wäre froh, wenn ich ein paar Tage weg wäre.“ scherzte seine Frau.

„Du hast keinen Grund dich zu beschweren, nachdem ich Dir heute mein Labskaus-Spezial gekocht habe“, konterte Harm.

„Apropos ein paar Tage weg! Der Graf ist ab heute für ein paar Tage weggefahren. Das heißt sturmfreie Bude. Ich habe zwar offiziell frei, aber das Haus ein wenig aufzuräumen und dabei ein wenig das Inventarbuch zu suchen wird wohl drin sein“, zwinkerte Harm der jungen Restauratorin verschwörerisch zu, als die beiden Karlssons Lea im Schlosshof abgeliefert hatten.

„Ich bin also ganz alleine im Schloss?“ fragte Lea nicht gerade mit Begeisterung.

„Nein, sagte Harm. Agnes ist da. Sie muss das Haus bewachen beziehungsweise uns auf die Finger schauen. Es kann auch gut möglich sein, dass der Busenfreund des Grafen, der Verwalter Dr. Stein, morgen vorbei kommt. Aber denen verkaufen wir schon irgendeine gute Geschichte.“ Dann verabschiedete sich Harm bis morgen.

Schon auf der Treppe nach oben in ihre Dachwohnung klingelte das Handy. Matthias wünschte Lea eine gute Nacht und er erklärte seine jungen Freundin und Kollegin, dass er im Ortsaktenarchiv unter dem Namen „Heideberg“ keine Hinweise auf eine je ausgeführte Grabungstätigkeit gefunden habe. Auch in der Bibliothek war über einen Urnenfriedhof auf dem Heideberg nichts zu finden. Im Internet habe er zu dem Namen des Gräbers Magnus von Reebow nur den Hinweis auf eine alte Adelsfamilie aus Mecklenburg-Vorpommern gefunden. Die Sache begann nun auch ihn zu interessieren. Matthias war sich sicher, dass da etwas faul war. Wer auch immer, jemand musste da bei den Fundortangaben gehörig geschummelt haben.

Im Bett fragte sich die junge Frau, ob sie das alles überhaupt etwas angeht. Aber sie kam zu dem Schluss, dass es wohl so war, denn sie war dazu da, Kulturgut zu schützen, und zwar nicht nur vor dem Zerfall.

20

Was war nur passiert? Als Lea am nächsten Morgen die Werkstatt betrat, war ihr die Veränderung sofort aufgefallen. Die Regale waren weg. An deren Plätze standen nun hohe Metallschränke mit einer Abschließvorrichtung. Die junge Restauratorin brauchte einen ganzen Moment, bis sie die Neuerungen, die ohne ihr Wissen eingetreten waren, verdaut hatte. Zum Glück kam bald darauf Harm zu ihr in die Remise.

„Ich dachte mir schon, dass Du einen Schreck bekommst. Es war mir gestern ganz entfallen, Dir davon zu erzählen", sagte Harm betroffen.

„Es ist auf Anordnung des Grafen geschehen. Damit sich niemand Unbefugtes an den Funden zu schaffen machen kann. Nur Du hast einen Schlüssel und er selbst. Herr Dr. Stein wird Dir den Schlüssel übergeben. Er ist gerade eingetroffen. Mir hat der Herr Graf wohl nicht vertrauen mögen. Aber das hat er nicht mal Agnes. Deshalb brauche ich mich auch nicht aufzuregen." Aber Lea merkte an seinen Falten auf der Stirn, dass er sich darüber doch ärgerte.

„Ich gehe jetzt besser. Dr. Stein wird gleich kommen", sagte Harm und verließ die Werkstatt, ohne dass Lea noch ein Wort zu der Sache sagen konnte. Sie hoffte, dass Dr. Stein bald kommen und möglichst bald wieder verschwinden möge. Die Gelegenheit war noch nie so günstig wie jetzt, dass sie unbehelligt die Bronzefigur abformen konnte. Die war natürlich auch irgendwo in den Schränken eingeschlossen. Untätig musste die junge Restauratorin in der Werkstatt herumsitzen und auf den Verwalter warten. Endlich hörte sie Schritte auf die Werkstatttür zukommen. Es klopfte, und sogleich kam Dr. Stein mit wichtiger Mine herein. Aber er war nicht allein. Zu Leas größtem Ärger war Agnes mitgekommen. Dr. Stein übergab feierlich den Schlüssel, aber nicht, ohne

Vorsichtsmaßregeln anzugeben, die Lea ohnehin auch selbst gewusst hätte. Nachdem der Verwalter unter dem strengen Blick von Agnes seine Pflicht getan hatte, gingen sie zu Leas Erleichterung gleich wieder, Dr. Stein drehte sich aber in der Tür noch einmal um und kam zurück. Lea presste den kleinen Schrankschlüssel in ihre Hand.

„Ehe ich es vergesse, Herr von Reebow bat mich noch, die kleine Bronzefigur mitzunehmen. Ich fahre gleich zu ihm nach Hamburg. Er will sie dort einem Archäologen vorlegen“, sagte der blonde junge Mann mit einem charmanten Lächeln. Lea erschrak. Das durfte nicht sein! Erschüttert überlegte sie sich eine glaubhafte Ausrede.

„Die Figur muss noch einer konservatorischen Prozedur unterworfen werden. Sie braucht in jedem Fall einen Schutzüberzug, der die Stabilität der Oberfläche gewährleistet.“ Dr. Stein verzog das Gesicht, und das charmante Lächeln wich einem Ausdruck, der Skepsis und Argwohn erkennen ließ. Damit hatte er nicht gerechnet.

„Der Herr Graf bat mich ausdrücklich, die Figur mitzubringen. Er wird auch ganz sorgfältig damit umgehen.“ Bei den letzten Worten huschte wieder ein kleines Lächeln über seine Lippen, seine Augen aber blieben unverändert kühl. Lea begann zu schwitzen, und der Schlüssel in ihrer Hand wurde feucht.

„Allein die Luftfeuchtigkeit macht die ganze Vorarbeit zunichte. Außerdem werden womöglich Giftstoffe frei, durch die Oberflächenbehandlung die ich mit gesundheitsgefährdenden Chemikalien durchführen musste.“ Bei ihren letzten Worten schob sie eine Flasche Komplexonlöser auf dem Tisch ein wenig zur Seite und drehte wie rein „zufällig“ den Warnhinweis mit dem großen „X“ in die Blickrichtung des Verwalters. Lea spürte einen kleinen Triumph. Herr Dr. Stein war sich seiner Sache plötzlich gar nicht mehr so sicher. Agnes starrte mit großen Augen auf die Flasche. Lea genoss den Respekt, mit dem sie nun von den beiden betrachtet wurde.

„Das heißt, dass man die Figur jetzt noch nicht berühren darf?“ fragte er mit belegter Stimme. Lea nickte, obwohl es völliger Humbug war, den sie da erzählt hatte. Auch fiel es ihr nun äußerst schwer, Herrn Stein in die Augen zu sehen. Lügen konnte sie nicht gut. Aber der Zweck heiligt die Mittel, sagte sie sich im Stillen.

„Kann ich die Figur einmal sehen“, forderte der Verwalter. Lea war auf der Hut. Sie zog sich ein Paar Latexhandschuhe über, schloss den ersten Schrank auf und betrachtete ratlos die vielen kleinen und größeren Kartons mit den Fundstücken, die jemand aus dem Nebengebäude wieder hierher zurückgebracht hatte.

„Wenn ich jetzt wüsste, wohin sie eingeräumt wurde, dann könnte ich sie ihnen gerne zeigen“, sagte Lea ein wenig genervt von der ganzen Aktion. Agnes war blass um die Nase geworden. Immer wieder betrachtete sie stumm ihre Hände und dann die Flaschen im Chemieschrank. Dann sagte sie leise mit ängstlicher Mine zu Lea:

„Ich habe die Sachen eingeräumt. Die Figur ist im mittleren Schrank.“ Lea war jetzt stinksauer. Was fiel dieser unfreundlichen und hochnäsigen Person ein, ihre Nase in die Arbeit anderer zu stecken. Dass sie wusste, wo die Figur war, bestätigte, dass sie in allen Kartons herumgeschnüffelt hatte. Als kleine Rache und als perfekter Indikator für Agnes Schnüffeleien hatte Leas Märchen mit den giftigen Chemikalien gewirkt. Der Zweck heiligt die Mittel. Lea konnte nicht umhin, böse über diese Genugtuung und die plötzliche Macht über Agnes zu lächeln. Die würde hier so schnell nichts mehr ungefragt anfassen.

Die Figur lag nun mit ihrer glänzend bräunlichen Patina in Leas weißem Handschuh. Agnes war einen Schritt zurückgewichen, als die junge Restauratorin das feine Stück Herrn Dr. Stein entgegenstreckte. Auch er besah sich die Figur aus vorsichtiger Entfernung. In die Hand nehmen wollte er sie nicht. Dann nickte er stumm und zeigte sich ein wenig enttäuscht über die Größe der Figur. Er hatte sich ein mindestens 30 Zentimeter großes Exemplar vorgestellt.

Nach einer Weile war Lea wieder alleine mit ihrem besten Stück. Endlich konnte sie mit der Herstellung des ersten Teils der zweiteiligen Gussform beginnen. Sie bettete die eine Hälfte des Figürchens waagerecht in einen etwa vier Zentimeter großen Block aus Plastilin. Die andere Hälfte lag frei nach oben. Vorsichtig modellierte die Restauratorin das Plastilin an den Körper der Figur, so dass die Knetmasse direkt daran haftete und keinen Zwischenraum mehr freiließ. Dann formte Lea einen etwa 5 Zentimeter hohen Rand, ebenfalls aus Plastilin, um den geglätteten Block, in dem die Hälfte der Figur eingebettet lag. Die wachsamen Augen in dem kleinen bronzenen Gesicht würden bald unter einer dicken Schicht aus Silikonkautschuk verschwunden sein. Lea tat diese Angelegenheit ein wenig leid, aber sie wusste, dass die Figur nach der

Aushärtung des Silikonblocks wieder unbeschadet zum Vorschein kommen würde. Die weiße Silikonmasse, die Matthias seiner Kollegin mitgegeben hatte, tropfte zäh aus der Dose in das Mischgefäß auf der Feinwaage. Dazu kamen nun fünf Prozent der glasklaren Härterflüssigkeit, die sie in einem kleinen Fläschchen aus Hamburg mitgebracht hatte. Lea berechnete diesen Gewichtsanteil aus dem im Mischbecher abgewogenen Silikonkautschukgewicht. Die beiden geruchslosen Komponenten verrührte sie sorgfältig mit einem Holzlöffelchen. Ihre Finger klebten vom Kautschuk, der sich beim Umfüllen in feinen Fäden auf den Becherrand gelegt hatte und von dem auch ein wenig daneben auf den Tisch getropft war. Vom Becherboden stiegen dicke Blasen auf. Die musste Lea nach dem Ausgießen der Plastilinform unbedingt beseitigen, denn diese konnten die Zeichnungsschärfe der Objektoberfläche im ausgehärteten Silikonkautschuk beträchtlich stören.

Nachdem sie die eine Hälfte der Bronze mit der weißen klebrigen Masse ausgegossen hatte, musste sie nun damit rechnen, für etwa eine halbe Stunde die vom Grund immer wieder aufsteigenden Bläschen mit einem Skalpell zerstechen zu müssen. Dabei genoss sie aber die tiefe Stille der Natur draußen, blickte immer wieder in die romantische Landschaft hinter den hohen Werkstattfenstern und freute sich auf einen kleinen Spaziergang bei den Pappeln nach Feierabend. Bis die weiße Silikonschicht für die eine Hälfte der zweiteiligen Gussform ausgehärtet war, würde es allerdings noch bis morgen dauern. Dann erst konnte sie um den Silikonblock einen stabilisierenden Gipsmantel gießen und die Form umdrehen.

Sie stellte sich im Geiste vor, wie sie anschließend das Plastilinbett entfernen konnte und der untere Teil der Figur aus der gummiartig ausgehärteten Silikonform ragen würde. Die Schlösser für eine optimale Passgenauigkeit der beiden Hälften wollte sie durch Einbohrungen von kleinen Löchern in den Gipsmantel und in den Silikonrand erhalten. Dann müsste sie unbedingt daran denken, Gipsrand und Silikonkautschukrand mit Vaseline einzuschmieren, damit sich die beiden Hälften wieder problemlos voneinander trennen lassen würden. Lea konnte es kaum erwarten, den ersten Probeabguss zu machen. Bis dahin musste sie sich auf jeden Schritt bei der Herstellung der Gussform genauestens konzentrieren. Sie durfte sich keinen Fehler erlauben, denn sie hatte für einen zweiten Versuch nicht mehr genügend Material zur Verfügung. Außerdem konnte jeden Tag der Graf zurückkommen. Die Gussform würde frühestens, wenn alles gut ging, in zwei Tagen fertig sein. Leas Herz klopfte vor Aufregung bei dem Gedanken, dass der Graf zu früh zurückkommen und die Figur fordern könnte.

Die junge Restauratorin dachte an all das und saß daher tief in ihren Gedanken versunken in der Werkstatt. Sie zerstach geduldig Luftblase für Luftblase, die in dem weißen Teig nach oben stieg, der allmählich fester zu werden begann. Lea war so darin vertieft, dass sie nicht merkte, wie ein Schatten am Werkstattfenster vorbeihuschte und im Schlosshof verschwand.

21

An jedem der letzten Tage war Harm bei Lea erschienen, und jedes Mal konnte sie an seinem Gesicht ablesen, dass er das Inventarbuch noch immer nicht gefunden hatte. Die Zeit drängte, und sie war so kostbar. Keiner konnte wissen, wann sich eine nächste, so günstige Zeit ergeben würde, um ungehindert danach suchen zu können. Harm war wirklich gründlich. Er tat den ganzen Tag eigentlich nichts anderes als zu suchen. Weiß der Himmel, was er Agnes alles erzählte, um sein Treiben zu rechtfertigen. In Lea und Harm wuchs langsam der Verdacht, dass das Buch womöglich nicht mehr existierte oder gar nicht im Schloss gelagert wurde. Zu gerne hätte Lea selbst danach geforscht. Leas Hoffnungen, das Inventarbuch einsehen zu können, schwanden gänzlich dahin, als das Auto des Grafen eines Abends auf den Hof rollte. Wenigstens die erste Nachbildung des Bronzefigürchens war gelungen. Rein mit den Augen betrachtet, konnte man die Fälschung nicht mehr vom Original unterscheiden. Selbst in Farbe und Gewicht glich die Nachbildung aus Kunststoff, in die Lea eine gehörige Portion Bronzepulver gemischt hatte, unverwechselbar seinem Vorbild. Lea war sehr zufrieden. Die Gussform bewahrte Harm vorsichtshalber zu Hause bei seiner Frau im Wurstschrank auf. Ein Kenner aber konnte die beiden Figuren genau unterscheiden. Der Trick war einfach. Die echte Bronzefigur wurde in der Hand allmählich warm, da Metall Wärme leiten kann. Die Nachbildung aus Kunststoff dagegen blieb kühl. Sie war nicht in der Lage, die Wärme der Hand so stark aufzunehmen wie eine echte Bronze. Getrost konnte Lea daher dem Grafen sofort die Bronzefigur zukommen lassen. Es war das Erste gewesen, wonach er fragte, als er die Werkstatt nach vier Tagen Abwesenheit wieder betreten hatte.

22

Das Weizenfeld war nur noch an wenigen Stellen grün. Lea streifte mit ihren Händen über die Ähren. Vorsichtig lief sie am Feldrand entlang, bis sie die Höhe der Vogelscheuche erreichte. Warmer Abendwind streifte sanft über das Feld, und kräftig duftete die Färberkamille, die üppig zwischen den Stielen der Feldfrüchte gedieh. Ein paar Krähen flogen schreiend über Leas Kopf hinweg und verschwanden im Dunkelgrün des Föhrenwaldes. Außer Grillenzirpen war in der Abendstille nichts zu hören. Ab und zu schob sich eine der dicken weißen Wolken vor die Sonne und warf einen dunklen Fleck als vorbeiziehenden Schatten auf die Erde.

Alles lag in Stille und Frieden. Lea sah sich trotzdem um, ob sie nicht beobachtet wurde, bevor sie durch das Weizenmeer watete, um zur Vogelscheuche zu kommen. Die unheimliche Figur stand noch immer aufrecht im Feld, obwohl nun schon einige Windböen und Regengüsse auf sie eingewirkt hatten. Lea fand das seltsam. Merkwürdig war ihr auch, dass jemand der Vogelscheuche anscheinend den Bauch neu ausgestopft und ihr eine „neue" alte Jacke angezogen hatte. Denn die neue Jacke war mehr ein Mantel, der den Stock bis zum Erdreich verdeckte, mit dem die Figur in den Boden gesteckt worden war. Vor zwei Tagen, als Lea mit dem Fahrrad aus Moorburg zurückgefahren war, hatte sie noch das alte karierte Jackett angehabt. Anscheinend war jemand sichtlich bemüht, die Strohpuppe zu erhalten und sie mit Komfort auszustatten.

Der breitkrempige Hut saß tief auf dem runden Strohkopf. Lea stand nun genau vor der Scheuche. Ihr fiel der gruselige Traum von neulich ein. Aber jetzt, am Tage, musste Lea beim Gedanken daran sogar etwas lächeln. Trotzdem war ihr ein wenig unbehaglich, als sie der Puppe so nah war wie noch nie zuvor. Von der Kleidung ging ein muffiger Geruch aus. Auch das Stroh unter den alten Stofflagen verrottete langsam mit modrigen Ausdünstungen. Am Kopf hatte das gelbe Stroh an manchen Stellen ein wenig Moos angesetzt. Lea berührte vorsichtig den Hut. Sein Filz hatte dunkle Flecken. Insekten ruhten sich darauf aus. Obwohl die Puppe kein Gesicht hatte, kam es Lea so vor, als würde sie von ihr angesehen. Die junge Frau war sogar kurz davor, etwas zu ihr zu sagen. Abgesehen davon, dass die Figur ein neues Outfit bekommen hatte, war alles unauffällig und Leas Neugier schnell beseitigt. Als sie sich zum Gehen wandte, fiel ihr auf, dass die Weizenhalme um die Vogelscheuche ein klein wenig kräftiger und höher gewachsen waren als die übrigen im Felde. Sie brach einen der dicken Weizenköpfe ab und steckte ihn in die Tasche ihres Kleides.

So schlenderte Lea langsam den Feldweg zum Schloss zurück und genoss ihren ruhigen Feierabend, bis sie vom Schlosshof her eine Stimme vernahm, die ihren Namen rief. Lea sah sich suchend zwischen den Kastanienstämmen um und erblickte Agnes' pummelige Gestalt bei der großen Kastanie vor der Werkstatt. Ihre Arbeitsschürze hatte sie schon abgelegt und war wohl gerade aufgebrochen, um mit dem letzten Bus nach Hause zu fahren, denn sie hatte ihren kleinen Weidenkorb neben sich auf den Boden gestellt. Als Lea bei ihr angekommen war, entdeckte sie einen besorgten Ausdruck in Agnes' sonst so unbewegt kühlem Gesicht. Das Hausmädchen wusste nicht so leicht, wie es seine Sorge zum Ausdruck bringen sollte und rang nach Worten. Lea brachte schließlich aus ihr heraus, dass sie zu spät zur Bushaltestelle gekommen war und den letzten Bus verpasst hatte. Nun hatte sie zu Hause anrufen wollen, aber der Graf machte ihr die Tür nicht auf. Lea wunderte sich ein wenig über Agnes' Aufregung. Im ersten Moment hatte sie geglaubt, etwas Schlimmeres sei passiert. Sie bedeutete der Hausangestellten, mit in das Nebengebäude zu kommen. Dort lag das Handy auf dem Küchentisch. Lea war zwar ein Telefonanschluss versprochen worden, aber bisher hatte man das wohl im Schloss vergessen. Agnes starrte wie gebannt auf das kleine Telefon in ihren Händen, und schließlich legte sie es ratlos auf den Tisch zurück. Lea war abermals erstaunt. Agnes hatte noch nie mit einem Handy telefoniert.

Lea bediente nun das Telefon und übergab Agnes das Handy, als das Freizeichen ertönte. Die Restauratorin ging derweil diskret ins Schlafzimmer und öffnete das Fenster, um zu lüften. In die dumpfe Zimmerluft drang die zwar noch recht warme, aber nach Gräsern und Blumen duftende Luft von draußen, was Lea als sehr wohltuend empfand. Agnes' Stimme konnte sie zwar noch hören, aber sie konnte nicht verstehen was sie sagte. Die Stimme der Hausangestellten klang demütig und fast ängstlich. Nachdem eine kurze Weile in der Küche Stille herrschte, ging Lea langsam in die Kühle zurück.

„Vielen Dank, dass ich telefonieren durfte. Ich bekomme immer Ärger, wenn ich spät dran bin." Agnes' ganze Haltung zeigte nichts mehr von ihrer sonst eher kühlen Unnahbarkeit. Trotz ihrer Leibesfülle erschien sie Lea in diesem Moment zerbrechlich und schutzlos wie ein aus dem Nest gefallenes Küken. Die beiden Frauen standen einen kurzen Augenblick stumm voreinander, dann fragte Lea, ob Agnes abgeholt werde. Das Hausmädchen nickte mit betroffener Miene. Diese Tatsache schien ihr sehr unangenehm zu sein.

„Ist deine Familie sauer, nur wenn du mal ein paar Minuten zu spät nach Hause kommst?" fragte Lea weiter.

„Nicht meine ganze Familie. Vor allem mein Vater. Der will, dass das Essen pünktlich auf dem Tisch steht."

„Musst du das etwa auch noch machen? Du arbeitest doch hier schon den ganzen Tag", sagte Lea erstaunt.

„So ist das eben", antwortete Agnes ergeben.

„Hilft dir denn niemand?"

„Meine Mutter arbeitet noch länger als ich. Sie kommt noch später. Aber sie muss arbeiten, sonst reicht das Geld nicht. Mein Vater kann nicht. Der ist krank." Die letzten Worte hatte sie mit einer Spur ihrer früheren Kälte herausgebracht. Immer wieder sah Agnes mit besorgter Mine aus dem Küchenfenster in den Hof, ob sie nicht bald geholt würde. Lea machte den Vorschlag, unten im Hof zu warten. Die beiden Frauen stellten sich unter eine Kastanie, von der aus sie die Zufahrt zum Schloss gut einsehen konnten.

Die Sonne beleuchtete die Kopfweidenallee mit schräg einfallenden Strahlen. Der Schlosshof lag inzwischen fast ganz im Schatten.

„Ehe ich's vergesse", sagte das Hausmädchen plötzlich, „hier, das gehört sicher dir. Ich habe es vor dem Werkstattfenster gefunden." Agnes zeigte Lea ein kleines Röhrchen aus Maschendraht. Lea nahm es ihr aus der Hand und betrachtete es genau. So etwas hatte sie noch nie gesehen. Die Restauratorin schüttelte den Kopf.

„Das gehört mir nicht." Agnes sah Lea verdutzt an.

„Ich dachte, dass es vielleicht ein Werkzeug aus der Werkstatt ist."

„Das stammt ganz sicher nicht aus der Werkstatt." Agnes sah nun erschrocken aus, sagte aber nichts mehr. Lea ließ sich die Stelle beschreiben, wo Agnes das Röhrchen gefunden hatte. Da hörten sie mit einem Mal einen Automotor. Ein alter Fiat rollte die Allee herunter. Agnes' schrumpfte in sich zusammen. Das Auto hielt genau vor ihnen. Ein grobschlächtiger Mann in einem Trägerhemd und einer kurzen Turnhose stieg aus. Dichte, dunkle Augenbrauen senkten sich zwischen kalten, blauen Augen und verliehen dem rot unterlaufenen Gesicht einen diabolischen Ausdruck.

„Mein Vater", sagte Agnes resigniert. Der grimmige Mann beachtete Lea nicht, sondern herrschte Agnes an einzusteigen. Lea hatte gemerkt, dass er sie am liebsten sofort heruntergeputzt hätte, damit aber sicher warten wollte, bis sie außer Hör- und Sehweite waren. Den Motor hatte Agnes' Vater laufen lassen. Als auch der höchst unsympathische Mann eingestiegen war und die Autotür mit einem lauten Knall unterdrückter Wut geschlossen hatte, fuhr der Wagen in jaulendem Rückwärtsgang die gesamte Allee bis zur Straße zurück. Agnes hatte auf dem Beifahrersitz vor sich hingestarrt und Lea nicht mehr gewagt anzusehen. Die junge Restauratorin hatte nun Verständnis für Harms sanfte Haltung Agnes gegenüber. Agnes konnte einem wirklich leid tun. Sicher würde sie zu Hause für ihr „Vergehen" eine gehörige Abreibung bekommen. Lea blieb noch einen Moment im Hof stehen. Die friedliche Stille schwappte wieder über ihr zusammen wie ein riesiger unendlicher Ozean. In der Hand fühlte sie plötzlich das Röhrchen. Sie betrachtete es noch einmal genauer. Es war vollkommen unverschmutzt, musste also vor dem Regen vor zwei Tagen an die Stelle auf die Erde vor den Werkstattfenstern gekommen sein, denn sonst hätten sich Erdpartikel auf der Oberfläche finden müssen. Mit bloßem Auge war nichts dergleichen festzustellen. Lea betrachtete die mit weißen Sprossenfenstern besetzte Rückwand des gelben Hauptgebäudes. Warum hatte der Graf Agnes nicht aufgemacht? Sein Auto stand im Hof. Er war also hier.

Lea ging in die Werksatt und betrachtete das mysteriöse Röhrchen unter ihrem kleinen Mikroskop. Die Oberfläche des Maschendrahtes war vollkommen ohne jede Spur von Erde. An den Enden hafteten jeweils Reste einer klebrigen Masse. Lea roch daran und erstarrte vor Schreck. Es roch nach Bienenwachs. Der Imker musste hier gewesen sein und das Röhrchen verloren haben. Was war das nur? Eine Geheimwaffe? Hatte er eine Mörderbiene auf dem Schloss freigelassen? Der Gedanke kam Lea gleich absurd vor, aber sie konnte sich den Verwendungszweck des seltsamen Gegenstandes nicht erklären. Es war schon schlimm genug, dass dieser unheimliche Mensch ungesehen in die Nähe der Werkstatt gelangen konnte. Sie versteckte das Corpus delicti in einer der Werkzeugschubladen und beeilte sich, in ihre Dachwohnung des Nebengebäudes zu gelangen. Noch lange, als sie an diesem Abend im Bett lag, musste sie an Agnes denken.

23

Unter der Küchenlampe des Heidehofes summten die Fliegen.

„E.., ei.., einen so heißen Sommer, wie, wie nun vor hundert Jahren, hat ..., hat es ..., seitdem nicht wieder gegeben“, las Björn an diesem Freitagabend sehr langsam, aber schon ein wenig sicherer. Diesen Satz hatte Lea ihn wieder und wieder lesen lassen. Beim sechsten Mal ging es fast von alleine, aber Lea vermutete, dass Björn die Worte inzwischen auswendig aufsagte. Um ihn zu testen, ließ sie ihn einzelne Wörter suchen, die sie ihm vorsagte, aber Björn fand diese Worte ohne Mühe. Lea staunte. Das war ein echter Fortschritt. So langsam schienen sich die Buchstaben in Björns Gedächtnis einzuprägen. Jetzt hieß es geduldig weiterüben. Frau Tede saß in einer Ecke der Küche und schälte wortlos Zuckererbsen. Ab und zu lugte die dürre Frau zu ihnen und lauschte auf die Fortschritte ihres Sohnes. Lea war es lieber, wenn sie im Schloss übten, da waren sie alleine. Hier fühlte sich Lea immer ein wenig beobachtet, obgleich sie im Heidehof mit Naturalien oder einem guten Abendessen belohnt wurde. Aber im Schloss konnten sie nur üben, wenn der Graf nicht da war.

Es war schon fast acht Uhr, als sie an die Stelle gelangten, an der die Bäuerin „Mutter Stine“ den reichen Wiesenbauern von der Existenz der Regentrude zu überzeugen versuchte. Es war für Lea Zeit, nach Hause zum Schloss zu radeln. Frau Tede kannte die Stormsche „Regentrude“ genau, und anscheinend gefiel es ihr, dass Lea diesen Text gewählt hatte, denn die knochigen Finger der alten Bauersfrau blätterten bedächtig schweigend die schön illustrierte Ausgabe von Lea durch.

„Die Regentrude habe ich auch als Kind gehabt. Auf dem Dachboden stehen meine Kinderbücher. Da müsste sie noch bei sein. Zum Lesen kommen wir ja schon sehr lange nicht mehr“, sagte Frau Tede, als sie Lea ein dickes Stück des selbstgemachten Schafskäses in eine Plastiktüte einpackte. Björn hatte die Worte seine Mutter wohl mitbekommen, denn nun stand er bei den beiden Frauen.

„Ich will wissen was die Regentrude ist. Ich will das Buch haben. Dann habe ich ein eigenes und kann weiterlesen.“ Frau Tede lachte Lea unsicher an und wischte sich die Finger an ihrer ausgeblichenen Kittelschürze ab.

„Da muss ich denn wohl man suchen. Muss dein Vater nicht mitbekommen.“ sagte sie schnell zu Björn und lachte dann Lea schüchtern an. Dann ging sie noch bis zum Ende der Wurt mit hinunter. Als Lea mit dem Rad auf den Pfad durch die Heidelandschaft in Richtung Wald losfuhr, winkte ihr die Bauersfrau nach. Wie ein dünner Grashalm stand sie am Wegesrand. Gegen ihre dünne Gestalt wirkte die Wurt mit dem gewaltigen Hof hinter ihr wie ein lauerndes Ungeheuer.

Das Fahrrad hatte im Wald plötzlich einen Platten bekommen. Gerade, als sie an „Odins Finger“ vorbeigekommen war, hatte Lea diesen unangenehmen Zischlaut aus dem Vorderrad vernommen. Sie musste wohl oder übel schieben. Im Wald war es schon dunkel, und die junge Frau musste genau aufpassen, wo sie auf dem unebenen Waldweg hintrat. Der Dynamo der Fahrradlampe bekam durch das langsame Schieben nicht genug Saft, und so flackerte der dünne Schein unregelmäßig auf, ohne dass er einen besonderen Nutzen brachte. Das Rädchen des Dynamos schleifte laut am immer leerer werdenden Reifen. Lea blieb stehen, um den Dynamo vom Rad zu klappen. Als sie stehen blieb, lauschte sie in eine atemlose Stille, die sie erschreckte. Aber es half nichts, sie musste durch den Wald, um nach Hause zu kommen. Lea verwünschte das alte Rad. Als sie gerade weiter gehen wollte, vernahm sie lautes Ästeknacken im Gehölz neben sich. Sie erstarrte vor Schreck, rührte sich keinen Millimeter mehr. Da war jemand. Durch ihre Bewegungslosigkeit hoffte die junge Frau, für den anderen unsichtbar zu werden. Vielleicht war es ein Tier. Vielleicht ein Mensch. Sie hielt noch immer inne, auch als sie eindeutige Schritte durch das Laub vernahm. Wegrennen brachte nichts. Wer sie hier einholen wollte, dem würde es mühelos gelingen. Die Schritte kamen näher. Vielleicht war es auch nur Björn, weil sie etwas im Hof vergessen hatte. Bei diesem Gedanken nahm Lea all ihren Mut zusammen und rief in das Dunkel hinein:

„Hallo, wer ist da?“ Eine ruhige Stimme in ihrer unmittelbaren Nähe antwortete:

„Ich bin es nur, Herr Moorberg. Erschrecken sie bitte nicht. Ich war noch bei den Bienen, die ich in der Heide stehen habe. Was machen sie denn hier um diese Zeit?“ Lea zitterte vor Aufregung und hoffte inständig, dass der unheimliche Bienenzüchter es nicht merken würde. Ihr fiel das Gitterröhrchen ein, und sie versuchte, ihre Angst in Ärger zu verwandeln, was ihr bei diesem Gedanken auch ganz gut gelang.

„Ich habe noch eine Besorgung gemacht“, antwortete sie so kühl wie möglich. Im Dunkel des Waldes konnte sie nur den dunklen Schatten Herrn Moorbergs vor sich erkennen. Seine Gesichtszüge blieben für sie im Finsteren verborgen.

„Um diese Zeit machen sie also ihre Besorgungen“, sagte der Imker mit einem leicht ironischen Unterton.

„Aber lassen sie uns langsam aus der Dunkelheit des Waldes gehen, dann brauchen sie sich nicht länger vor mir zu fürchten. Ich muss ebenfalls in ihre Richtung.“ fuhr Herr Moorberg fort. Jetzt war Lea richtig wütend. Mit schnellen Schritten ging sie neben ihm her.

„Ich hätte nicht gedacht, dass sie sich *so* vor mir fürchten“, sagte die Stimme neben Lea. Da drosselte die junge Frau ihr Tempo und schnaubte verächtlich.

„Hat ihnen denn der Honig geschmeckt?“

„Ja, das hat er“, sagte Lea barsch. Doch Herrn Moorberg ließ das unbeeindruckt.

„Sie können mir das leere Glas gerne jederzeit vorbeibringen und dafür ein volles erhalten.“ Sie hatten jetzt fast das Ende des Waldes erreicht. Das Blätterdach über ihnen wurde lichter, und da erkannte Lea, dass Herr Moorberg seinen Imkerhut unter dem Arm eingeklemmt trug. Er schien also tatsächlich bei seinen Bienen gewesen zu sein.

„Mal sehen“, antwortete Lea, als sie an den Weg kamen, der zum Schloss führte. Hier stand ein alter Golf. Herr Moorberg blieb daneben stehen.

„Hier trennen sich unsere Wege, aber ich habe das dumpfe Gefühl, dass sie sich bald wieder kreuzen werden.“ Lea sagte nichts, sondern ging grußlos weiter in Richtung Schloss. Sie lief aber nicht direkt in die Allee, die zum Schlosshof führte, sondern links in den Feldweg, an den das Weizenfeld grenzte. Als sie die Höhe der Vogelscheuche erreicht hatte, geriet diese mit einem Mal in die Lichtkegel von Autoscheinwerfern. Lea drehte sich um, es waren die Scheinwerfer des Golfes von Dr. Moorberg gewesen. Das Auto fuhr die Straße nach Moorburg entlang. Das Gebrumm des Motors hatte sich bald hinter dem Föhrenwald verloren, und Lea hörte nur noch ihre eigenen schlurfenden Schritte auf der trockenen Feldwegerde und das Schleifen des kaputten Vorderrades. Die Vogelscheuche stand bis zur Brust im Weizenmeer.

Als Lea das Fahrrad in der Remise eingeschlossen und die Tür zum Nebengebäude geöffnet hatte, leuchtete etwas Weißes auf dem Fliesenboden des Flures. Leider gab es kein Licht, und Lea tastete im Dunkeln danach. Es war ein Zettel. Sie faltete ihn auseinander. Es war handschriftlich etwas daraufgeschrieben, so viel konnte die junge Frau im spärlichen Licht des Abendhimmels erkennen. Sie verschloss die Haustüre und tastete sich nach oben. In ihrer Küche unter dem Dach faltete sie bei Licht den Zettel erneut auseinander. Jemand hatte ihn in ihrer Abwesenheit unter der Haustüre hindurchgeschoben. Mit krakeliger Handschrift und anonym stand auf dem weißen Papier geschrieben: *Ich weiß, was ihr such,t und ich weiß, wo es ist.*

24

Leise und gleichmäßig rauschte der Regen auf das flache Dach der Restaurierungswerkstätten im Landesmuseum nieder. Zum Glück hatte Matthias die Luken der Oberlichter rechtzeitig geschlossen. Jetzt prasselten die Wassermassen auf die Plexiglasfensterchen über ihnen. Am Sonnabend war Lea angekommen, um das Wochenende mit Matthias zu verbringen. Zu schnell waren die Tage vergangen. Lea hatte den Grafen lange bitten müssen, ihr auch noch den Montag frei zu geben.

Der Montag war enorm wichtig. Montags hatte nämlich das Museum geschlossen, und es war nur an diesem Tag möglich, etwas aus den Vitrinen zu entnehmen, um es genauer untersuchen zu können. Die Nachbildung der kleinen Bronzefigur lag vor ihnen auf dem Werktisch. Der Lichtschein der großen, beleuchteten Lupe fiel sanft auf die dunkel glänzende Oberfläche des kleinen Kunstwerkes. Kein Mensch hätte bei diesem Anblick zu sagen vermocht, dass es sich hierbei nur um eine Nachbildung aus Kunststoff und Bronzepulver handelte.

Sabine, eine Kollegin am Nebentisch, war gerade dabei, aus zig winzigen Bronzeteilchen die Form eines aus vielen verzierten Segmenten bestehenden Plattengürtelhakens zu rekonstruieren. Ganz in ihre Arbeit vertieft, saß sie mit krummem Rücken über ihren Tisch gebeugt. Lea beobachtete ihre Kollegin eine Weile, denn Matthias war kurz weggegangen, um den Vitrinenschlüssel zu holen. Sabines weißer Kittel war bei näherer Betrachtung zwar von Chemieflecken und Farbklecksen übersät. Trotzdem verlieh er der etwa vierzig Jahre alten, schlanken Frau mit dem dunkelbraunen, kurzen Pagenschnitt eine würdevolle Ausstrahlung. Lea beobachtete, wie sie geschickt mit der Pinzette ohne zu zittern die dünnen Bronzestücke aufnahm und vorsichtig und geduldig die Stelle suchte, an der das Teil passen könnte.

Die Ruhe und Konzentration, mit der die Restauratorin arbeitete, beeindruckten Lea in diesem Moment sehr, und es erfüllte sie mit Freude, ebenfalls diesen Beruf ergriffen zu haben. Die dunklen Strähnen der bis zum Kinn fallenden glatten Haare ihrer Kollegin hatten sich nach vorne zu einem Haken gerollt und wippten ein wenig, wenn sie sich bewegte, um ein neues Teil aufzunehmen. In der Werksatt war es bis auf das Rauschen des Regens angenehm still. In der anderen Werkstatt nebenan summte ein Schleifgerät. Herr Kremer war wohl mal wieder dabei die Korrosion von einem Eisenobjekt zu entfernen. Lea musste bei diesem Geräusch daran denken, sich beim

Zahnarzt blicken zu lassen. Schließlich wollte sie vermeiden, diesen Ton angesichts der Restaurierung ihrer Zähne hören zu müssen.

Das Zischen der Absauganlage löste sich im Rauschen des Regens auf. Lea ergriff in diesem Moment eine liebevolle Zuneigung zu ihren Kollegen, und sie dachte schmerzlich daran, was wohl sein würde, wenn ihr Vertrag bei dem Grafen ausgelaufen war. Eine Restauratorenstelle am Landesmuseum wäre ihr Traum. Wichtiger aber war es, dass sie überhaupt eine feste Anstellung fand. Ein verdrängtes Gefühl der Beklemmung stieg in ihr auf, was, wenn sie danach keine Stelle mehr bekäme? Sabine musste Leas Blick gespürt haben, denn sie blickte nun von ihrem Objekt auf und drehte sich zu ihr um. Ein sanftes Lächeln umspielte ihren Mund, als sie Lea direkt in die Augen sah.

„Starr mich nicht so mitleidig an, sondern hilf mir mal lieber", sagte Sabine und zwinkerte ihrer jungen Kollegin mit ihren dunkelblauen Augen zu. Lea stand auf und verdrängte ihre Gedanken. Sie lachten sich an. Lea spürte, wie sehr sie die Zusammenarbeit mit Kollegen vermisst hatte. Seufzend beugten sich die beiden Frauen über den Haufen mit den feinen und gröberen Bronzeteilen. Lea nahm eine Pinzette und betrachtete sich das Teil genau. Es war ein kleines Stück eines dünnen Bronzeblechs, in dem ein intakter Bronzenietkopf steckte. Dann blickte sie ratlos Sabine an und zuckte fragend mit den Schultern. Sabine lachte und holte ein Buch über Plattengürtelhaken hervor. Zwischen die Seiten hatte sie feine Papierstreifen gelegt, um die Abbildungen von den Plattengürtelhaken wieder zu finden, die den Bruchteilen in Muster und Form ähnlich waren. Gemeinsam blätterten sie Abbildung für Abbildung durch. Sabine erklärte Lea ausführlich die Formentwicklung der bronzenen holsteinischen Plattengürtelhaken. Sabine meinte, dass sie sich auf diese Arbeit lange habe vorbereiten müssen. Sie sei sich auch nicht ganz sicher, das richtige Vorbild gefunden zu haben. Ihre Recherchen waren noch nicht abgeschlossen. Als Restauratorin war man eben nicht nur Handwerker, sondern auch ein wenig Detektiv, Chemiker und Künstler.

An der langen Fensterfront stand noch immer die große Glasplatte, auf der ganz viele Felder aufgezeichnet waren. Hier untersuchte Matthias die Lichtbeständigkeit von Glasfarben und Kunststoffen, die für die Ergänzung von antikem Glas benutzt wurden.

Lea mochte diese Platte. Wenn die Sonne hindurchschien, legten sich überall bunte Lichtflecken auf den weißen Werktisch. Aber an diesem dunklen Regentag konnte Lea kaum die verschiedenen Blautöne, die in langen Reihen nebeneinander aufgemalt waren, unterscheiden. Die Batterie der Schraubgläser mit angerührten Chemikalien war noch größer geworden, seitdem sie das letzte Mal hier gewesen war. Matthias' Objekt, ein langobardischer Spangenhelm aus vergoldetem Kupfer, stand eindrucksvoll glänzend auf seinem Werktisch. Verschiedenste feine Zangen waren daneben auf einer Holzstange als Halterung aufgereiht und erinnerten Lea an junge Vögel, die hungrig die Schnäbel aufsperrten.

Aus einem runden, gläsernen Behältnis reckten sich dicke, dünne, schmale und breite Pinsel mit Borsten, mit langen Schweifen, aus Kunststoff und aus Marderhaar. Die meisten von ihnen waren schon sehr oft benutzt worden und sahen dementsprechend kahl aus. „Pinselgeriatrie" nannte Matthias das Glas mit den ausgedienten Pinseln, die sich aber für gröbere Arbeiten dennoch eigneten.

An den Mündungen einiger Spritzflaschen mit hohen gebogenen Hälsen hingen kleine Tropfen der darin enthaltenen Chemikalie. Unfertige Gefäße standen auf hohen Regalen, daneben manche geglückte und manche ungeglückte Nachbildung.

Fläschchen, Gläschen, Glaskolben und mannigfaltige Becher mit allerlei Tinkturen und bunt schillernden Flüssigkeiten standen in einem wohlgeordneten Durcheinander herum. Gipsstaub bedeckte stellenweise Arbeitstisch und Boden. Dieser bestand ganz aus einem dunklen Holzparkett, was dem laborartigen, ansonsten weiß gekacheltem Raum eine warme Note verlieh. Am besten aber gefiel Lea immer das dunkle Holzregal, in dem zahlreiche Schraubgläser standen, die mit Pigmentpulvern der verschiedensten Farben gefüllt waren. Allein neun verschiedene Grün- und sechs unterschiedliche Brauntöne reihten sich aneinander. So schön das jeweilige Pulver auch in den Gläsern aussah, schöner noch waren die dazugehörigen Namen, die handschriftlich mit weißen Etiketten auf den Gläsern aufgeklebt waren: *Hookersgrün* und *Grüne Erde*, ein warm schimmerndes, dunkelgrünes Pulver des Minerals mit Namen Glauconit oder auch Celadonit. *Siena natur* und *Umbra natur* hießen die helleren, gelblichen Brauntöne. Daneben standen die ins Rötliche zielenden: *Siena gebrannt* und ein rötlichbraunes Pigment aus Eisenoxid mit dem geheimnisvollen Namen *Caput mortuum*, von dem Matthias zu erzählen wusste, dass der Name, der übersetzt *Totenkopf* heißt, aus den Laboren der Alchimisten stammt. Aus Pyrit versuchte man durch Erhitzen die rauchende Schwefelsäure zu erhalten. Dabei entstand das bräunlich violette Pigmentpulver als Abfallprodukt. Weil die Alchimisten das aber als wertlos erachteten, nannten sie es Caput mortuum, was so viel heißen sollte wie „unbrauchbares Zeug“. Zuletzt in der Reihe der Brauntöne kam das dunkle Puder des *Van-Dyck-Braun*.

Einer der Rottöne hatte es Lea allein wegen des Namens besonders angetan. *Drachenblut* stand in schönen Buchstaben auf dem Etikett des Glases mit dem rätselhaften roten Pulver. Leider wurde dieses Pigmentpulver nur aus dem Harz des sogenannten Drachenbaumes und nicht etwa aus dem geronnen Blut feuerspeiender Bestien gewonnen. Trotzdem war es etwas Besonderes, da dieses Pigment auf eine lange Verwendungsgeschichte zurückblickte. Es war bereits in der Antike als Farbpigment bekannt gewesen und wurde im Mittelalter vor allem in der Buchmalerei verwendet. Es machte Lea immer wieder Spaß, all die feinen bunten Pulver zu betrachten und ihre Namen zu lesen. Dabei kam sie sich selbst immer wie in einer Alchimistenküche vor. Die Farbpigmente benutzt ein Restaurator vor allem bei der Ergänzung von Fehlstellen, um sie der Originalfarbgebung möglichst ähnlich anzupassen, oder bei der Herstellung von Nachbildungen, „Fälschungen“, wie Matthias gerne scherzte. Es machte Lea ungeheure Freude, mit den Pulvern zu hantieren und zu versuchen, durch geeignete Mixturen den richtigen Farbton zu treffen, was sich oft mehr als schwierig gestaltete.

Matthias hatte Lea mal wieder beim Schwelgen vor dem Pigmentregal getroffen. Sabine lachte darüber, denn sie kannte Leas Leidenschaft dafür nur zu gut. Er drückte Lea nun ein kleines Pappschild in die Hand. Darauf stand in Druckbuchstaben: „Zur Restaurierung entnommen.“ Das sollte so lange in die Vitrine, bis das Original wieder dorthin zurückgelegt wurde.

„Aber wir werden es doch gleich wieder dorthin bringen“, sagte Lea, als sie das Schild entgegen genommen hatte. Matthias betrachtete sie ernst.

„Stell dir mal vor, der Direktor kommt zufällig an der Vitrine vorbei und sieht, dass das Objekt fehlt. Na, dann ist aber was los. So kann sich wenigstens keiner beschweren." Dann gingen sie in den dunklen Ausstellungsraum. Matthias schaltete nur die Vitrinenbeleuchtung an, und der ansonsten komplett in Dunkelheit liegende Raum wirkte wie eine verborgene Schatzkammer. Atemberaubend kostbar sahen die einzelnen Objekte aus, die wie aus sich selbst zu leuchten schienen.

„Man sollte Ausstellungen nur so beleuchten", flüsterte Lea beeindruckt von dem feierlichen Glanz um sie herum.

„Dann würden die Besucher sich die Beine und Arme brechen, und wir hätten den Ärger mit den Versicherungen." antwortete Matthias viel zu laut in die mystische, fast tempelartige Stille, wie Lea fand. Sie schlossen die Vitrine auf, und Matthias entnahm das Bronzefragment mit einem weißen Stoffhandschuh. Die Objekte waren Leihgaben, deshalb wollte er besonders schonend damit umgehen. Das Schild stellte Lea an die Stelle, an der die Bronzebeinchen gelegen hatten. Zwar hätte die junge Restauratorin noch lange den seltsamen Zauber der spärlich beleuchteten Ausstellung genießen wollen, sie war jedoch neugierig auszuprobieren, ob die Beine zur Bronzefigur aus dem Schloss passten.

Es gab keinen Zweifel. Die beiden Hälften passten genau zusammen. Matthias blätterte im Inventarbuch des Landesmuseums und suchte über die Inventarnummer Angaben über Fundort und Herkunft des Fundstücks. Die Beine waren laut Eintragung am 12.9.1991 ins Landesmuseum übergeben worden. Sie stammten aus einem Nachlass einer Privatsammlung. Außer diesen Angaben und der Bezeichnung des Fundortes war leider nichts eingetragen. Lea und Matthias rätselten lange, warum die beiden Teile nicht nur in einer Sammlung zu finden waren. Dummerweise war die Eintragung sehr dürftig. Matthias stutzte einen Moment, dann sprang er plötzlich auf.

„Das ist die Schrift von Sammlungsleiter Dr. Boyens. Den fragen wir mal, woher diese Figur stammt", sagte Matthias und griff zum Haustelefon. Aus Matthias' Gesichtszügen konnte Lea erraten, dass Dr. Boyens jetzt Zeit für sie hatte.

Sie stiegen die große Wendeltreppe zur Etage mit den Büros der wissenschaftlichen Mitarbeiter hinauf. Durch die hohen Fenster konnte Lea sehen, dass es aufgehört hatte zu regnen. Aus einem Loch in der dicken Wolkendecke lugte eine blasse Sonne, und die mit Regenwasser gefüllten Mulden im Asphalt der Gehwege begannen zu schimmern.

In der „Chefetage", wie Matthias den Trakt mit den Büros für die Wissenschaftler nannte, roch es sanft nach frischem Kaffee. Hier war es fast totenstill. Ab und zu hörte Lea das Summen eines Druckers. Bei den meisten der Büros standen die Türen offen.

Die beiden Restauratoren liefen den mit Teppichboden ausgelegten Flur entlang. Dr. Boyens' Büro befand sich ganz am Ende des Ganges rechts. Lea schielte ab und zu in die offenstehenden Zimmer hinein. Sie sah mit Aktenordnern und Bücherstapeln überfüllte Schreibtische, dahinter saßen gedankenverloren die Archäologen und blätterten mit zerzausten Haaren in Akten und Fachliteratur. Lea beneidete diese Leute nie. Ihr war der Geruch von Lösungsmitteln, Staub und alter Keramik lieber als das Schreibtischdasein des wissenschaftlichen Personals. Die spannenden Entdeckungen an den Objekten machten fast immer zuerst die Restauratoren. Ärgerlich war nur, dass die Archäologen anschließend die Lorbeeren dafür alleine einheimsten. Das stimmte Lea manchmal ein wenig verdrießlich. Es gab aber auch Archäologen, die den Namen des Restaurators durchaus in ihren Abhandlungen erwähnten. Das kam vor. Wenn auch selten. Dr. Boyens zum Beispiel war so ein seltener Fall. Die Bürotür von Dr. Stein war geschlossen. Matthias klopfte. Eine sonore Männerstimme gewährte ihnen Einlass. Im Büro von Dr. Boyens roch es nach Gummibärchen. Auf dem kleinen Konferenztisch in der Mitte des mit Bücherregalen umgebenen Raumes stand eine Schale mit der bunten Süßigkeit. Rechts vor dem Fenster an einem schweren hölzernen Schreibtisch saß der Sammlungsleiter, hektisch an der Füllung in seinem Mund kauend. Er hatte den Mund so voller Gummibärchen, dass er kaum zu reden vermochte, was ihm auch sehr unangenehm schien, da er zwei mal zur Begrüßung ansetzte. Die vielen Gummiteilchen in seinem Mund versuchte er mit der Zunge so zu sortieren, dass seine Lippen in der Lage waren, Worte zu formen, ohne dass eines der klebrigen Teile herausfallen konnte. Lea entwich bei seinem Anblick aufgrund des unterdrückten Lachens ein Schnaufen. Dr. Boyens hatte das gemerkt und lachte zurück, dabei wäre ihm der hartnäckige Inhalt seines Mundes beinahe herausgerutscht. Er schlug sich gerade noch die Hand davor, um die Katastrophe zu verhindern. Der blonde Sammlungsleiter, der Anfang vierzig sein musste, zeigte wortlos auf die beiden Stühle an dem mit Büchern, Notizzetteln,

Steinklingen und Stiften überfüllten Konferenztisch. Lea und Matthias wollten sich gerade setzen, als sie bemerkten, dass jeder der Stühle gnadenlos mit Bücherstapeln belegt war. Auf Leas Stuhl lag obenauf noch eine Aktentasche.

Herr Boyens hatte inzwischen fast ausgekaut und hieß die beiden Restauratoren die Sachen einfach auf den Boden zu stellen. Matthias legte, leicht genervt über diesen Umstand, das Inventarbuch vorsichtig auf die Schale mit den Gummibärchen, um die Hände frei zu haben. Der Sammlungsleiter nahm die Aktentasche aus Leas Hand entgegen, griff aber daneben. Mit lautem Gepolter stürzte nun der Inhalt der Tasche auf den Boden. Beschriebene Blätter, Dias, Stifte, Deoroller, Schokoriegel und ein Gameboy mit diversen Spieldisketten ergossen sich auf dem dunkelbraunen Parkett. Dr. Boyens griff hastig nach dem Gameboy und steckte ihn eilig in die Tasche zurück. Dann sah er Lea betroffen an und murmelte:

„Für die Bahnfahrt. Da kann ich mich auf nichts anderes konzentrieren.“ Lea stammelte eine Entschuldigung zurück und reichte ihm den Rest des Inhalts. Matthias hatte sich bereits gesetzt, aber der Bücherstapel auf dem Tisch vor ihm war so groß, dass Lea ihn nicht mehr sehen konnte, als sie sich auf ihrem Platz niedergelassen hatte. Dr. Boyens hob den Stapel auf seinen noch volleren und noch chaotischeren Schreibtisch. Lea fragte sich, ob der Sammlungsleiter hier jemals etwas wiederfand. Nach ein paar kurzen Räumaktionen hatte endlich jeder einen Platz am Tisch gefunden, zumindest zum Sitzen. Matthias schlug das Inventarbuch auf, zeigte Herrn Boyens die beiden Teile der Bronzefigur und erklärte die dazugehörige Geschichte.

„Die beiden Teile passen tatsächlich aneinander“, sprach der Wissenschaftler begeistert. „Ich weiß noch, dass der Unterleib nicht das einzige Objekt war, das aus einem Nachlass zu uns in die Sammlung kam“, fuhr er fort.

„So ich mich recht entsinne, war es ein Mann, der sie brachte. Er behauptete, diese Gegenstände im Kunsthandel erworben zu haben. Ich hatte gerade diese Stelle angetreten, es war die erste Eintragung die ich in dieses Inventarbuch vorgenommen habe.“ Stolz strahlte er Lea an, wurde aber gleich wieder ernst, als er Matthias´ erwartungsvolles Gesicht sah.

„Der Mann wollte keinen Namen nennen. Er brachte vier von solchen kleinen Bronzefiguren und diese Beine. Sie würden aus dem Nachlass eines Adligen stammen, der nach der Wende sein Erbe, ein Schloss hier in der Nähe zusammen mit einer archäologischen Sammlung, antrat. Aber mehr konnte der Mann nicht sagen. Er habe nur das Gefühl, dass bei der Sache etwas nicht stimme und er die Sachen lieber loswerden wolle. Die Bronzefiguren und ein paar Eisenfunde hat er dem Museum übereignet. Die Bronzefigürchen sind einzigartig. Sie haben alle das gleiche Gewicht und jedes von ihnen macht eine andere Geste mit den Händen. Wahrscheinlich waren es Gewichte für eine Waage, oder es waren Figuren für eine kultische Handlung." Lea und Matthias sahen sich bei den letzten Worten von Dr. Boyens vielsagend an. Als „kultisch" pflegen Archäologen in der Regel all die Objekte zu bezeichnen, deren Verwendungszweck ihnen unbekannt ist. Darüber mokierten sich Lea und Matthias gerne.

„Wenn sie nicht mehr weiter wissen, wird's kultisch." war der Spruch der Restauratoren im Landesmuseum.

„Und diesen Oberteil der Bronzefigur haben sie in einer Privatsammlung eines Grafen hier im Hamburger Umland entdeckt. Na, dann wird das vermutlich dieser Neffe sein. Verstehe nur nicht, warum er die Sachen nicht alle an uns übergeben hat. Nicht öffentlich gemachte Privatsammlungen sind hinderlich bei der wissenschaftlichen Erforschung unserer Vergangenheit", sagte der Sammlungseiter und schüttelte verständnislos mit dem Kopf. Er betrachtete noch einmal die beiden Teile in seiner Hand. Dann wandte er sich an Lea:

„Ihr Chef sollte aber in jedem Fall den Kontakt zu uns herstellen. Vermutlich hat er noch mehr Sachen, die noch nicht wissenschaftlich aufgenommen wurden."

„Er möchte eine kleine Ausstellung in seinem Schloss zeigen", antwortete Lea daraufhin schnell. Sie fürchtete sich plötzlich davor, dass der Sammlungsleiter die Adresse des Grafen herausfand und ihm erzählte, dass seine private Restauratorin alles verraten hatte und ihm nun die Archäologen vom archäologischen Landesamt auf den Hals hetzte. Das wollte sie auf keinen Fall. Das würde sie sicher ihren Job kosten.

„Ich gebe ihnen Bescheid, wenn die Sammlung fertig ist." log Lea und warf einen flehentlichen Blick auf Matthias. Der aber hatte verstanden und lenkte die Aufmerksamkeit noch einmal auf die Eintragung im Inventarbuch.

„Bei dem Chef von Frau Bohm kann es sich unmöglich um den Neffen dieses Sammlers handeln. Der wäre ja jetzt über sechzig. Der Graf aber ist gerade mal fünfzig." Der Restaurator sah seine Kollegin fragend an, Lea nickte.

„Seltsam", sagte der Sammlungsleiter. Er war aufgestanden und zum Fenster hinter seinem Schreibtisch gegangen, um die Figur bei Tageslicht genauer zu betrachten.

„Die beiden Teile gehören unweigerlich zusammen. Ich werde mit dem Grafen sprechen, ob er dieses Fragment dem Museum überlässt, dann wäre die Figurengruppe komplett, und man könnte etwas über ihre Bedeutung herausbekommen", sagte der Sammlungsleiter mit dem Rücken zu den Restauratoren. Lea warf Matthias einen bekümmerten Blick zu. Sie hatte es gründlich bereut, Dr. Boyens eingeschaltet zu haben.

„Etwas, das über das Kultische hinausgeht?" fragte Matthias mit einem ironischen Unterton. Der Sammlungsleiter hatte das geflissentlich überhört und kam zum Konferenztisch zurück.

„Frau Bohm, bitte geben sie mir Adresse und Telefonnummer ihres Auftraggebers, dann kann ich mich mit ihm in Verbindung setzen." Lea fuhr der Schreck eiskalt den Rücken hinunter. Sie wusste nicht, was sie sagen sollte, da kam ihr Matthias zuvor:

„Frau Bohm wird mir die Karte des Grafen zusenden und ich kann sie ihnen ja dann weitergeben. Ach du liebe Zeit!" rief Matthias und sprang auf.

„Ich habe in der Werkstatt ein Objekt zur Konservierung in eine Lösung eingelegt. Wir müssen jetzt dringend gehen." Lea verstand sofort, dass dies nur ein Ablenkungsmanöver war. Sie suchten nun die beiden Fragmente, doch Dr. Boyens konnte sich plötzlich nicht mehr erinnern, wo er sie zwischenzeitlich abgelegt hatte. Sie begannen nun zu dritt alle Ecken des Büros zu durchsuchen, doch die Figurteile tauchten nicht auf.

„Zum Glück war das eine Teil nur eine Nachbildung." ging es Lea durch den Kopf. Da fiel bei ihr der Cent. Das war *die* Idee. Lea konnte dem Sammlungsleiter ja zur Not, bis sie alle Aufträge für den Grafen erledigt hatte, die Nachbildung als Original unterjubeln. Dann würde er sicher Ruhe geben. Die Figur tauchte erst wieder auf, als Dr. Boyens gegen den hohen Bücherstapel auf seinen Schreibtisch gestoßen war und dieser laut donnernd zu Boden stürzte. Unter eine hervorragende Buchecke hatten sich die beiden Teile geschoben und waren unsichtbar geworden. Freudig nahm der

Sammlungsleiter die beiden Teil hoch, da glitt ihm das Oberteil aus der Hand und landete mit einem schwachen Plumps in der vollen Kaffeetasse, die zwischen zwei Urnen der späten vorrömischen Eisenzeit geklemmt stand.

In der Werkstatt zurück, packte Lea ihre Sachen. Sie musste den Zug nach Brookshafen erreichen. Die Nachbildung deponierten sie in Matthias' Werktischschublade. Hier war sie sicher. Mit der Form aus Silikonkautschuk, die bei Harm lagerte, konnte Lea jederzeit eine neue Nachbildung anfertigen. Gerade, als die junge Frau die Werkstatttür geöffnet hatte, kam ihr im Flur die Kassenpförtnerin des Museums entgegen:

„Da ist ein Herr, der nach ihnen gefragt hat. Er wartet im Foyer". Lea konnte sich im ersten Moment nicht erklären, wer das sein sollte. Als sie ins gläserne Foyer des Museums trat, erkannte sie ihn gleich. Auf dem Biedermeiersofa unter dem lebensgroßen Gemälde des Museumsgründers saß Graf von Reebow. Leas Herz rutschte in die Hose. Jetzt hieß es unschuldig tun und sich nichts anmerken lassen.

„Ich hatte in der Nähe zu tun und ich dachte mir, dass ich sie hier finden würde." begrüßte er Lea mit Herzlichkeit. Die junge Restauratorin war auf der Hut.

„Ich würde sie bei dieser Gelegenheit gerne mit dem Wagen zum Schloss mitzurücknehmen. Natürlich nur, wenn sie einverstanden sind." Lea nickte. Was sollte sie auch anderes tun, um bei ihm keinen Verdacht zu wecken? Er würde versuchen, sie auf der Rückfahrt auszuhorchen. So viel war klar. Er hatte ihr nachspioniert. Er hatte Angst, dass Lea seine Sammlung verraten könnte. Als sie auf dem Parkplatz vor dem Museum in den dunklen BMW stieg, war Lea heilfroh, die Nachbildung bei Matthias gelassen zu haben.

25

Sie war sich diesmal ganz sicher. Am Rand, auf der Unterseite des eisernen Schildbuckels, war der Rest einer mit weißer Tusche geschriebenen alten Inventarnummer zu erkennen. Lea schaltete das Schleifgerät aus und betrachtete sich die Stelle unter dem Mikroskop. Im Metall sah sie grobe Kratzer, mit denen jemand versucht hatte, die Spuren einer Inventarnummer zu löschen. Dabei war demjenigen entgangen, dass sich von der Tusche ein Abdruck in der auf dem Metall als Grundierung verwendeten Lackschicht erhalten hatte.

„M.v.M. 1123“, konnte die Restauratorin genau entziffern, wenn sie das Objekt so kippte, dass der Lichtstrahl schräg auf den durch die Tusche aufgerauten Lackgrund traf. Es klopfte. Lea fuhr auf und legte den Schildbuckel wieder auf den Werktisch. Erst, als sie das Licht am Mikroskop ausgeknipst hatte, rief sie ihren Besucher herein. Es war Harm, der die Tür öffnete und mit einer Kanne dampfenden Tees herantrat.

„Dachte, es wäre Zeit für eine kleine Pause. Und ich habe leider das Inventarbuch noch immer nicht gefunden. Gestern, als der Graf abrupt nach Hamburg aufgebrochen war, habe ich sogar in seinem Schlafzimmer danach gesucht. Fehlanzeige. Als mich Agnes plötzlich überraschte, konnte ich nur sagen, dass ich vom Hof aus den Eindruck gehabt hätte, dass das Fenster offen stehen würde. Ich weiß nicht, ob sie mir das geglaubt hat. Den ganzen Tag schon bin ich in Sorge, dass sie diesen Vorfall dem Grafen gepetzt hat, aber bisher hat dieser sich das noch nicht anmerken lassen.“

„Ich glaube nicht, dass Agnes dich verpetzt hat“, sagte Lea mit Überzeugung. Harm betrachtete seine junge Freundin mit überraschten großen Augen.

„Seit wann glaubst du, dass Agnes auf unserer Seite ist?“ fragte der Hausangestellte und setzte sich auf einen der Stühle an der Werkbank. Die Kanne stellte er endlich darauf ab.

„Das glaube ich, seit sie den Zettel unter meiner Tür durchgeschoben hat.“

„Wieso kommst du darauf, dass sie es war? Es könnte genauso gut auch der Bienenmann oder seine Frau gewesen sein. Vielleicht hat davon sogar der alte Tede was mitbekommen.“ Lea schüttelte den Kopf.

„Ich weiß es genau. Der Zettel ist aus meinem Mülleimer entnommen worden. Zeichenpapier mit einem Wasserzeichen. Der einzige Mensch, der regelmäßig meinen Papierkorb leert, ist Agnes. Ich glaube nicht, dass sich Herr von Moorberg einen Zettel aus dem Mülleimer im Pferdestall holt." Dieses Argument leuchtete auch Harm ein.

„Aber dann weiß sie ja womöglich alles, was wir wissen", sagte Harm entsetzt.

„Und ich Idiot tue ganz heimlich und suche im ganzen Haus nach dem verflixten Buch, denke mir wer weiß was für dämliche Ausreden aus, und sie weiß alles." Er zitterte beim Einschenken des Tees ein wenig.

„Sie weiß wahrscheinlich noch viel mehr als wir", antwortete Lea.

„Warum lässt sie uns schmoren und gibt sich nicht zu erkennen?" fragte Harm, nachdem er sich auf das Einschütten des Tees konzentriert hatte.

„Sie ist vorsichtig, weil der Graf weiß, dass sie etwas weiß, von dem wir nichts wissen sollen", sagte die Restauratorin in ihre blaue Blechtasse. Harm blickte jetzt noch erstaunter drein.

„Deinen letzten Satz habe ich nicht so ganz verstanden", gab er zu.

„Sie wartet eine bessere Gelegenheit ab." Lea stellte die Tasse auf den Tisch zurück. Der Tee war zum Trinken noch zu heiß. Sie zeigte Harm den Schemen der Inventarnummer auf dem Schildbuckel. Harm schüttelte den Kopf. Das Kürzel „M.v.M." sagte ihm nichts.

„Bei Privatsammlungen stehen vor der Nummer meist die Initialen des Sammlers. Bei Museen die Anfangbuchstaben des Museumsnamens", erklärte Lea.

„Das sind schon mal nicht die Anfangsbuchstaben von Herrn von Reebow", stellte Harm fest. Lea nickte.

„Aber die von einem anderen von", fügte die junge Frau gedankenverloren hinzu.

„Du sprichst heute in Rätseln. Was meinst du denn nun?" wandte Harm ein und nahm einen Schluck Tee.

„Das kleine v stammt vermutlich von einem anderen Adelsnamen", erklärte Lea mit glühender Begeisterung. Harm begann zu husten. Er hatte sich verschluckt. Lea stand auf und klopfte ihm kräftig auf den Rücken. Als die Hustensalve überstanden war, blickte Harm mit tränennassen Augen auf Lea und flüsterte nicht nur vor Spannung:

„Dann stammen die Funde nicht aus der Familiensammlung des Herrn von Reebow."

„Vermutlich“, antwortete Lea und sah hinaus in den blauen Sommernachmittag, der vor den Werkstattfenstern währte. Eine kleine Wolke winziger Mücken tanzte am Fenster vorbei und löste sich in der Weite des grünen Parks auf. „Wenn es sich tatsächlich um ein Objekt handelt, das, wie Max von Reebow behauptet, eigenhändig von seinem Ahnherrn Magnus von Reebow ausgegraben wurde, ist diese Inventarnummer unvereinbar mit seinen Namenskürzeln. Es sei denn, er hat irgendwann einmal dieses Stück irgendwo erstanden und seiner Sammlung hinzugefügt. Das kann alles eine ganz harmlose Erklärung haben, oder es handelt sich hier um eine ganz große Gaunerei. Warum macht der Graf aber auch ein solches Geheimnis daraus? Auf der Rückfahrt von Hamburg hat er mich über meinen Besuch im Landesmuseum ausgequetscht wie eine Zitrone. Ich habe ihm natürlich nur erzählt, dass ich mir Werkzeug ausgeliehen habe und dass ich meine Kollegen habe treffen wollen, um mit ihnen fachzusimpeln. Über was, wollte er wissen. Ich habe ihm irgendwas von neuen Methoden zur Eisenentsalzung erzählt. Das habe ich so chemisch wie nur möglich gemacht. Er wäre mir am Steuer beinahe eingeschlafen. Jedenfalls glaube ich nicht, dass er Verdacht geschöpft hat. Die beiden Figurteile passen jedenfalls genau zusammen.“ Bei den letzten Worten wäre Harm beinahe vom Stuhl gefallen.

„Das ist ja sensationell. Ich glaube, wir sind einem Verbrechen auf der Spur.“ Er schenkte sich erneut Tee nach und vergoss die Hälfte auf der Werkbank. Lea warf schnell Küchenpapier auf die bräunliche Lache, die sich langsam auf dem Tisch ausbreitete. Harm sah Leas Wischbewegungen schuldbewusst zu. Dann lauschte er nach draußen, sprang urplötzlich auf, schnappte sich seine Tasse und ging.

„Das Inventarbuch. Nur das kann uns Gewissheit geben“, sagte er und war fort.

„Wenn es noch existiert“, sagte Lea, aber das hörte der Hausangestellte nicht mehr. Als Lea die teedurchtränkten Tücher in den Mülleimer neben der Tür warf, hörte sie, wie der BMW des Grafen aus dem Schlosshof rollte. Der Graf fuhr weg. Deshalb war Harm so hastig gegangen.

Einen kurzen Moment stand die junge Restauratorin in ihrer kleinen Werkstatt und überlegte, was sie tun sollte. Sie musste auf jeden Fall die Spuren der alten Inventarnummer auf dem Schildbuckel erhalten. Sie befestigte mit einem Adapter ihre Spiegelreflexkamera auf dem Mikroskopokular und machte Fotos von den Kratzspuren und den trotzdem noch gut lesbaren Buchstaben und Zahlen der alten Inventarnummer. Das Inventarbuch. Irgendjemand gab vor zu wissen, wo es war. Es konnte auch eine Falle des Grafen sein, ging Lea blitzartig durch den Kopf. Jetzt war sie sich plötzlich gar nicht mehr so sicher, ob Agnes tatsächlich auf ihrer Seite war. Was, wenn sie auf Harm und Lea vom Grafen angesetzt wurde, um herauszufinden, wieviel sie wussten? Es würde besser sein, auf die anonyme Zettelnachricht nicht mit unbedachten Fragen einzugehen. Seit der Begebenheit mit dem verpassten Bus war Agnes tatsächlich freundlicher zu Lea. Es schien, als habe sich das Verhältnis zwischen ihnen durch die Hilfe von Lea gebessert. Nur in Gegenwart des Grafen benahm sich Agnes noch genauso zickig wie vorher. War das ein Indiz dafür, dass sie ihr vertrauen konnten, oder gehörte genau das zur Taktik des Grafen? Der anonyme Schreiber würde sich von selbst wieder melden. Da war sich Lea sicher. Sie würde Harm warnen. Was sie vor allem üben mussten, war Geduld. Aber das sollte einer Restauratorin nicht schwer fallen. Lea schnaufte beim Gedanken an das vermisste Inventarbuch.

Harm war gewarnt, die alte Inventarnummer auf Foto festgehalten, die Nachbildung der Bronzefigur gut versteckt und die Form dazu in Sicherheit. Mit einem Gefühl der Befriedigung machte Lea die Zeichenmappe auf und schob die Skizze der Vogelscheuche hinein. Sie war ihr gut gelungen. Zufrieden betrachtete sie noch einmal im Schein der Küchenlampe die schnellen Bleistiftstriche, welche die Umrisse der Figur in Bewegung brachten. Inzwischen hatte Lea schon zwei Skizzenblöcke verbraucht. Zuoberst lag das Bild vom Jagdschlösschen „Uhlenburg“. Lea hatte es noch immer nicht fertig gestellt. Das wollte sie auch lieber vor Ort tun. Als sie den Entwurf wieder in die Mappe versenken wollte, schoss es ihr wie ein glühender Pfeil durch den Kopf: Was, wenn das Inventarbuch im Jagdschlösschen versteckt war? Sie musste unbedingt Björn darauf ansetzen. Bestimmt würde er dem Grafen mal wieder dort aushelfen müssen. Im Bett überlegte sie noch lange, ob es nicht eine Möglichkeit gab, dass Harm und sie dort hineinkämen. Sie schloss die Augen. Draußen rauschten die Bäume. Sie träumte plötzlich vom Meer und schwamm gemach auf sanften Wogen in den nächsten Morgen hinein.

26

Wie gerne wäre sie jetzt durch das hohe Gras der Fennen gelaufen und hätte sich ein paar Margariten für den Küchentisch gepflückt. Auf dem Weg zum Haupthaus des Schlosses hatte Lea sehnsüchtig in die hohen Wiesen der Parkanlage geblickt. Dort flimmerte die Mittagshitze und ließ die Pappeln in weichen Wellen flattern. Der Schlosshof lag in blauem Schatten, und ein angenehm lauer Wind streifte die junge Frau an den nackten Armen. Die Arbeitsschürze hätte sie wenigstens ausziehen können, ging es ihr durch den Kopf. Sie war schon fast am Dienstboteneingang und wollte nun nicht mehr in die Werkstatt zurück. Der Graf wartete auf seine Restauratorin. Harm hatte es ihr gleich zu Arbeitsbeginn mitgeteilt. Um dreizehn Uhr erwartete Max von Reebow seine Restauratorin zum Mittagessen. Lea war seitdem in einem Zustand ständiger Nervosität. Was wollte er von ihr? Bloß ein wenig plaudern? Sie aus Dankbarkeit zum Essen einladen? Sie musste vorsichtig sein. Wahrscheinlich hatte er von den Suchaktionen um das Inventarbuch mitbekommen. Harm ließ sie in die kleine Teeküche hinter der Eingangstür. Dort warf Lea ihre blaue Arbeitsschürze über den Stuhl. Sie wagten kaum ein Wort zu wechseln. Die ganze Situation kam ihnen gekünstelt vor. Sie fühlten sich an diesem Ort belauert.

„Der Herr Graf erwartet sie im Kaminzimmer. Ich werde dann jetzt nach Hause fahren.“ Lea nickte. Als Harm in der Dienstbotentür stehen blieb, sah er Lea mit angsterfülltem Blick in die Augen. Auch er schien hinter der Einladung einen unguten Anlass zu wittern. Am liebsten hätte er Lea beigestanden. Seine Dienstzeit für diesen Tag war zuende. Welchen Grund hätte er angeben können, dass er bleiben musste?

Die Flügeltüren zum Park standen weit offen, und wie am Tag von Leas Ankunft auf dem Schloss bewegten sich fast unmerklich die schweren dunkelroten Vorhänge im Luftzug. Sie erheischte den düsteren Blick des Portraits von Magnus von Reebow. Seine dunklen Augen wanderten bei jedem Schritt Leas zur Terrasse mit. Draußen war der Tisch gedeckt. Auf einer weißen Damasttischdecke stand weißes, altes Porzellan. Hohe, am Stiel mit gläsernen Blumenranken verschnörkelte Weingläser aus dem Jugendstil standen neben den Tellern. Fein verziertes Tafelsilber mit einem Wappenbild im Griff glänzte fein poliert neben dem weißen Porzellan. Es war für zwei gedeckt. Der Verwalter Dr. Stein war wohl diesmal nicht eingeladen. Am Tisch saß niemand, als Lea auf die Terrasse trat. Sie spähte in den Park. Auch dort war keiner zu sehen. Dunkle Schattenflecken lagen unter den dichten Baumkronen alter Kastanien und mächtiger Eichen. Das Gras der Parkwiesen stand jetzt sehr hoch und war mit den duftenden Blüten von allerlei Blumen und Kräutern durchwebt. Wie gerne wäre Lea jetzt unter den Baumschatten gewandert, hätte die Hände auf das warme, rissige Holz der Baumstämme gelegt und sich vom Blätterrauschen davontragen lassen. Ihre Augen wanderten den dunkelgrünen Streifen des dichten Bewuchses am Teich vor der Pappelreihe entlang. Leise wiegte sich darin der Wind. Die junge Restauratorin war fast völlig in das idyllische Bild vor sich versunken, als sich von hinten eine feste Hand auf ihre Schulter legte. Lea fuhr herum und blickte in die grauen Augen von Max von Reebow. Nun wurde es ernst. Gleich würde sie erfahren, was er von ihr wollte. Der Graf geleitete seinen Gast zum gedeckten Tisch und plauderte dabei über ein paar Belanglosigkeiten, machte Scherze über seine Vorliebe zu rotem Wein. Nachdem Agnes das Essen aufgetragen hatte, erzählte der Graf von seiner Kindheit in Hamburg und der Übernahme dieses Schlosses, nachdem seine Eltern darin gestorben waren. Er sei ja eigentlich eher ein Stadtmensch, ertrage den ewigen Frieden der Natur nicht und sei daher froh, wegen seiner Geschäfte öfter nach Hamburg zu müssen. Lea fühlte sich zwischendurch richtig entspannt. Anscheinend hatte der Graf bei dieser Esseneinladung doch keine bösen Hintergedanken gehabt. Das dachte Lea, denn sie waren bereits beim Nachtisch angelangt, Rote Grütze mit Vanilleeis, und noch immer kamen die befürchteten Fragen nicht. Lea hatte überhaupt sehr wenig sagen müssen. Die ganze Zeit hatte der Graf über sich erzählt. Was sollte jetzt wohl noch Schlimmes kommen? Nachdem sie beide den Dessertlöffel weggelegt hatten und Agnes duftenden Espresso servierte, kam Herr von Reebow auf Matthias zu sprechen.

„Sie fahren anscheinend auch ganz gerne nach Hamburg. Ich nehme mal an, dass sie ihren Freund sehr vermissen hier draußen?“ Lea wusste nicht, wie sie reagieren sollte, und zuckte mit den Schultern.

„Wir sind nur befreundet. Nichts weiter.“ Die Augen des Grafen formten sich zu dünnen Schlitzen.

„Aber sie haben doch Familie und sind wohl nicht so ein Einsiedler, wie ich es bin?“ Lea erzählte von ihren Eltern und von Löwensteins und davon, hier sehr zufrieden zu sein.

„Dann haben sie hier sicher Freundschaften geschlossen“, stellte Max von Reebow daraufhin fest. Lea war sich sicher, dass er abchecken wollte, mit wem sie in engerer Beziehung stand und ob es der richtige Umgang war. Lea überlegte kurz. Von der engen Beziehung zu Harm und zur Familie Tede wollte sie auf keinen Fall erzählen.

„Freundschaft ist wohl zu viel gesagt. Ich kaufe ab und zu im Heidehof ein und unterhalte mich mit Frau Tede, und dann ...“ Sie zögerte, wen durfte sie noch nennen, ohne Verdacht zu wecken? „ ... bin ich abends nach der Arbeit müde und möchte mich meinem Hobby widmen.“ Lea schnaufte. Das ging ihren Chef alles nichts an.

„Es wäre mir doch sehr unangenehm, wenn sie sich hier zu einsam fühlten. Ist Herr Karlsson denn wenigstens so nett und unterhält sie ab und zu?“ Der Blick des Grafen war unergründlich. Lea wurde langsam wütend. Als ob er das nicht wüsste. Er wollte sie tatsächlich aushorchen.

„Ja, das tut er. Er gibt mit Tipps für Ausflüge und bringt mir ab und zu ein bisschen Gebäck von seiner Frau.“ Das war schon viel zu viel gesagt, schalt sich Lea in Gedanken.

„Was haben sie denn bisher so gesehen?“ ließ der Graf nicht locker. Lea zählte die Heide auf, das Moor, Moorburg, die alte Wallanlage im Wald nach Brookshafen, Brookshafen selbst mit seinem Fischereihafen und den Stadttürmen.

„Schade, dass ich so selten Zeit habe, mich um sie zu kümmern. Wir sind schließlich beide ungebunden und könnten etwas zusammen unternehmen. Nicht, dass sie sich langweilen und auf dumme Gedanken kommen“, dabei lachte er. Lea war plötzlich nicht sehr zum Lachen. Hatte er den letzten Satz nur so dahin gesagt, oder wusste er über Leas Nachforschungen bescheid?

„Haben sie Lust, mit mir die Gegend zu erkunden?“ Lea schluckte. Ihr schwante Schlimmes. Der Graf wollte doch wohl nicht ihre Freizeit verplanen? Einen Tag mit dem Chef zu verbringen, danach stand ihr eigentlich nicht der Sinn.

„Natürlich nur, wenn sie wollen“, hatte er hinzugefügt und Lea herausfordernd angelacht. Lea hatte schließlich zugesagt. Sie hatte sich nicht getraut, etwas dagegen einzuwenden. Aber so oder so konnten solche Exkursionen auch für sie nützlich sein.

Lea würde ihn bei diesen Gelegenheiten nach ein Paar Dingen ausfragen können. Als sie sich verabschiedet hatten und Lea wieder in die Werkstatt zurück gehen wollte, drehte sich der Graf noch einmal zu ihr um und fragte:

„Was für ein Hobby betreiben sie denn?"

„Ich zeichne."

„Wenn sie gestatten, würde ich die Bilder gerne bei Gelegenheit einmal sehen." Lea nickte und hoffte, er würde das schnell wieder vergessen. Als sie durch den Bedienstetenausgang gehen wollte, traf sie im Hof auf Agnes, die den Müll in den Eimern im alten Pferdestall ausgeleert hatte. Das Hausmädchen blieb kurz neben Lea stehen, blickte sich vorsichtig zum Hauptgebäude um und flüsterte:

„Im Bauch der Vogelscheuche", dann ging sie sofort weiter und knallte heftig die Tür des Bediensteteneingangs zu. Lea war aufgrund dieser Begegnung komplett verwirrt. Sie wusste nicht, was sie davon halten sollte. Irgendwie schienen hier alle komplett verrückt zu sein. Lea drückte das Tor der Remise auf und nahm die zwei großen Schritte zur Werkstatttür sehr rasch, denn in dem Dunkel des großen Raumes mit den schwarzen Kutschen fühlte sie sich immer ein wenig beunruhigt. Erst in der Werkstatt wähnte sie sich in Sicherheit. Die junge Frau riss die Tür auf und erschrak zu Tode. An der Werkbank saß eine Gestalt. Es war Harm. Er war geblieben, hatte auf Lea gewartet.

„Ich hatte keine Ruhe. Was wollte der Graf denn von dir? Weiß er Etwas?" legte er voller Sorge los. Lea berichtete von dem scheinbar harmlosen Geplauder bei Tisch. Harms Sorgenfalten glätteten sich langsam wieder ein wenig. Dann sagte er ernst:

„Der will dich testen. Irgendwie hat er was gemerkt. Wir müssen sehr vorsichtig sein. Mit dem stimmt was nicht." Lea erzählte noch von Agnes' seltsamen Anwandlungen. Da machte Harm nach einer längeren Pause ein feierliches Gesicht und hob zu einer Erklärung an, die ihm schon die ganze Zeit auf der Seele brannte. Er winkte Lea mit dem Finger näher zu sich heran. Sie saßen nun ganz dicht voreinander, Harm ein wenig geduckt, damit man ihn durch die Fenster nicht gleich sehen konnte.

„Ich habe Neuigkeiten von ihr. Sie weiß, wo das Inventarbuch ist. Sie wusste nicht so recht, was das eigentlich ist, was der Graf da eines Abends versteckt hatte, aber als sie mitbekam, dass ich etwas im Hause suchte, ist ihr die Begebenheit eingefallen. Also, hör genau zu. An dem Abend, als das heftige Gewitter war, hatte doch der Blitz in das Transformatorenhäuschen neben der Bushaltestelle eingeschlagen. Da ist Agnes voller Angst in den Schlosshof zurückgerannt und hat, als sie in die Allee bog, den Grafen im Feld bei der Scheuche gesehen. Er hatte ihr gerade etwas in Folie Verpacktes unter den Mantel geschoben. Wahrscheinlich dachte er, dass ihm bei diesem Wetter keiner folgen würde. Agnes meinte, dass es vielleicht das ist, was wir suchen. Sie war vorhin bei mir in der Werkstatt, als du mit dem Grafen zu Mittag speistetst." Lea überlegte. Harms Begeisterung konnte sie noch nicht so recht teilen. Was, wenn der Graf ihnen eine Falle stellte?

„Wie können wir unbemerkt an die Vogelscheuche? Die ist vom Schloss her durch das niedrige Weizenfeld gut einsehbar. Warum hat er auch keinen Mais anbauen lassen?" fragte sich Lea ärgerlich.

„Genau deshalb", antwortete Harm.

„Wir müssen warten, bis der Chef mal wieder in Hamburg zu tun hat, dann können wir es wagen, die Scheuche zu durchsuchen. Harm holte sein Handy hervor und tippe die Telefonnummer seiner Frau hinein.

„Elke wird schon warten. Ich habe ihr gesagt, dass sie mich später abholen soll. Hoffentlich komme ich ungesehen vom Gelände." Wenig später war ihm das tatsächlich gelungen. Er war aus einem der Werkstattfenster zum Park hinaus gestiegen und in Richtung Weizenfeld und hinter der Remise und den Ställen zur Straße nach Brookshafen gerannt. Hier wollte ihn seine Frau aufsammeln.

Abends im Bett überlegte Lea, ob sie sich nicht doch tatsächlich in Dinge einmischte, die sie nichts angingen. Als sie die Augen schloss, fiel ihr die Vogelscheuche ein. Sie fuhr im Bett auf. Das Inventarbuch. Plötzlich war sie sich sicher, dass es darin versteckt war. Die Vogelscheuche hatte nach dem Unwetter wie neu gestopft ausgesehen. Ihr war der Gedanke gekommen, dass der Bauer die arme Figur wieder hergerichtet hatte, tatsächlich konnte aber dem Bauch genauso gut ein Geheimnis anvertraut worden sein. Lea legte sich im Bett zurück. Am liebsten wäre sie sofort aufgebrochen und hätte nachgesehen. Den Gedanken verdrängte sie jedoch, als sie aus der einen Ecke des Zimmers einen deutlichen Summton vernahm. Es würde mal wieder eine lange Nacht werden.

27

Die Regentrude hatte es Björn angetan. Zuletzt hatte er die komplette Geschichte alleine durchgelesen. Lea war stolz auf ihren Schüler. Anscheinend hatte es nur der richtigen Motivation bedurft. Zwar ging das Lesen noch immer recht schleppend voran, aber Lea brauchte selten zu helfen. Angestachelt durch den Erfolg, versuchte sich Björn mittlerweile auch an der Tageszeitung. Im Grunde war Lea nicht mehr vonnöten, aber Björn mochte es sehr gerne, wenn sich Lea trotzdem noch mit ihm hinsetzte und las. Lea ging diesem Wunsch freudig nach. Bei Björn und seiner Familie fühlte sie sich wohl.

Der Spätsommer hatte inzwischen das kurze Heidegras und die blühenden Büsche völlig verdorren lassen. Der Ginster stand mit trockenen gelben Blüten. Die ganze Ebene hatte sich in einen staubigen Teppich verwandelt. Darin schienen sich aber die Grillen, deren ohrenbetäubendes Konzert durch die einsame Ödnis hallte, besonders wohl zu fühlen. Lea schob das klappernde Fahrrad auf dem schmalen, sandigen Pfad zum Föhrenwald entlang. Es hatte seit mindestens drei Wochen keinen Tropfen mehr geregnet. Wo die junge Frau hintrat, staubte der Boden. Sie kam sich wie in der Geschichte von der Regentrude vor. Man sollte sie suchen und wecken, denn es war viel zu trocken. Herr Tede befürchtete, dass ihm die Früchte auf dem Felde verbrennen könnten. Sie kam sich auch wie in der afrikanischen Steppe vor. Es hätte sie nicht gewundert, wenn plötzlich eine Herde Zebras vor ihr erschienen wäre. Obwohl sich der Abend in bunten Lichtstreifen über die Landschaft legte, war die Luft noch immer sirrend heiß. Vom Boden wurde die vom Tage gespeicherte Wärme wie von einem Spiegel nach oben zurückgeworfen.

Lea schob das Rad. Erst im Wald wollte sie aufsteigen und fahren. Die Schutzbleche klapperten über den holprigen Heideboden. Was sie von Björn an diesem Abend erfahren hatte, war mehr als interessant und aufregend zugleich. Sie war deswegen diesmal so in Gedanken vertieft, dass sie an Odins Finger vorbei kam, ohne es zu merken. Das kam so: Lea hatte als Lesezeichen in ihrem Buch mit Geschichten von

Theodor Storm in der Eile einen kleinen Fetzen eines Notizzettels aus ihrer Werkstatt genommen. Als sie das Buch in Björns Gegenwart in der niedrigen Küche des Heidehofes geöffnet hatte, war der Fetzen Papier herausgefallen. Björn hatte ihn vom Küchenboden aufgehoben und lange wortlos betrachtet. Lea hatte diesem Ereignis keine rechte Aufmerksamkeit beigemessen und den Zettel zunächst in ihre Mappe gesteckt. Erst als Björn nach einer Weile bemerkte, dass genau diese Zeichen immer auf den Sachen in den Kisten stehen, die er in der Uhlenburg auspacken muss, hatte Lea sich ihren Notizzettel genauer angesehen. Sie hatte darauf die vor kurzem an dem Schildbuckel bemerkten, halbwegs ausgekratzten Reste einer alten Inventarnummer aufgeschrieben. Lea war es siedendheiß den Rücken heruntergelaufen. Jetzt war ihr endlich wirklich klar, dass der Graf illegale Geschäfte mit archäologischem Kulturgut betrieb und die Sachen, die sie mühsam für eine imaginäre Dauerausstellung im Schloss restaurierte, im Kunsthandel verscheuerte. Vom wissenschaftlichen Standpunkt gesehen bedeutete das eine Katastrophe. Keiner würde die Funde jemals wieder in ihrem wahren Zusammenhang deuten können. Alle Erkenntnisse, die man dadurch über die Geschichte einer Region erhalten könnte, gingen unwiederbringlich verloren. Lea hatte vor Wut mit der Faust auf den Küchentisch geschlagen. Frau Tede war von ihren Stopfarbeiten aufgeschreckt und hatte den alten, grauen, hundertfach ausgebesserten Socken fallen lassen. Lea riss sich zusammen und behauptete, etwas Wichtiges vergessen zu haben. Innerlich war sie verärgert darüber, dass der Graf sie derartig an der Nase herumgeführt hatte. Lea wollte unbedingt sofort das verschollene Inventarbuch einsehen. Die Beweise für den illegalen Handel waren also im Jagdschlösschen zu suchen. Irgendwie musste es ihr gelingen, dort hinein zu kommen und die Objekte zu retten. Björn hätte sie zu gerne über das Treiben in der Uhlenburg ausgequetscht. Das hatte sie aber leider nicht vor Frau Tede tun können, sonst hätte diese sich nur unnötig aufgeregt. Die junge Restauratorin hatte fieberhaft überlegt, wie sie Björn unbelauscht interviewen konnte. Um Frau Tede wenigstens für einen Augenblick aus der Küche zu haben, hatte sie die Bäuerin um ein Stück vom Räucherschinken aus der Speisekammer neben der Milchkammer gebeten. Sie wusste, dass Frau Tede nichts lieber tat, als einen Gast durch gutes Essen glücklich zu machen. Die Bäuerin war auch sogleich freudestrahlend nach draußen gelaufen, um den Wunsch des Gastes zu erfüllen. Lea wusste auch, dass sie eine Weile mit dem stumpfen Messer brauchen würde, um eine kleine Scheibe vom riesigen

Schinken abzusäbeln. Björn hatte seiner Mutter helfen wollen und war aufgestanden, bis Lea ihn an seinem Arm festgehalten hatte.

„Ich muss mit dir sprechen“, hatte sie ihm flehentlich zugeflüstert. Björn, der Geheimnisse liebte, musste zum Glück nicht zwei Mal gebeten werden. Lea hatte ihm den Zettel noch einmal vorgelegt. Innerlich hatte sie vor Glück gejauchzt, Björn das Lesen beigebracht zu haben. Björn hatte jedes Zeichen identifiziert.

„M.v.M. 1123“, hatte er laut vorgelesen und dabei wissend genickt.

„Diese Buchstaben und solche Zahlen dahinter stehen immer auf den alten Sachen, die ich auspacken muss. Dann muss ich ein Messer nehmen und die Nummer und die Buchstaben auskratzen. Dann muss ich's wieder verpacken“, berichtete Björn. Mehr hatten sie nicht besprechen können, da von der Tenne die schlurfenden Schritte von Frau Tede zu hören gewesen waren. Mehr brauchte Lea auch vorerst nicht zu wissen. Das reichte bereits, um dem Grafen die Polizei auf den Hals zu hetzen. Aber Lea wollte lieber alles vorher mit eigenen Augen sehen. Sie hatte Björn gerade noch zuflüstern können, dass er mit keinem Menschen darüber reden solle, sie hatte ihn den Zeigefinger und den Mittelfinger seiner rechten Hand feierlich zum Schwur heben und ablecken und an seine Brust drücken lassen. Das gehörte seit Leas Kindheit zu einem Schwurritual, von dem sie wusste, dass auch Björn einen auf diese Weise geleisteten Eid niemals brechen würde. Frau Tede hatte stolz vor Lea einen großen Teller mit einer dicken Scheibe herrlich duftenden Schinkens mit zwei daneben liegenden Schnitten Butterbrot abgestellt. Lea hatte zwar vor der Lesestunde zu Hause noch eine riesige Pizza verdrückt, hatte aber in diesem Moment den vollen Teller unmöglich zurückweisen können. Tapfer hatte sie den würzigen und sehr salzigen Schinken in sich hinein gestopft. Herr Tede war später noch mit einem Krug frischer Milch gekommen, die Lea in einem Zug leerte. Zufrieden war Lea von seiner Frau beim Leeren des Teller beobachtet worden, und Lea hatte sie nur mit Mühe davon abhalten können, eine weitere Portion zu holen. Herr Tede hatte ebenfalls eine wichtige Bemerkung gemacht, wie sich Lea jetzt erinnerte. Aus Leas Federmäppchen schielte das kleine Gitterröhrchen, das sie eines Tages unter dem Werkstattfenster gefunden hatte. Bisher hatte sie nur vermutet, dass es der Imker bei seinen geheimen Spionagegängen verloren hatte. Durch Herrn Tede hatte sie an diesem Abend Gewissheit bekommen. Herr Tede hatte nämlich nach dem Abstellen des vollen Milchhumpens auf das Röhrchen gedeutet und Lea erstaunt gefragt, ob sie in ihrer Freizeit Bienen züchte. Lea hatte kurz überlegt und behauptet, dass sie dieses Röhrchen von einem Freund bekommen habe. Frau Tede hatte ihren Mann fragend angesehen, und diese hatte anschließend erklärt, dass man solche Konstruktionen dazu benutzt, eine neue Bienenkönigin in einen Bienenstock einzusetzen. Die Enden würden mit einem Zuckerteig bedeckt. Wenn die Bienen des Stockes den Zuckerteig vertilgt haben und dadurch milde gestimmt seien, könne die Königin zu ihnen in den Stock kriechen. Er selbst habe früher auch Bienen gehabt. Eine Allergie gegen das Bienengift habe ihm die Arbeit schließlich unmöglich gemacht. Manche Imker würden als Schlupfkäfig für die Königin sogar Lockenwickler benutzen. Aber solche, er hatte auf Leas Federmäppchen gezeigt, aus engmaschigen Draht habe er früher selbst gebaut. Jetzt arbeitet der Imker Dr. Moorberg mit seinen Sachen. Er habe sie ihm überlassen. Das sei doch sicher eines von seinen Röhrchen, hatte Herr Tede noch einmal gesagt und sich näher zu dem Mäppchen gebeugt. Es herauszunehmen, um es sich näher betrachten zu können, hatte er nicht gewagt. Lea hatte in diesem Moment nicht recht entscheiden können, ob es nicht besser sei zu lassen, Herrn Moorberg als ihren „Freund“ auszugeben. Seine Rolle erschien ihr in diesem Spiel noch nicht so recht deutlich.

Zum Abschied wurde Lea von Björn noch die Wurt hinunter begleitet.
„Der Graf hat mich auch schwören lassen. Ich hab doch jetzt nichts falsch gemacht?“ hatte er zu Lea gesagt und sie mit großen Augen angesehen.

„Nein, das hast Du nicht, denn der Graf ist böse. Das, was er in der Uhlenburg macht, das darf man nicht tun“, hatte Lea ihm erklärt. „Doch den geleisteten Schwur darfst Du nicht brechen. Verrate dem Grafen auch auf keinen Fall, dass Du lesen kannst. Das wäre gefährlich für Dich. Er darf nicht merken, dass wir ihn beobachten. Er würde uns sonst etwas antun.“ Lea hatte nicht geglaubt, dass Björn sie sofort verstehen würde, aber in seinem Gesicht hatte sich unerwartet der Ausdruck von Furcht in eine Ausstrahlung mutiger Entschlossenheit verwandelt. Fest hatte der junge Mann Leas Hand zum Abschied gedrückt, und er hatte ihr noch verschwörerisch zugeflüstert:

„Der denkt, ich bin blöde und kann nicht lesen. Der denkt, ich kapier nichts. Weißt Du Lea, der ist selber blöde, weil er derjenige ist, der nichts kapiert.“ Lea war seitdem beruhigt. Auf Björns Stillschweigen würde sie sich verlassen können.

Die junge Frau war mit dem Fahrrad bis vor die Haustür des Nebengebäudes gerollt. Das Schutzblech hatte auf dem Kopfsteinpflaster besonders laut geklappert. Im Schlosshof schallte ihr Eintreffen von allen Wänden zurück. Lea fühlte, dass sie vom Haupthaus beobachtet wurde. Im oberen Stockwerk, in dem der Graf seine Bibliothek, sein Arbeitszimmer und sein Schlafzimmer hatte, brannte noch Licht. Lea konnte dies aus den Augenwinkeln erkennen. Sie wagte jedoch nicht, direkt dorthin zu sehen. Keiner sollte merken, dass sich ihre Gedanken im Moment intensiv um den Grafen, das Schloss und die archäologischen Objekte drehten. Noch lange saß Lea in ihrer Küche, durstig vom vielen Schinken, bei einer Kanne dampfenden Tees und schmiedete Pläne, wie sie unbeobachtet die Vogelscheuche untersuchen und in das Jagdschlösschen gelangen könnte. Als sie tief in der Nacht in ihr Bett gekrochen war, war sie noch immer nicht von einem erleuchtenden Gedankenblitz getroffen worden. Das Einzige, was sie sich in dieser Nacht vornehmen konnte, war der Entschluss, nie wieder Schinken zu essen.

28

Orangegelbes Licht der Morgensonne durchflutete das kleine Badezimmer. Die blau gekachelten Wände waren mit feinen Wassertropfen bedeckt. Als Lea sich nach dem Duschen abtrocknete, rannen die größeren Tropfen an der glatten Oberfläche der Kacheln zum Boden hinunter. Als Kind hatte Lea diesem Phänomen stundenlang zusehen können, wie sich ein großer Tropfen seinen Weg nach unten bahnte und dabei gierig die kleineren Tropfen „auffraß", sich damit nährte und immer größer und schneller wurde. Sonntags musste sie sich nicht beeilen. Da gehörte die Zeit ihr allein. Lea hatte diesmal etwas ganz Besonderes vor. Da das Wetter immer noch heiß und trocken zu bleiben schien, hatte sie sich vorgenommen, den Vormittag mit dem Studium des alten Inventarbuchs zu verbringen und für einen Spaziergang die kühlere Abendluft zu nutzen.

Sie schenkte den sich von den Kacheln abperlenden Tropfen keine weitere Aufmerksamkeit, denn mit Herzklopfen dachte sie an das alte Buch, das sie sorgfältig in der Schlafkammer unter dem Spannbettuch unterhalb des Kopfkissens versteckt hielt. Aber auch die Erinnerung an die letzte Nacht, in der sie es endlich gewagt hatte, das Buch im Bauch der Vogelscheuche zu suchen, bereitete ihr ein Gefühl der Erregung. Es war Neumond gewesen. Im Schutz der absoluten Dunkelheit hatte Lea sich ein Herz gefasst und war, sich langsam in der Schwärze vortastend, tatsächlich bis zur Vogelscheuche gelangt, hatte den mit Heu gefüllten Bauch sorgfältig abgetastet, bis sie auf etwas Hartes gestoßen war. Die Plastikfolie, in der das alte Buch fest eingewickelt worden war, hatte verräterisch anders geknistert als das muffig gewordene Heu. Mit Grauen war ihr der Alptraum von neulich eingefallen, und sie musste sich sehr bemühen, die Beherrschung nicht zu verlieren. Der Gedanke an das große Geheimnis, das ihre zu restaurierenden Objekte umgab aber war stärker und verlieh ihr einen nie gekannten Mut. Am Sonnabend zuvor hatte sie so getan, als ob sie Flintsteine am Feldwegrand suchte. Ab und zu hatte sie eine Blüte der Färberkamille abgebrochen und sich zusammen mit der blauen Wegwarte ein kleines Sträußchen gepflückt. In Wirklichkeit aber hatte Lea die genaue Anzahl Schritte gezählt, die sie brauchte, um auf dem Feldweg vom Schloss aus die exakte Höhe der Vögelscheuche zu treffen. Dann brauchte sie sich in der Dunkelheit nur noch darauf zu konzentrieren, die von da an gerade Linie durch den mittlerweile gelben Weizen auf die Puppe einzuhalten.

Lea streifte sich das ärmellose Top aus angenehm kühlem Leinen über den Kopf und sang zufrieden vor sich hin. Es hatte alles wunderbar geklappt. Sie hatte in der Nacht keine Nerven mehr gehabt, in das Buch hineinzuschauen, obwohl ihre Neugier sie fast umbrachte. Stattdessen hatte sie das Buch gleich unter dem Spannbettuch unter ihrem Kopfkissen versteckt. Sie hatte auch in ihrem Zimmer kein Licht mehr machen wollen, das der Graf womöglich hätte beobachten können. Grausam lange hatte die ganze Aktion gedauert, denn Lea musste sich bei jedem Schritt sorgfältig vortasten, um sich kein Bein zu brechen oder gar die Orientierung zu verlieren.

Die frisch gewaschenen und noch nassen langen Haare hatte die junge Frau unter einem schweren Turban aus einem großen Frotteehandtuch gesteckt, das sie vor dem beschlagenen Spiegel löste und die bis zum Bauch reichenden Strähnen mit den Fingern sortierte. Als sie darin vertieft war, einen hartnäckigen Knoten zu entwirren, hörte sie ein dumpfes Poltern in der Küche, das so klang, als sei ihre große Zeichenmappe umgefallen. Lea war für Sekunden erschrocken, beruhigte sich aber mit dem Gedanken daran, die Mappe an die Wand unter dem Küchenfenster angelehnt und nicht zugebunden zu haben. Sicher war es der Morgenwind gewesen der durch das geöffnete Fenster wehte und die Mappe umgeworfen hatte. Lea sah zum Badfenster hinaus, doch kein Lufthauch bewegte die Baumkronen. Als ihr das versteckte Inventarbuch einfiel, durchfuhr sie ein eisiger Schrecken. Hatte der Graf das Buch ebenfalls aus dem Bauch der Vogelscheuche holen wollen und nun seine Restauratorin sofort verdächtigt? Oder hatte Agnes sie etwa beim Graf verpfiffen? Oder war der Imker bei ihr eingedrungen, um sich das Buch zu holen? Lea war sekundenlang wie gelähmt vor Entsetzen. Ihr Handy lag mal wieder meilenweit entfernt neben dem Bett im Schlafzimmer. Lea zog sich die Bermudashorts an und schlich barfuss in den Flur. Sie lauschte. Es war so totenstill wie in der Nacht zuvor im Weizenfeld. Die Küchentür war nur angelehnt, und als sie eintrat, zuckte ihr ganzer Körper vor Schock zusammen. Am Küchentisch stand Max von Reebow. Er hatte die Zeichenmappe auf dem Küchentisch ausgebreitet und blätterte seelenruhig darin herum. Die unfertige Skizze von der Uhlenburg lag zuoberst. An der Stelle, wo Lea wie angewurzelt stand, bildeten sich auf dem Holzdielenboden um ihre nackten Füße kleine Seen vom Wasser, das aus ihrem Haar tropfte. Sie bekam keinen Ton heraus und konnte die Szene nur wehrlos wie zur Salzsäule erstarrt beobachten. Der Graf ließ sich durch Leas Anwesenheit nicht beirren und blätterte interessiert weiter bis zum letzten Bild. Dann verpackte er die Zeichnungen wieder sorgfältig und stellte die Mappe an ihren Platz unter dem Küchenfenster. Die Skizze der Uhlenburg hatte er draußen gelassen. Er besah sie sich lange, dann sah er Lea mit kalten Augen an. Sie konnte seinem Blick nicht standhalten und senkte ihre braunen Augen zum Boden. Er weiß alles, dachte die junge Frau und fürchtete seine Rache. Doch Max von Reebow, ganz dem Adel verpflichtet, behielt die contenance. Er betrachtete seine Restauratorin genau, dann rückte er sich einen Stuhl zurecht und machte es sich bequem.

„Es tut mit aufrichtig leid, Sie erschreckt zu haben, aber ich hatte mehrfach geklopft, und weil Sie sich nicht rührten, hielt ich es für besser, nach Ihnen zu sehen. Ich habe einen Zweitschlüssel zu diesem Gebäude.“ Der Graf legte zur Bekräftigung - und

Lea empfand es zugleich als Drohung - den Schlüssel auf den Küchentisch neben die Zeichnung. Lea konnte noch immer nichts erwidern. Sie fühlte sich wie ein kleines Kind, das etwas ausgefressen hat und dem der Erziehungsberechtigte die Möglichkeit gibt, es von selbst zu beichten. Das Einzige, was Lea hervorbrachte, war:

„Ich war unter der Dusche, ich habe Sie nicht gehört.“ Der Graf lächelte milde, dann nahm er den Schlüssel und pochte penetrant auf die Skizze.

„Technisch nicht einwandfrei, aber doch sehr gut zu erkennen. Wann waren Sie dort?“ Die Stimme des Grafen war fordernd wie bei einem Verhör. Er bemühte sich, seine Erregung zu unterdrücken. Lea überlegte fieberhaft, das Richtige zu sagen. Die Aufregung brannte ihr im Gesicht.

„Das ist schon eine Weile her.“

„Wer hat Ihnen den Weg dorthin gezeigt?“ fragte von Reebow weiter. Lea stellte sich dumm.

„Das war Zufall. Ich bin so durch das Moor gewandert und dann zum Wald gekommen. Da traf ich auf eine Frau, die mir das Gebäude als Motiv empfahl.“ Den ersten Schrecken überwunden, setzte Lea noch hinzu:

„Ist es etwa verboten, dort hinzugehen?“ Der Graf sah Lea einen Moment lang ernst an, dann legte er ein falsch wirkendes Lächeln auf und beteuerte, dass dem natürlich nicht so sei. Es wundere ihn nur, dass Lea einen so weiten Weg auf sich genommen habe, um sein Jagdschlösschen zu sehen.

„Ich wusste ja gar nicht, dass es dort so etwas gibt“, log Lea und nickte mit dem Kopf auf die Skizze. Sie schämte sich ein wenig für die schlechte Zeichnung.

„Schade, dass sie die Zeichnung nicht zu Ende gebracht haben. Warum eigentlich nicht?“ wandte sich der Graf wieder an Lea.

„Ich weiß nicht, ich glaube, es zog ein Gewitter auf und ich musste gehen.“ Lea wurde langsam ärgerlich. Da drang dieser unheimliche Mensch so einfach in ihre Wohnung ein und raubte ihr die Zeit für ein gemütliches Frühstück. Leas Magen brummte leise vor Hunger. Sicherlich gehörte das Haus, in dem sie wohnte, ihrem Chef, aber dennoch hatte er nicht das Recht, so einfach mit einem Zweitschlüssel hereinzuschneien und frech in ihrem Privateigentum zu schnüffeln. Ihr fiel in diesem Moment das Inventarbuch wieder ein, und sie überkam erneut das flaue Gefühl, der Graf sei nur deswegen hier.

„Was wollen Sie eigentlich von mir", entfuhr es der jungen Frau. Um sich ihre Aufregung nicht anmerken zu lassen, begann sie demonstrativ, Teewasser aufzusetzen und Brotscheiben in den Toaster zu stecken. Der Graf beobachtete ihr Treiben kurz und bemerkte kühl:

„Richtig. Sie haben ja noch nicht gefrühstückt. Da will ich Sie mal nicht länger aufhalten. Warum ich gekommen bin? Nun ja, ich hatte vor, Sie zu einer Besichtigung von meinem Jagdschloss Uhlenburg einzuladen. Aber wenn Sie etwas anderes vorhaben ..." Er verzog sein Gesicht zu einem auffordernden Lächeln, doch seine Augen blieben weiter kalt. Lea hielt mit dem Tischdecken inne, denn sie war über diese Einladung mehr als überrascht. Sie wusste nicht, was sie tun sollte. War das eine Falle? Oder beabsichtigte der Graf damit eine Demonstration seiner Offenheit und seiner Unschuld? Er hatte anscheinend im Jagdschlösschen nichts zu verbergen. Lea musste an Björns Erzählung mit den geheimnisvollen Kisten denken. Lea blickte entschlossen auf und nahm die Einladung an. Daraufhin verabschiedete sich Herr von Reebow. Bevor er ging, drehte er die Zeichnung blitzartig um, so dass sie für Lea von ihrem Standpunkt aus richtig herum lag.

„An der Perspektive müssen Sie noch ein wenig feilen. Aber Sie haben Talent." Dann war er verschwunden. Lea lehnte am Küchenschrank neben dem Fenster und starrte auf die Skizze, die vor ihr auf dem Tisch lag. Sie würde also heute noch in das Innere des Schlösschens gelangen. Fragte sich nur, was es für ihre Nachforschungen bringen konnte. Lieber wäre sie heimlich mit Harm dorthin gefahren. Harm. Der ahnte noch nicht einmal, dass sie inzwischen das Inventarbuch gefunden hatte. Lea stürzte bei diesem Gedanken ins Schlafzimmer und tastete erschrocken die Matratze ab. Sie spürte die Ecken des festen Einbands. Es war noch da. Als Lea wieder die Küche betrat, knallten die zwei Brotscheiben wie Salutschüsse aus dem qualmenden Toaster. Lea nahm erschrocken die zwei kohleschwarzen Quadrate aus den Schlitzen. Der Toaster war viel zu hoch eingestellt gewesen, weil sich Lea am Vorabend darauf ein etwas vertrocknetes Rundstück aufgebacken hatte. Seufzend über den misslungenen Sonntagmorgen suchte sie nach etwas Essbarem, denn die beiden Brotscheiben waren die letzten gewesen. Im Kühlschrank fand Lea einen abgelaufenen Joghurt. Dieser war zum Glück noch genießbar.

Lea saß am Mittag tatsächlich im BMW des Grafen. Sie rollten den Waldweg zum Jagdschlösschen entlang. Die Fensterscheiben waren auf beiden Seiten heruntergelassen, und Lea konnte hören, wie die Reifen auf dem Split rauschten. Einzelne Steine knallten polternd von den Reifen ab und zischten in die niedrigen Heckenrosenbüsche. Die Luft war heiß und staubig. Lea war ein wenig mulmig. Zur Sicherheit hatte sie Matthias, der auf einer Tagung in Leipzig weilte, eine SMS geschrieben, wohin sie mit dem Grafen unterwegs war. Hätte sie Matthias angerufen, wäre er sicher gegen diese Fahrt gewesen. Leas Neugier überwog ihre Angst. Als sie sich mit dem Grafen, der auf der Fahrt sehr redselig war, immer weiter von der Zivilisation entfernte, erschien ihr der Ausflug nicht mehr sehr angenehm. Gerade als Herr von Reebow den Exkurs über das Leben seines geniereichen Onkels Magnus von Reebow in Form eines geschichtlich trockenen Monologs beendet hatte, bogen sie in den schmalen Pfad ein, der direkt zur Uhlenburg führte. Im Wald war es dunkel und angenehm kühl. Als sie ausstiegen, flog eine Amsel schimpfend in die Baumwipfel davon. Es war ganz still. Nicht einmal die Bäume rauschten, denn in der brütenden Mittagshitze ging noch immer kein Lüftchen. Der Graf fummelte den Schlüssel aus seiner Hosentasche und schloss die schwere, eichene Tür des reetgedeckten Hauses auf. Innen war es stockdunkel, und als Lea in der Tür stockte, lief der Graf noch einmal nach draußen und entschuldigte sich für einen Moment, da er erst die Fensterläden von innen entriegeln müsste. Er lief zum Auto, um eine Taschenlampe zu holen. Die junge Restauratorin streifte unterdessen mit der Hand über das fein gearbeitete Holz der schweren Haustür. An einer Stelle war das Holz ein wenig heller. Als Lea mit den Fingerkuppen darüber strich, bemerkte sie, dass es an dieser Stelle auch rauer war als am dunklen Bereich. Sie betrachtete die Stelle genauer und erkannte, dass sich hier feinste Dellen abzeichneten, fast, als bildeten sie ein Muster. Lea versuchte zu erraten, was es darstellte. Am Auto hörte sie den Grafen im Kofferraum wühlen. Verstohlen blickte sie zu ihrem Chef, doch dieser war mit dem gesamten Oberkörper in den Kofferraum abgetaucht. Sie betrachtete sich bei dieser Gelegenheit die Stelle von ganz nah und erkannte, undeutlich zwar, dass das Muster einmal von eingebrannten Buchstaben stammte, die jemand versucht hatte auszulöschen. Die ersten schnörkeligen Buchstaben waren nur noch fragmentarisch erkennbar. Sicher identifizieren ließen sich nur noch die letzten drei Buchstaben des ersten Wortes. Lea las „*F...lie*“, doch das zweite Wort konnte sie noch besser entziffern „*von Moorberg*". Lea hielt sich gerade noch mit der Hand den Mund zu. Beinahe hätte sie die Buchstaben laut vorgelesen. Das erste Wort hieß mit Sicherheit Familie. Das zweite war der Familienname der einstigen Besitzer. „Markus von Moorberg" drängte sich Lea in Gedanken auf, doch sie wurde jäh aus ihren Überlegungen gerissen, denn der Lichtkegel einer Taschenlampe fiel in die Dunkelheit des Flures vor ihr. Erschrocken drehte sich die junge Frau um. Max von Reebow stand hinter ihr und legte seine Hand sanft auf ihre Schulter.

„Ist Ihnen nicht gut?" fragte er mit besorgter Mine.

„Mir ist ein wenig schwindelig geworden. Muss wohl die Hitze sein", log Lea und nahm die Hand vom Mund.

„Sie bekommen gleich etwas zu trinken. Dann wird es Ihnen besser gehen."

Wenig später saßen sie in dem dunkelgetäfelten Kaminzimmer mit Blick auf die Lichtung. Die Helligkeit von draußen vermochte es nicht, den Innenraum komplett zu erhellen. Die dunklen Möbel, die dunklen Ledersessel und ein dazugehöriges Ledersofa schluckten alles Licht. Über dem aus grauen Steinen gemauerten Kamin hing der ausgestopfte Kopf eines großen Hirsches. Seine Augen funkelten dunkel auf Lea hinab, und wieder fiel ihr Dr. Moorberg ein. Schwer und erdrückend kam Lea die Atmosphäre in diesem Haus vor. Das einzig Gute an der düsteren Einrichtung war, dass sie die Sommerhitze abzuhalten schien. Der Graf hatte Lea ein Glas kühles Sodawasser gegeben. Lea saß auf dem kühlen Leder des Sofas vor dem Kamin und nippte wortlos kleine Schlucke, während es sich der Graf auf einem der Sessel vor dem Fenster bequem gemacht hatte. Innerlich wartete Lea gespannt darauf, warum er sie mit hierher genommen hatte. Doch stattdessen plauderte Herr von Reebow ausführlich von der Jagd, was die Restauratorin herzlich wenig interessierte. Die Luft im Jagdhaus war etwas muffig. Lea konnte darin den Geruch von altem Holz und kaltem Kaminfeuer wahrnehmen. Wenn sie zu ihrem Chef aufsah, erkannte sie aufgrund der Helligkeit im Fenster nur seine schwarze Silhouette. Die Gesichtszüge des Grafen blieben im Dunkel verborgen. In der Ecke neben dem Fenster stand ein alter eichener Schrank, der bis zur Decke reichte. Lea überlegte, ob der Graf womöglich hier die restlichen Fundstücke verbarg. Fundstücke, die sehr wertvoll waren. Fundstücke aus Gold und Silber, die nicht restauriert zu werden brauchten. Gebannt blickte sie während des Vortrags über

Jagdtechniken immer wieder zu dem Schrank und versuchte, sich auf die Worte des Grafen zu konzentrieren. Wo waren nur die vielen Kartons, von denen Björn erzählt hatte? Lea stellte das Glas auf dem schweren Eichentisch ab und sah sich suchend im Zimmer um. Max von Reebow hielt daraufhin in seinem Vortrag inne. Sein schwarzer Schattenriss beugte sich in Leas Richtung.

„Ich glaube, ich langweile Sie zu Tode mit meinen Reden. Als begeisterter Jäger kann ich mich bei diesem Thema nur schwer zurückhalten. Sie wollen sicher das Haus ansehen. Kommen Sie."

Der Graf erhob sich. Lea war bestürzt über ihre Unbesonnenheit. Durch ihr Verhalten hatte sie ihm deutlich signalisiert, dass sie mit den Gedanken die ganze Zeit nicht bei der Sache weilte. Aber trotzdem war sie froh, dass das Thema Jagd endlich ein Ende gefunden hatte. Sie liefen eine schmale Treppe nach oben und befanden sich direkt unter dem Reetdach. Hier roch es würzig nach den dicht an dicht liegenden Halmen des Röhrichts. Der Dachboden war ein großer Raum, an dessen einer Giebelseite ein breites Bett stand. Gegenüber, an der anderen Giebelseite war ein massiver Eichenschrank. Vor der Gaube in der Dachmitte konnte Lea einen Schreibtisch erkennen, daneben ein niedriges Bücherregal. In seiner Schlichtheit wirkte der Raum sehr gemütlich, und Lea hätte sich vorstellen können, ein romantisches Wochenende mit Matthias hier zu verbringen.

„Gefällt es Ihnen?" fragte der Graf. Er war ganz dicht hinter Lea getreten, und sie spürte seinen Atem im Nacken. Dieses Gefühl verursachte ihr eine unangenehme Gänsehaut. Unwillkürlich trat Lea einen Schritt zur Seite und drehte sich zu ihm um.

„Warum zeigen sie mir das Jagdhaus eigentlich?" fragte die junge Frau in ihrer Erschrockenheit.

„Sie waren neugierig. Das habe ich an Ihrer Zeichnung bemerkt. Sie können gut zeichnen. Aber bei der Skizze der Uhlenburg habe ich erkannt, dass Sie nicht ganz bei der Sache waren. Das Innere des Gebäudes hatte Sie wahrhaftig interessiert, nicht die Fassade." Lea blickte zu Boden und ärgerte sich maßlos darüber, so durchschaut zu werden und dies durch ihr Verhalten auch noch zu bestätigen. Na gut, dann war sie eben neugierig gewesen. Das wäre schließlich jeder, der im Wald unerwartet auf ein Gebäude stößt. Sie sah dem Grafen wieder in die Augen.

„Sehr schön haben Sie es hier. Gehen Sie oft zur Jagd?" erwiderte sie in unbekümmertem Ton.

„Nein. Meine Geschäfte lassen mir wenig Zeit dafür".

„Haben Ihre Geschäfte etwas mit den Fundstücken zu tun?" fragte Lea mutig.

„Mit der archäologischen Sammlung, meinen Sie? Ja, durchaus. Ich kann nicht alles behalten, sondern ich muss sehen, dass ich davon auch Dinge verkaufe. Aber das würde ich lieber unten bei einem gemütlichen Abendessen vertiefen."

Der Graf hielt Lea mit diesem Thema den ganzen Nachmittag hin. Erst zeigte er ihr im Wald sechs Jagdkanzeln, auf die sie alle unbedingt steigen mussten, um den Blick „genießen" zu können, wie der Graf bei jedem Aufstieg betonte. Irgendwie hatte Lea den Eindruck, er wolle auf diese Weise von Leas Frage ablenken. Kilometerweit streiften sie durchs Unterholz und kletterten über Baumstämme, querten mehr als einmal das Moor. Um die große Runde zu schließen, mussten sie die Bahnschienen im Wald überqueren. Rotes Licht leuchtete in einem schwarzen Viereck an dem hohen Signalmast, neben dem sie auf die Schienen kletterten. Es musste sich um die Strecke Hamburg – Schwerin handeln. Lea war mulmig, als sie über die stechend nach Schutzfarbe riechenden Schwellen stieg. Ein kleiner Stein hatte sich vom Schienenbett gelöst und kollerte den niedrigen Damm hinunter. Der Graf war bereits auf der anderen Seite und wanderte vergnügt zwischen den Stämmen der Föhren weiter in den Wald hinein. Lea rannte ein kleines Stück, um ihren Chef wieder einzuholen. Endlich, nach vielen Stunden der Wanderung, waren sie zum Jagdschlösschen Uhlenburg zurückgekehrt.

Max von Reebow wollte in der Küche das Abendessen bereiten. Lea sollte es sich in der Zwischenzeit vor dem Kamin bequem machen. Sie bekam ein altes Buch in die Hand gedrückt, das Max von Reebow aus dem hohen Regal neben dem Kamin holte, nachdem er im Kamin ein knisterndes Feuer gemacht hatte. Obwohl es draußen warm war, war das Feuer im Kamin in dem kühlen Haus angenehm. Lea betrachtete das Buch. Es war sehr alt. In den ledernen Einband war der Titel in Goldbuchstaben gedruckt: *„Die Weidmannsehre*". Innen war das Erscheinungsdatum mit 1822 angegeben. Sie blätterte die braunfleckigen Seiten durch und besah sich die kostbaren Stiche der verschiedensten

Jagdutensilien und besonders schöne Tierporträts. Da ihr die Tiere aber leid taten, überblätterte Lea die Kapitel mit dem Thema Ausweidung. Das war auch besser so, denn aus der Küche neben dem Kaminzimmer begann es köstlich zu duften. Herr von Reebow hatte sich in Leas Gegenwart selbst als begnadeter Hobbykoch bezeichnet. Dem Geruch nach zu urteilen, schien er in dieser Hinsicht nicht gelogen zu haben. Lea fand es am prasselnden Kaminfeuer inzwischen sehr gemütlich, und irgendwie gefiel es ihr, dass sie mit dem Grafen hier war. Den Gedanken an die Fundstücke versuchte Lea immer wieder zu verdrängen. Der Raum begann angenehm nach Harz und mildem Holzfeuerrauch zu duften. Langsam senkte sich draußen die Sonne über dem Waldhorizont. Im Wald selbst war es schon recht düster. Gerne hätte Lea einen Blick in den Eichenschrank geworfen, aber ihr hatte der Mut gefehlt, da der Graf die Küchentür aufgelassen hatte.

Als sie beim Essen saßen, Reh in einer würzigen Rotweinsoße mit Klößen und Rotkraut kauten und dazu einen trockenen Rotwein tranken, kam der Graf von selbst wieder auf das Thema.

„Die Sammlung meines Ahnherren ist sehr groß. Ich habe gar nicht den Platz für alle Sachen, und außerdem muss ich das Schloss irgendwie finanzieren. Glauben sie bloß nicht, dass das ein Vergnügen ist, einen solchen Gebäudekomplex zu unterhalten. Da ich ohnehin im Kunsthandel tätig bin, weiß ich auch, wie man solche Dinge bewertet und angemessen verkauft.“

„Sie verkaufen diese archäologischen Kulturgüter aber sicher nur an Museen“, antwortete Lea forschend. Der Graf wischte mit dem letzten Kloßrest die letzten Spuren der köstlichen Soße auf, stopfte sich den Bissen in den Mund und kaute erst sorgfältig aus. Dann nahm er einen Schluck Rotwein und sagte mit dem Blick auf seinen saubergeputzten Teller:

„Aber sicherlich.“ Dann sah er Lea freundlich in die Augen und hielt den Blick so lange, bis Lea fühlte, wie ihr das Blut in die Wangen schoss.

„Sie erinnern mich an ein Gemälde von Botticelli.“ Lea wurde unbehaglich zumute. Was wollte der Graf von ihr?

„Es geht mich ja nichts an, aber Ihr Freund Matthias Petersen verbringt nicht gerade viel Zeit mit Ihnen. Fühlen Sie sich denn nicht einsam?“ Lea wunderte sich über die plötzlich vertraulich Weise, in die der Graf mit ihr sprach.

„Schade, dass wir uns erst jetzt näher gekommen sind. Wir hätten schon viel früher etwas zusammen unternehmen sollen. Es wäre schön, wenn wir Du zueinander sagen würden.“ Lea erschrak. Sie fühlte sich mit einem Mal bedrängt, bejahte aber den Vorschlag des Grafen.

„Sagen Sie Max zu mir, wenn ich Sie Lea nennen darf. Lea nickte. Max füllte beide Weingläser, und sie tranken auf die „Freundschaft“.

Es war spät geworden, bis Lea in ihrem Bett im Nebengebäude des Schlosses lag. Alleine. Zum Glück. Der Wein hatte die Hemmungen dann noch ein wenig gelockert, und nun drehte sich die Welt im Kopf der jungen Frau. Ihr wirbelten die Gedanken wie ein Bienenschwarm durcheinander. Max hatte sie zum Schluss mit Komplimenten überschüttet und sie zum Abschied lange gedrückt und auf die Stirn geküsst. Irgendwie war es Lea schließlich gelungen, alleine in ihre Wohnung zu entschwinden. Aber sie konnte sich kaum entspannen, da ihr eingefallen war, dass Max von Reebow einen Zweitschlüssel zu ihrer Wohnung besaß. Unter dem Kopfkissen drückte sie das Inventarbuch. Es konnte auf keinen Fall hier bleiben. Lea ärgerte sich, dass sie noch keinen Blick hatte hineinwerfen können wegen des Ausfluges mit dem Grafen. Schon bald wollte dieser mit Lea die nächste Exkursion unternehmen. Entweder meinte er es ernst, oder all das diente nur als Ablenkungsmanöver.

Matthias hatte an diesem Abend mehrfach besorgt aus Leipzig angerufen. Die Mailbox des Handys war mit fünf Anrufen von ihm bestückt. In Leas Adern floss aber zu viel Rotwein, und daher hatte sie nur eine kurze SMS geschickt: „Mir geht es gut. Bin schon schlafen gegangen. Melde mich morgen.“ In Leas Kopf drehten sich die Gedanken wie ein Strudel, mal tauchte daraus der Kopf des Hirsches über dem Kamin in der Uhlenburg, mal das Gesicht von Matthias, dann das von Harm auf. Alle drei blickten Lea mit einem Ausdruck von Besorgtheit und Unverständnis an.

29

Elke Karlsson schüttete heißes Wasser in die mit Teeblättern gefüllte Teesocke. Zischend sprudelte weißer Schaum auf. Es roch nach feinem Ceylon. Harm ließ die feinen Kristalle von zerstoßenem Kandis in die noch leere Tasse vor sich rieseln. Sonnabends gab es bei Karlssons immer Streuselkuchen und selbstgemachte Franzbrötchen. Die niedrige Küche duftete nach Zimt.

Lea und Björn saßen auf der Küchenbank vor dem Fenster. Harm und Elke am Tisch ihnen gegenüber. Neben Leas Teller lag, sorgfältig in Plastik gepackt, das Inventarbuch. Wie einen Schatz betrachteten alle Anwesenden ehrfürchtig das viereckige Paket. Hier würde sie niemand stören. Lea wickelte das Buch aus. Ihr Herz klopfte vor Aufregung. Auf dem in schwarze Pappe gebundenen Buch stand auf einem weißen Etikett in geschwungener Handschrift *„Inventarbuch der Sammlung Carl-Friedrich und Maximilian von Moorberg 1896-1930.“*. Lea schluckte. Ihr Hals war plötzlich wie ausgedörrt. Hastig nahm sie einen Schluck Tee aus der geblümten Tasse, die vor ihr stand. Der Tee war noch viel zu heiß, und daher verbrannte sich die junge Frau empfindlich die Zunge. Aber Lea nahm das vor Aufregung kaum wahr. Alle um sie herum schwiegen. Dann blätterte Lea die ersten Seiten auf. Sie waren mit schwarzer Tinte in einer gleichmäßigen und sauberen Handschrift beschrieben.

Lea bemühte sich, die in Sütterlin verfassten Eintragungen zu entziffern, doch sie gab es bald auf. Gut, dass Elke die altdeutsche Schrift noch in der Schule gelernt hatte. Sie tauschte ihren Platz mit Björn, um Lea beim Lesen zu helfen. Erst lachte er über Leas Leseversuche, und er freute sich, dass es seiner Lehrerin beim Lesen genauso ging wie ihm. Als Björn aber selbst versucht hatte, etwas zu entziffern, waren seine Mundwinkel vor Enttäuschung nach unten gerutscht, und Harm munterte ihn wieder auf, indem er ihm erklärte, dass diese Schrift heute nicht mehr alle lesen können müssten. Harm selbst versuchte es erst gar nicht. Elke und Lea lasen die Kommentare zu den einzelnen Fundobjekten. Carl-Friedrich von Moorberg hatte in den Jahren 1896-1901 eigene Ausgrabungen getätigt, und zwar in Ostdeutschland, in Ostpreußen und in

Russland. Der Verbleib der Fundobjekte war mit „Schloss Gostrow bei Schwerin" eingetragen. Die Sammlung des Herrn Grafen Max von Reebow war also ursprünglich irgendwann aus dem Osten nach Schloss Moorburg gekommen. Während Lea und Elke Herrn von Reebow als Betrüger beschimpften, gab Harm zu bedenken, dass er vielleicht irgendwie doch mit diesem Carl-Friedrich von Moorberg verwandt sein könnte und die Objekte legal nach Moorburg gekommen sind. Das glaubte Björn nicht.

„Warum hat er denn gelogen und gesagt, dass sein Ahnherr Magnus von Reebow die Ausgrabungen gemacht hat?" fragte Björn, nachdem er auf einen Notizzettel die Buchstaben „M.v.M" gemalt hatte. Das Papier legte er demonstrativ auf Harms Franzbrötchen, in das dieser gerade genüsslich beißen wollte. Harm nahm etwas genervt den Zettel von der noch warmen Zimtschnecke und sah Björn verwirrt an. Durch dicke Fettflecken auf dem Papier schien das Licht.

„Tünst* Du? Was soll denn das nun wieder?" jammerte Harm und pustete über die Oberfläche seines Franzbrötchens.

„Hat doch auf den Funden gestanden, die ich in der Uhlenburg umpacken musste. Ich musste auch diese Zeichen wegkratzen." Lea erinnerte sich, und sie nahm dem perplexen Harm den fettfleckigen Zettel weg. Elke sah die Kürzel und las daraus den zweiten Namen, der auf dem Inventarbuch angegeben war, „Maximilan von Moorberg". Daraufhin stand sie auf und holte aus dem Wurstschrank neben dem Kühlschrank eine Flasche Rum. Sie goss jedem eine gute Portion in den Tee.

„Darauf brauche ich erstmal eine Stärkung." hatte sie ihr Verhalten gerechtfertigt, und keiner der Anwesenden hatte etwas dagegen einzuwenden.

Noch lange blätterten sie das Inventarbuch durch, und Lea fand darin alle Objekte, die sie bisher restauriert hatte. Auch den Eintrag der kleinen Bronzefigur hatte sie gefunden. Als Fundort war hier das einst von den Römern besetzte *Taman* in der Ukraine angegeben. Die Angaben zu den Beinen im Museum stimmten also. Der Graf Max von Reebow war ein Betrüger!

„Warum hat er es sonst nötig, heimlich die alte Inventarnummer von einem Analphabeten entfernen zu lassen, der ihn, weil er die Zeichen nicht versteht, nicht verraten kann?" regte sich jetzt auch Harm auf.

---

* Hamburgisch für „Spinnst Du?"

„Ehemaliger Ana... Analfabet." konterte Björn ärgerlich. Doch die Stimmung beruhigte sich gleich wieder, als Lea in der Runde am Küchentisch die Frage aufwarf, wie Max von Reebow an die Sammlung und das Schloss gekommen war.

„An das Schloss?" fragte Harm entgeistert.

„Wat denn? Ook dat Schloss?" vergaß sich Elke vor Aufregung. Sie schüttete erneut allen eine Portion Rum in die Tassen.

„Klar", sagte Björn, „an der Haustür der Uhlenburg steht's ja drauf." Lea war stolz auf ihren Schüler.

„Was steht da drauf?" Harm hatte sich so weit zu Lea und Björn vorgebeugt, dass seine Teetasse umzufallen drohte. Elke hielt sie gerade noch fest. Sicherheitshalber nahmen sie das kostbare Inventarbuch vom Tisch.

„Vielmehr stand es einmal an der Tür der Uhlenburg. Irgendjemand hat versucht, as aus dem Holz zu kratzen", antwortete Lea und lächelte Björn anerkennend an.

„Was stand denn an der Tür?" sagten Elke und Harm wie aus einem Munde.

„Familie von Moorberg. sagte Lea.

„Moorberg oder Moorburg?" fragte Harm nach.

„Moorberg. war sich Lea sicher.

„Schreibt sich der Imker Dr. Moorberg nicht genauso?" sagte Elke und starrte auf das Etikett des Honigglases das zum Versüßen des Tees vor ihr stand.

„Aber der ist doch nicht adelig", gab Harm zu bedenken.

„Was, wenn er es doch ist, ich meine, wenn er doch mit den Grafen von Moorberg verwandt ist? Das würde sein übersteigertes Interesse am Schloss und an der Sammlung erklären", meinte Lea.

„Und vielleicht den Streit, den er mit Max von Reebow hat", fügte Harm hinzu.

„Wie verfahren wir nun weiter?" fragte Lea in die Runde. In der kleinen Küche machte sich nun, nach dem aufgeregten Gespräch, ratlose Stille breit.

„Wir schalten die Polizei ein und zeigen den Grafen an", schlug Elke vor.

„Nein", schüttelte Harm den Kopf, „dafür haben wir noch zu wenig Beweise. Der Graf kann sich garantiert irgendwie rausreden. Wir sollten wenigstens noch vorher versuchen, herauszubekommen, woher die Sachen wirklich stammen. Am besten, Lea bittet Matthias mal, im Museumsarchiv nach der Sammlung von Moorberg zu forschen, und vielleicht kann man bei der Gesellschaft für Adelsforschung etwas über die

Familiengeschichte herausbekommen. Auf jeden Fall sollten Lea und ich noch einmal einen Blick in die Uhlenburg wagen. Ich weiß, wo der Graf seine Schlüssel aufbewahrt." Während Harm mit glühenden Augen und voller Tatendrang gesprochen hatte, hoben alle, beschwingt durch den vielen Rum, die Tassen und stießen auf den Erfolg ihrer Ermittlungen an.

Die Begeisterung hatte sich bei Lea ein wenig gelegt, nachdem sie mit ihrem Fahrrad den Feldweg in Richtung Schloss einbog.

In ihrem Magen machte sich plötzlich ein beklemmendes Gefühl breit. Die junge Frau schob es zunächst auf den vielen Rum, doch als sie langsam auf dem holprigen und staubigen Weg am Weizenfeldrand entlang rollte und ihre Augen die Vogelscheuche trafen, wäre sie beinahe rückwärts vom Rad gefallen. Sie konnte den Blick nicht von der Strohpuppe nehmen. Als sie sich endlich genau auf ihrer Höhe befand, konnte Lea es genau erkennen: Die Figur war erschreckend schlanker geworden. Die alte Jacke war aufgeknöpft und hing offen vor dem zerschlissenen, karierten Hemd herab. Unwillkürlich bremste Lea und schnappte nach Luft. Jemand hatte dort nach dem Buch gesucht und es nicht gefunden. Würde der Graf sie sofort verdächtigen? Für einen Moment überlegte die junge Frau, zurück zu Karlssons zu fahren und lieber bei ihnen zu bleiben. Aber das würde sie nur noch verdächtiger machen. Konnte sein, dass der Imker das Buch gefunden hatte ... Sie war dem Ziel jetzt so nahe, musste stark bleiben, und durfte sich nicht verraten.

30

Sie rührte die milchig weiße Brühe in der Glaswanne noch einmal gründlich um, bevor sie die mit Lochfraß übersäte Eisenklinge des Schwertes darin einlegte. Zwei Tage hatte es gedauert, bis sich das mikrokristalline Wachs in dem Lösungsmittel als weiße Flüssigkeit aufgelöst hatte. Darin konnte Lea alle porösen Metallfunde einlegen, um die durch Korrosion entstandenen löchrigen Strukturen zu füllen. Das gab den durch zu feuchte Lagerung sehr angegriffenen Objekten ein wenig mehr Stabilität.

Als die Klinge im flüssigen Wachs versunken war und Lea beobachtete, wie kleine Luftbläschen von der Klinge aufstiegen, klopfte es an die Werkstatttür, und Max von Reebow trat ein. Lea konnte ihm kaum in die Augen sehen. Sie musste unbedingt so tun, als wäre nichts geschehen. Der Graf trat an die Wanne mit dem Wachs und versuchte zu ermitteln, was darin sei. Er sah Lea freundlich an und machte ihr ein Kompliment über ihr Aussehen. Lea stellte erleichtert fest, dass ihr Chef keine Andeutungen zum vermissten Inventarbuch machte. Oder hatte er es vielleicht noch gar nicht vermisst? Max von Reebow sah sich interessiert in der Werkstatt um und befragte seine Restauratorin zu den einzelnen Stücken, die sie gerade zur Bearbeitung offen liegen hatte. Dann setzte er sich neben sie auf den zweiten Stuhl und fing ein privates Gespräch an. Er befragte Lea, was sie denn am Wochenende vorhabe und ob sie nicht daran interessiert sei, mit ihm nach Hamburg zu einer Auktion zu fahren. Lea hatte dazu keine Lust, fürchtete aber, den Grafen durch die Ablehnung zu dieser Einladung zu erzürnen. Dieses Wochenende wollte sie eigentlich mit Harm zur Uhlenburg gehen. Der Hausangestellte des Grafen hatte ihr bereits erzählt, dass der Chef am Wochenende nach Hamburg fahren wollte.

Lea streichelte verlegen die zarte Oberfläche der aufpolierten bronzenen Lanzenspitze. Sie würde sie nur noch mit einem Schutzüberzug aus Acrylharzlack überziehen müssen. Lea fühlte die weiche Oberfläche und das geringe Gewicht in ihrer Hand. Sie stellte sich vor, wie das feine Objekt bei irgendeiner Auktion in die Hände eines Dilettanten geriet und in einer unsachgemäßen Vitrine vor sich hin korrodieren würde. Der Graf nahm Lea behutsam die Lanzenspitze aus der Hand und legte sie auf den Werktisch. Dann hielt er ihre beiden Hände mit den seinen fest und betrachtete Leas feine, schmale Finger. Ihr klopfte das Herz bis zum Hals. Sie wusste einfach nicht, wie sie sich verhalten sollte. Als Max von Reebow die von der Arbeit mit den Lösungsmitteln rissige und trockene Haut entdeckte, strich er ihr sanft über den Handrücken. Lea wollte ihm ihre Hände unwillkürlich entziehen und zuckte ein wenig. Da ließ er sie los und sah ihr tief in die Augen.

„Ich freue mich auf das gemeinsame Wochenende", sagte er leise und verließ die Werkstatt. Als Lea wieder alleine war, wusch sie sich ihre Hände gründlich, aber das Gefühl von den Berührungen des Grafen blieb noch lange vorhanden.

Am Nachmittag, kurz vor Feierabend, schlich Agnes in die Werkstatt. Lea hatte sie beobachtet, wie sie sich im Hof forschend umgesehen hatte, bevor sie in die Remise geschlüpft war. Lea hatte sich kurz bei Harm aufgehalten, um ihm das Teegeschirr zurückzubringen. Als sie wieder in die Werkstatt kam, saß Agnes auf dem Besucherstuhl an der Werkbank und stand sofort auf, als sie Lea hereinkommen sah.

„Bleib ruhig sitzen", forderte Lea Agnes auf, wieder Platz zu nehmen.

„Ich bin nur kurz gekommen, um Dir zu sagen, dass das Buch aus dem Bauch der Vogelscheuche verschwunden ist. Ich habe es wirklich gesehen, wie der Graf es bei dem heftigen Gewitter damals darin versteckt hatte." Agnes sah Lea flehentlich an, dass sie ihr glauben möge. Lea überlegte noch immer, ob sie Agnes trauen konnte, und so zog sie mit gespielter Verwunderung die Augenbrauen nach oben und tat so, als ob das eine besondere Neuigkeit für sie sei. Der momentane Zustand der Vogelscheuche rührte jedenfalls daher, dass anscheinend Agnes, und nicht etwa der Graf, nach dem Buch gesucht hatte. Lea wurde es bei diesem Gedanken wieder leichter ums Herz.

„Vielleicht hat es der Graf wieder an sich genommen?" sagte Lea.

„Ja, habt Ihr es denn nicht geholt?" fragte das Hausmädchen betroffen.

„Ich hatte gehofft, Ihr hättet es bereits genommen", fuhr sie fort und blickte ängstlich zur Werkstatttür, als fürchtete sie, dass der Graf sofort hereinplatzen könnte.

„Wie kommst Du eigentlich darauf, dass ich hier etwas suchen könnte?" fragte Lea.

„Ich habe gemerkt, dass Harm im Schloss nach etwas gesucht hat. Wochenlang. Und danach ist er immer sofort zu Dir in die Werkstatt gegangen", erzählte Agnes mit wichtiger Mine. Lea ärgerte sich über Harms Unvorsichtigkeit. Sie tat aber weiterhin so, als ob sich Agnes alles nur eingebildet hätte. Zu dumm, dass sie es nicht wagen konnte, ihr zu vertrauen.

„Wenn der Graf etwas in dem Bauch der Vogelscheuche versteckt hatte, dann hat er es sicher selbst wieder geholt. Was sollte ich wohl damit wollen?" sagte Lea und fing an, die Werkstatt für den Feierabend aufzuräumen. Agnes machte plötzlich ein beleidigtes Gesicht, und Lea befürchtete, dass sie nun wieder versuchen würde, ihr das Leben schwer zu machen, als Rache dafür, dass Harm und Lea sie nicht in ihre Geheimnisse einweihten. Bevor das Hausmädchen aus der Tür ging, rief Lea sie noch einmal zurück und meinte: „Harm hatte für mich ein Objekt gesucht, dass ich nicht richtig behandelt hatte, das wollte ich dem Grafen nur ungern zugeben. Harm hat es dann doch gefunden, und ich habe es wieder repariert." Lea atmete nach dieser Lüge tief durch. Würde Agnes ihr glauben? Das Hausmädchen zog die Augenbrauen nach oben und sagte ganz enttäuscht: „Und ich dachte, es würde einmal etwas Aufregendes hier passieren, mit Dieben und so. Aber warum hat der Graf das Päckchen in der Vogelscheuche versteckt?" Lea tat ihre Lüge auf einmal leid. Aber es war zu riskant, so kurz vor dem Ziel alles aufs Spiel zu setzen.

„Das geht uns nichts an. Der Herr Graf wird schon wissen, was er da tut", rief Lea Agnes nach. Diese zuckte nur mit den Schultern und machte sich auf zur Bushaltestelle. Hatte der Graf Agnes nun auf Harm und Lea angesetzt, oder war Agnes wirklich so ahnungslos?

Als Lea in ihre Dachwohnung kam, fand sie auf dem Küchentisch ein Päckchen. Darin war eine teure Handcreme. Die junge Frau war froh, dass sie das Inventarbuch bei Harm in Sicherheit wusste.

31

Am Freitagabend bereits hatte Lea dem Grafen Unpässlichkeit vorgespielt, denn Sie beliebte nicht mit zur Auktion, sondern mit Harm zur Uhlenburg zu gehen. Am Sonnabendabend wollte Matthias kommen und ihnen seine Ergebnisse von den Nachforschungen im Adelsregister mitteilen. Er habe da interessante Entdeckungen gemacht, die er ihnen lieber nicht am Telefon mitteilen wollte. Abends um acht waren sie bei Karlssons verabredet.

Lea hatte gewartet, bis der Graf am Sonnabendvormittag nach Hamburg zur Auktion aufgebrochen war. Als der dunkle BMW endlich außer Sichtweite geriet, hatte Lea Harm angerufen, dass ihre Tour losgehen könne. Den Schlüssel für die Uhlenburg hatte der Hausangestellte schließlich ausfindig gemacht. Diesen trug er nun an einem Band um den Hals. Sie liefen wortlos vor Anspannung durchs Moor. Dünne Birkenstämme reflektierten das helle Sommerlicht zwischen niedrigen Erlen und verkrüppelten Föhren. Lea hätte sich gerne irgendwo niedergelassen und die feinen, zackig gewachsenen Baumgruppen mit einem weichen Bleistift auf das Papier ihres Zeichenkartons gebracht, aber zum Zeichnen waren sie nicht hier. Als sie beim Hünengrab ankamen, hatte die junge Frau das Unternehmen komplett bereut. Sie kam sich plötzlich richtig kriminell vor. Harm beteuerte, dass dies auf jemand ganz anderes zutreffe, und schritt kräftig und entschlossen voran.

Lea betrachtete Harm, wie er in seinen khakifarbenen Kniebundhosen und den karogemusterten Kniestrümpfen vor ihr herlief. Das ausgewaschene gelbe Poloshirt war das einzige, was ihm wirklich stand. Harm hatte zu seinem Outfit lediglich gesagt, dass er beim Wandern auf zweckmäßige Kleidung Wert lege. Lea fand, dass er darin schrullig aussah. Jedenfalls lenkte Harms ulkiges Aussehen Lea von dem unguten Gefühl ab, etwas Falsches zu tun. Matthias hatte sie nur erzählt, dass sie mit Harm zum Zeichnen unterwegs sei, um einen kundigen Führer durch das Moor zu haben.

Sie kamen durch das Dickicht zum Haus. Es lag verlassen unter dem Schutz der Föhren. Zwischen den Stämmen sahen sie die Lichtung leuchten, auf die das Gebäude blickte. Einen kurzen Moment standen sie zögernd vor der mit Schotter ausgestreuten Zufahrt und lauschten. Über ihnen tönte der feine Sommerwind durch die Nadeln, und eine einsame Meise piepste aus dem Waldrand jenseits der Lichtung. Sonst hörten sie nichts. Lea blickte sich um. Es war kein Mensch weit und breit auszumachen. Harm sah Lea fragend an, und als diese ihm zunickte, fischte er den Schlüssel aus seinem Shirt hervor. Leas Herz wollte vor Aufregung zerbersten, als sich die schwere Eichentür öffnete und ihnen der dumpfe Geruch nach altem Holz und kaltem Kaminfeuer entgegenschlug. Bevor sie jedoch hineingingen, deutete Lea wortlos auf die vergeblich weggekratzte Inschrift auf der Eingangstür. Harm nickte anerkennend und flüsterte:

„Vielleicht hat Dr. Moorberg doch mehr mit dem Schloss zu tun, als wir ahnen können." Im Innern des Jagdschlösschens war es wegen der verschlossenen Fensterläden äußerst dunkel. Sie getrauten sich jedoch nicht, diese zu öffnen, um sich ja nicht vor etwaigen Beobachtern zu verraten. Lea hatte Harm hierzu eindringlich vor Frau Moorberg gewarnt. Es konnte gut möglich sein, dass diese Person hier in der Gegend herumschlich. Lea und Harm hatten ihre Taschenlampen eingeschaltet und verabredeten, dass Harm oben in der Kammer unterm Dach zu suchen beginnen sollte, während Lea unten im Kaminzimmer anfing. Sie hatte dabei vor allem den schweren Eichenschrank ins Auge gefasst. Als sich die junge Frau mit großer Aufregung auf den Weg ins Kaminzimmer machte, hörte sie, wie sich die auf der Holztreppe knarzenden Schritte Harms von ihr entfernten. Er rempelte sich am Geländer oben zwei Mal heftig an und verschwand leise fluchend in dem großen Dachraum. Seine Schritte an der Decke klangen gedämpft, und bald hörte sie von Harm keinen Laut mehr.

Lea vernahm nun nur noch das gleichmäßige, aber rasche Klopfen ihres Herzens. Manchmal fuhr ihr der Schreck eisig in die Glieder, wenn es neben ihr im Gebälk knackte. Dann lauschte sie und war sofort beruhigt, wenn sie anschließend den Wind draußen in den Bäumen rauschen hörte. Die Tür des Eichenschranks war, wie zu erwarten, abgeschlossen. Lea nahm einen Stuhl vom Tisch am Kamin weg und kletterte darauf, die Taschenlampe zwischen die Zähne geklemmt. Es wäre ihr in diesem Moment wohler gewesen, wenn sie Harm direkt neben sich gewusst hätte. Als sie den Stuhl mit lautem Scharren an den Schrank gerückt hatte, klang es so, als würden Autoreifen auf dem Schotter der Zufahrt entlangrollen. Leas Herz begann wie wild zu hämmern. Angestrengt behorchte sie die Stille des Hauses und nahm erleichtert wahr, wie eine Windbö im Reet des Daches rauschte. Ansonsten war alles still. Dankbar wäre sie in diesem Moment gewesen, wenn sie Harms Schritte von oben vernommen und auf diese Weise seine Anwesenheit deutlich gespürt hätte. Tapfer tastete die mutige Restauratorin auf der Schrankoberseite nach einem Schlüssel und war entzückt, als sie auf einen kühlen, länglichen Gegenstand stieß. Es war tatsächlich der Schlüssel, der zum Schrank gehörte.

In dem Moment, in dem Lea vom Stuhl gestiegen war und diesen geräuschvoll beiseite schob, klang es hinter ihrem Rücken, als ob die eichene Haustür gequietscht hätte. Wieder hielt die junge Frau mit Herzrasen inne, und diesmal knipste sie sogar die Taschenlampe aus. Das Atmen fiel ihr schwer, und sie fürchtete, ohnmächtig zu werden. Wenn tatsächlich die Haustür geöffnet worden wäre, dann müsste sie im schmalen Spalt unter der Tür zum Flur einen feinen Lichtstreifen sehen. Das aber war nicht der Fall. Stattdessen hörte sie erleichtert Harms Schritte, die vom Dachboden von oben zu ihr herunter kamen. Die junge Frau machte die Taschenlampe wieder an und öffnete rasch die Schranktür. Lea schluckte. Der Schrank war voller Pappkartons wie die, die bei ihr voll mit Fundobjekten in der Werkstatt standen. Sie zog einen Karton heraus und betrachtete sich die mit Bleistift in Sütterlin darauf geschriebenen Worte *„Sammlung Carl-Friedrich und Maximilian von Moorberg, Schloss Gostrow. Nummern M.v.M. 1898-1900"*. Von hinten fiel nun der Lichtkegel von Harms Taschenlampe auf den Karton in Leas Hand. Es herrschte atemlose Stille, bis Lea endlich sagte: „Mensch Harm, ich glaube, wir haben gefunden was wir gesucht haben." Als sie keine Antwort bekam, drehte sich die junge Frau zu Harm nach hinten um, konnte aber außer dem grellen Licht einer Taschenlampe nichts erkennen. Irritiert stellte sie den Karton in den Schrank zurück und richtete die Taschenlampe auf ihr Gegenüber. Ein Paar böser Augen starrte Lea an. Mit Entsetzen gewahrte sie sich direkt dem Grafen Max von Reebow gegenüber. Betäubt vor Schreck bekam sie kein Wort heraus, keinen Schrei, keinen Warnruf an Harm. Sie war unfähig, sich zu wehren, selbst dann, als ihr Chef sie heftig an den Armen riss und zu Boden drückte. Ihre Taschenlampe und die des Grafen fielen mit Gepolter auf die Holzdielen des Bodens herab. Für Sekunden wurde es stockdunkel. Nur seinen festen Griff an ihren schmerzenden Oberarmen fühlte sie deutlich. Leas Knie brannten vom Sturz, und um ein Haar wäre sie mit dem Kopf gegen die Tischkante gefallen, hatte sie aber nur mit der Stirn gestreift. Der Graf lag augenblicklich mit seinem ganzen Gewicht auf Lea und presste seiner Restauratorin mit einer Hand den Mund zu.

Während Leas Taschenlampe kein Licht mehr produzierte, war die des Grafen auf dem Boden inzwischen zur Ruhe gekommen, und der Strahl traf auf das gähnende schwarze Loch des Kamins. Lea war dadurch wieder im Stande, sich in der Dunkelheit zu orientieren, doch was half dies? Sie lag wehrlos unter dem schweren Körper des Grafen und rang nach Luft. Angstschweiß benetzte ihren Nacken. Schmerzhaft hielt Max von Reebow ihren Kopf am geflochtenen langen Zopf fest. Würde er sie töten? schoss es der jungen Frau durch den Kopf. Jetzt fiel ihr ein, nach Harm zu schreien, doch die kalte Hand des Grafen war fest auf ihren Mund gepresst. Das Atmen fiel Lea immer schwerer, und sie stöhnte vor Schmerzen. Doch der Graf ließ nicht locker. Das Letzte, was Lea vernahm, waren die vor unbändiger Wut herausgepressten Worte aus dem Mund ihres Chefs: „Und Dir Schlampe habe ich vertraut, mit Dir wollte ich nach Geschäftsabschluss nach Südamerika auswandern. Gut, dass mich der Sammlungsleiter des Landesmuseums vorhin angerufen hat, weil er meine Sammlung ansehen möchte. Da wusste ich, dass Du mich verraten hast. Da war mir klar, dass du hier herumschnüffeln würdest.“ Er zerrte Leas Kopf am Zopf nach oben, dass sie fürchtete, er könne ihr einen Halswirbel brechen, dann schlug der Graf ihren Kopf in ohnmächtiger Wut auf den Boden auf, und die junge Frau verlor das Bewusstsein.

Als Lea wieder zu sich kam, lag sie auf dem Sofa vor dem Kamin. Gespenstisch flackerte die Petroleumflamme in der Lampe über ihr. Lea tat der ganze Körper weh. Sie brauchte einige Minuten, um zu rekapitulieren, was geschehen war. Irgendwo im Haus hörte sie Wasser aus einem Hahn rauschen. Oder war es Gas? Wollte sie der Graf doch noch umbringen? Wo war er? Wo war Harm? Lea wollte sich mit den Händen übers Gesicht fahren, aber da spürte sie, dass ihre Hände und Füße mit einem Seil gefesselt waren. Schwere Schritte schlurften über den Holzboden und näherten sich dem Sofa. Lea wollte den Kopf aufrichten, um über die hohe Lehne blicken zu können, aber durch ihren Halswirbel jagte ein stechender Schmerz, der sie zurückfahren ließ. Über die Lehne beugte sich der Graf. Seine Augen waren gerötet, als hätte er geweint. In der einen Hand trug er ein Glas Wasser, in der anderen eine Flasche Rum. Er kniete sich neben Leas Kopf und streifte ihr eine Haarsträhne sanft aus dem Gesicht. Dann hob er vorsichtig ihren Kopf und flößte seiner Restauratorin kleine Schlucke aus dem Wasserglas ein. Lea verschluckte sich jedes Mal und war froh, als er sie wieder auf das Kissen zurücklegte. In dieser Stellung ließen die heftigen Schmerzen im Kopf und im Nacken etwas nach. Mit dem Rum benetzte Max von Reebow ein Taschentuch und tupfte damit vorsichtig die Wunden an Leas Stirn ab. Die heftig brennenden Blessuren konnte sie dadurch nun genau eruieren.

„Ich werde nun zum Schloss fahren und meine Sachen holen. Dann werde ich Dich hier abholen und mitnehmen. Der da oben“, der Graf nickte mit dem Kopf zur Treppe, „kann meinetwegen hier verschimmeln.“ Lea schluckte, sie konnte nur leise sprechen, und sie sah ihren Chef an:

„Wohin soll ich mitkommen?“

„Nach Südamerika. Das Geld wird für zwei knapp werden, aber ich habe noch Dr. Stein, der meine Geschäfte weiterführen wird.“ Lea rannen die Tränen aus den Augenwinkeln. Die Konturen im Zimmer verschwammen wie bei einem gewaltigen Wolkenbruch. Was sollte sie tun? Sie wollte auf keinen Fall mit dem Grafen gehen. Sie dachte an Matthias, und ihr Herz krampfte in Sehnsuchtsschmerz. Was war mit Harm? Panische Angst erfüllte sie. Der Graf tat so, als ob er nicht merkte, dass Lea weinte.

„Den Mund muss ich Dir ja wohl nicht zubinden. Dich würde hier ohnehin keiner hören. Außerdem bin ich gleich wieder da.“

„Was ist mit Harm?“ fragte Lea mit tränenerstickter Stimme.

„Er ist schuld an allem. Er hat Dich gegen mich aufgebracht. Er hat das bekommen, was er verdient.“ Damit wandte sich von Reebow zum Gehen, und wenig später hörte Lea, wie der Motor des BMWs aufheulte und der Wagen im Wald verschwand. Lea brach nun in hemmungsloses Weinen aus. Sie weinte laut und schluchzte, dass sie glaubte, nie mehr aufhören zu können. Wenn sie daran sterben würde, wäre ihr das in diesem Moment nur recht gewesen. Als sie erneut laut vor Verzweiflung weinte, hörte sie plötzlich von oben eine schwache Stimme. Das war Harm.

„Ich bin hier oben. Er hat mich von hinten niedergeschlagen und gefesselt. Ich weiß nicht, wie ich die Treppe herunterkommen soll. Bis hierher konnte ich auf dem Boden entlang rutschen.“ Lea schluchzte noch einmal auf, diesmal vor Erleichterung. Harm lebte. Jetzt mussten sie sich irgendwie befreien, bevor der Graf zurück war.

32

Vor Schmerzen konnte sich Lea kaum bewegen. Hilflos lag sie auf dem Sofa vor dem Kamin und zählte die Sekunden. Angsterfüllt lauschte sie immer wieder nach draußen, ob sie nicht das Poltern von Autoreifen hören konnte. Harm kämpfte indes unermüdlich daran, die Fesseln an seinen Beinen und Armen am Treppengeländer aufzuscheuern, aber alle Mühe schien vergebens. Als sich Leas Augen aus Wut und Hoffnungslosigkeit wieder mit Tränen zu füllen begannen, hörte sie, wie sich jemand am Türschloss zu schaffen machte. Jetzt würde er kommen und sie holen, dachte Lea in schrecklicher Furcht. Aber die Tür ging nicht auf. Stattdessen wurde das Kratzen und Drücken am Türschloss immer energischer. Die junge Restauratorin flüsterte zu Harm nach oben:

„Das ist nicht der Graf. Das ist jemand anderes." In diesem Moment krachte die schwere Eichentür auf und knallte im Flur gegen die Wand. Lea verharrte wie versteinert und lauschte angestrengt auf die Geräusche, die sich der Kaminzimmertür näherten. Es waren mehrere Personen, die nun ins Haus kamen. Das konnte sie gut erkennen. Jemand machte die Kaminzimmertür auf und lief schnellen Schrittes zum Sofa. Lea presste vor Angst die Augen zu, als sich jemand über die Lehne zu ihr beugte. Eine wohlbekannte Stimme rief ihren Namen. Als Lea die Augen aufriss, hatte Dr. Moorberg bereits die Fußfesseln mit einem Taschenmesser durchtrennt. Zum ersten Mal in ihrem Leben war Lea froh, ihm zu begegnen. Als er sie sanft nach oben hob, fing sie jämmerlich an zu weinen, vergaß aber nicht, auf den armen Harm aufmerksam zu machen, der noch immer gefesselt auf dem Treppenabsatz zur Dachkammer lag. Eine andere Person nahm das Taschenmesser von Dr. Moorberg und eilte die Treppenstufen nach oben. Sie konnte sehen, dass es Björn war. Nun würde alles gut werden.

Plötzlich fiel Lea ein, dass der Graf inzwischen womöglich schon hierher unterwegs war, und sie erzählte dem Imker alles, was sich zugetragen hatte. Vorsichtig wurde sie von Dr. Moorberg auf die zittrigen Beine gestellt. Der Nacken schmerzte Lea höllisch, und sie war nur noch im Stande, nach unten zu sehen. Bald waren alle vier im Wald verschwunden. Dr. Moorberg hatte seinen weißen Overall an und war dadurch im

Dunkel des Waldes leider sehr gut sichtbar. Deshalb zog er sich den Anzug lieber aus und vergrub ihn unter dem Humus. Er brauchte beide Arme, um Lea zu stützen, die sich bei dem Fall in der Uhlenburg beide Knie heftig verletzt hatte. Als sie im Wald am Moor entlang liefen, war es ihnen so, als ob sie einen Automotor hörten. Vorsichtshalber duckten sie sich ins Unterholz. Lea konnte vor Schmerzen manchmal kaum atmen. Sie wünschte sich, dass der Alptraum endlich ein Ende hätte.

In der Nähe des Schlosses hatte Dr. Moorberg sein Auto stehen. Er war gerade dabei gewesen, einige seiner Wanderbeuten zu inspizieren, als Björn aufgeregt zu ihm gekommen war. Björn hatte es auf dem Hof seiner Eltern kaum ausgehalten, weil er wusste, dass Lea und Harm zur Uhlenburg wollten. Er war ihnen gefolgt, hatte im Unterholz in der Nähe des Jagdhauses auf sie gewartet und konnte von dort beobachten, dass der Graf gekommen war. Geistesgegenwärtig war er zum Schloss zurückgelaufen, weil er dort Dr. Moorbergs Auto gesehen hatte. Der war sofort dazu breit, Lea und Harm zu Hilfe zu kommen.

Auf den Röntgenbildern war nichts Gravierendes zu erkennen. Lea bekam eine Halskrause, damit sich die Muskulatur in diesem Bereich entspannen konnte, und wurde nach wenigen Untersuchungen wieder aus dem Krankenhaus in Brookshafen entlassen. Nun saßen sie bei einem stark nach Rum duftenden Tee in der niedrigen Küche auf Tedes Hof. Inzwischen hatte Dr. Moorberg den Grafen bei der Polizei angezeigt. Zunächst wegen Freiheitsberaubung und Körperverletzung. Lea und Harm war das gar nicht recht gewesen, schließlich waren sie ohne Erlaubnis in die Uhlenburg eingedrungen. Dr. Moorberg grinste bei ihren Einwänden und rührte genüsslich in seinem Tee. Er selbst hatte der Polizei noch ein paar andere Dinge erzählt, die den Grafen schwer belasteten. Herr und Frau Tede blickten abwechselnd fassungslos jeden ihrer Gäste an.

„Endlich hat er einen Fehler gemacht. Endlich habe ich ihn da, wo ich ihn haben wollte“, murmelte der Imker zufrieden vor sich hin.

„Was hat er Ihnen eigentlich getan?“ fragte Lea und stupste unter dem Tisch Harm an, der vor Erschöpfung immer wieder zur Seite wegzukippen und einzuschlafen drohte.

„Was er mir getan hat? Er hat sich unrechtmäßig als Erbe von Schloss Moorburg und der archäologischen Sammlung ausgegeben, mir damit das Schloss meiner Familie genommen.“

„Ihrer Familie?“ fragte Frau Tede erstaunt.

„Ja, meiner Familie. Mein richtiger Name ist Markus von Moorberg. Ich wurde auf Schloss Gostrow bei Schwerin geboren und wuchs dort auf. Der andere Zweig meiner Familie lebte schon immer auf Schloss Moorburg, daher auch der Name. Mein Vater machte Geschäfte mit Immobilien und war wie sein Vater passionierter Altertumsforscher. Mein Vater jedoch grub nicht mehr selbst. Dazu hatte er viel zu viel Respekt vor der Wissenschaft. Er pflegte lediglich die umfangreiche Sammlung und stellte sie im Schloss Gostrow aus.“

„Aber wie kam denn die Sammlung nach Moorburg?“ unterbrach Harm, nun wieder hellwach, die Rede Dr. Moorbergs.

„Als der zweite Weltkrieg ausgebrochen war, musste ich an die Ostfront, kam in Gefangenschaft und konnte erst 1955 wieder nach Gostrow zurückkehren. In dieser Zeit aber hatten die Kommunisten meine Familie gefangengenommen, weil sie sich geweigert hatten, das Schloss aufzugeben. Mein Vater hat die Sammlung noch nach Schloss Moorburg bringen können, und er hat sie dort versteckt. Er selbst war wieder in den Osten zu seiner Familie zurückgekehrt, wurde schließlich wie alle anderen Verwandten auch verhaftet und irgendwohin verschleppt. Ich floh in den Westen und suchte meine Familie auf Schloss Moorburg, fand aber niemanden mehr vor. Meine Papiere waren im Krieg verlorengegangen, und ich bekam von der kommunistischen Regierung nur neue Papiere, in denen das „von“ vor meinem Namen weggelassen worden war. Niemand hier schenkte mir Glauben, und ich hatte auch keine Beweise für meine Abstammung.“

„Und Max von Reebow, was war mit ihm?“

„Der tauchte eines Tages hier auf. Er stammt ebenfalls aus dem Osten und hat irgendeine Urkunde vorlegen können, die ihm bescheinigt, dass er ein weitläufiger Verwandter der von Moorbergs ist. Ich glaube ihm aber kein Wort. Ich habe Erkundigungen über ihn angestellt. Er ist eine Größe im Kunsthandel und hat da sicher unlautere Mittel zur Verfügung, die es ihm erlauben, alles in gefälschten Urkunden zu belegen.“ Er machte eine kurze Pause. Seine Hände hatte er links und rechts neben die

Tasse auf den Tisch gelegt. Lea konnte sehen, dass sie zitterten. Sie betrachtete Dr. Moorbergs Gesicht, und plötzlich fielen ihr seine ausdrucksvollen dunklen Augen wieder auf. Es waren die gleichen Augen, wie sie der Mann auf dem unheimlichen Porträt im Kaminzimmer des Schlosses gehabt hatte. Nicht Max von Reebow hatte solche Augen, sondern Markus Moorberg. Die Ähnlichkeit war außerordentlich.

„Erzählen sie mir von ihrem Großvater Carl-Friedrich von Moorberg“, bat Lea. Markus Moorberg blickte sie überrascht an.

„Ich habe ihn seit dem Tag, an dem ich in den Krieg musste, nicht wiedergesehen. Im März 1990 habe ich plötzlich einen Brief von meinem Vater Maximilian von Moorberg erhalten. Er hat mich durch das Rote Kreuz suchen lassen. In dem Brief stand, dass er das Arbeitslager in Sibirien überlebt hat und dass er kommen wollte, um nach langer Krankheit noch einmal mich und das Schloss Moorberg zu sehen. Im Brief erwähnte er auch, dass er die Sammlung dort versteckt hatte. Er hat nicht genau geschrieben, wann er kommt. Nur, dass er kommen wollte. Ich hoffte, dass dadurch endlich aufgeklärt würde, wer der rechtmäßige Besitzer des Schlosses und der Sammlung ist. Aber er ist nie gekommen. Er hat auch nie mehr auf meine Briefe geantwortet. Ich bin dann selbst nach Rostock gereist, denn dort lebte mein Vater zuletzt, aber niemand dort konnte mir sagen, wo mein Vater ist. Ich musste annehmen, dass er nicht mehr lebt. Er war zu diesem Zeitpunkt schließlich über 90 Jahre alt. Ich wundere mich aber sehr darüber, dass man mich niemals darüber informiert hat.“

„Was ist, wenn ihr Vater doch noch lebt“, sagte Herr Tede, der die ganze Zeit geschwiegen hatte, in die Runde.

„Wie kommen sie denn darauf?“ fragte Harm überrascht.

„Ich komme darauf, weil mir plötzlich einfällt, dass 1990, im Frühjahr, ein alter Mann auf dem Schloss auftauchte. Er war mit einem Taxi in den Hof gefahren, als ich gerade den Traktor zum Pflügen für das Feld nebenan fertig machte. Da kam er auf mich zu und fragte mich nach dem Schlossherrn, und ich schickte ihn zu Herrn von Reebow.“

„Und dann?“ fragte Lea ungeduldig vor Spannung. Dr. Moorberg war fassungslos, als er diese Geschichte hörte.

„Nichts und dann. Ich habe gepflügt und ihn nicht wiedergesehen“.

„Hast Du ihn auch gesehen?“ wandte sich Lea an Harm.

„Ich war doch zu dieser Zeit noch gar nicht im Schloss tätig“, sagte Harm verwundert.

„Ist ihnen noch irgendetwas aufgefallen?“ fragte Lea den alten Tede weiter. Dieser überlegte nur kurz.

„Nein. Ich bin abends noch zum Grafen, um ihm Bericht zu erstatten, dass das Feld gepflügt sei. Der war irgendwie ganz nervös und bestand plötzlich darauf, dass auf dem Feld Weizen wachsen solle. Wir hatten doch zuvor ausgemacht, dass ich Mais säen sollte. Weizen hatte ich nämlich keinen mehr da. Den musste ich erst beim Händler bestellen. Deswegen war ich doch so wütend auf ihn. Und so musste ich an dem Abend unverrichteter Dinge wieder zum Hof zurück und hätte doch an diesem Tag alles beim Schloss erledigen können. Am nächsten Tag stand dann diese blöde Vogelscheuche mitten im gepflügten Feld. Ich solle da bloß man `nen Bogen drum machen. Dass der Vogelscheuche nix passiert.“ Herr Tede schüttelte angesichts dieser Erinnerungen den Kopf und kippte sich noch ein wenig Rum in den Tee. Lea sah auf die Küchenuhr, die über der Tür hing, und erschrak. Es war bereits nach acht. Matthias würde sicher schon bei Elke auf sie warten. Harm und Lea brachen unvermittelt auf. Schließlich sollte es noch mehr Neuigkeiten geben.

Dr. Moorberg brachte Harm und Lea nach Moorburg. Die Tatsache, dass womöglich sein Vater im Schloss aufgetaucht war, stimmte ihn zutiefst nachdenklich. Die Letzten, die ihn möglicherweise lebend gesehen hatten, waren Herr Tede und der Graf. Was hatte das zu bedeuten? Grübeln half nichts. Sie mussten die ersten Ergebnisse der Staatsanwaltschaft abwarten. Der Graf saß inzwischen in Untersuchungshaft, da Dr. Moorberg ihn nachträglich auch noch des Betruges und der Urkundenfälschung angezeigt hatte. Sie mussten also nicht befürchten, dass er ihnen im Schloss begegnen könnte, wenn sie Leas Sachen aus dem Nebengebäude holten. Am selben Abend noch wollte sie mit Matthias nach Hamburg zurück.

33

Sie konnten beide nicht schlafen, lagen nebeneinander und hörten, wie gegen 5 Uhr die erste U3 in der Nähe vorbeiquietschte. Leas Nacken schmerzte noch immer, und sie hatte Mühe, eine Lage zu finden, die einigermaßen bequem war. Gegen neun musste sie aufs Polizeipräsidium, ihre Aussage machen. Max von Reebow war laut Adelsregister tatsächlich nicht mit den von Moorbergs verwandt. Das hatte Matthias herausgefunden. Das, was Herr Moorberg über die von Moorbergs erzählt hatte, deckte sich mit dem Bericht von Matthias. Lea lag auf seinem Arm. So ließ sich der Schmerz im Nacken besser aushalten. Nichts aber konnte ihr die Aufregung vor der Aussage bei der Kriminalpolizei nehmen. Matthias hatte sich für diesen Tag freigenommen. Er wollte Lea nicht alleine lassen.

In Gedanken ging die junge Restauratorin die ganze Geschichte von vorne bis hinten noch einmal durch. Sie sah sich die Pappelallee entlang laufen, und ihr fiel die Vogelscheuche ein. Irgendwie blieb ihr dieses Bild am längsten im Kopf. Es kam ihr sehr merkwürdig vor, dass der Graf diese Puppe aufgestellt hatte. Das geschah nicht zur Abwehr der Vögel. So viel war sicher. Aber hätte er das Inventarbuch nicht wo anders verstecken können? Max von Reebow schien wirklich beunruhigt gewesen zu sein, dass das Buch in seinem Haus gefunden werden könnte. Bei einer Vogelscheuche hätte tatsächlich keiner gesucht, wenn nicht Agnes zufällig beobachtet hätte, dass der Graf das Päckchen dort verstaut hatte.

Die Befragung war nicht so schlimm, wie Lea gedacht hatte. Der Beamte war sehr nett und lud Lea zu einem Tee ein. Dr. Moorberg hatte als Zeuge ausgesagt, dass Lea und Harm zum Schloss gehörten und in der Uhlenburg etwas zu tun gehabt hätten. Außerdem sei das Schloss eigentlich sein Besitz und da könne sich jeder ungestört aufhalten, den er dort duldet. Die Besitzverhältnisse des Markus Moorberg wurden inzwischen amtlich überprüft und es schien schon jetzt so, als bestätige sich seine Version der Dinge. Seltsamerweise hatte Max von Moorberg nicht wie erwartet Lea und Harm des Einbruchs bezichtigt. Im Gegenteil, er schien geständig, was die Sache mit der

Sammlung und den Kunsthandel anging. Seinen wirklichen Namen hatte man inzwischen auch schon herausgefunden. Robert Voss war ein seit langem gesuchter Kunsthändler und Betrüger.

Das alte Inventarbuch hatte bei der Polizei großen Eindruck gemacht. Lea hatte ganz vergessen, es Dr. Moorberg zu zeigen. Auf dem Flur vor dem Kommissariatszimmer hatte Lea ihn getroffen. Er sah ganz vornehm aus ohne Imkereioverall in einem feinen dunklen Anzug mit Weste und Krawatte. Lea konnte sich ihn sehr gut als echten Grafen von Moorberg verstellen. Der Kommissar war so nett, das Inventarbuch Herrn von Moorberg auszuhändigen. Tränen standen dem Imker in den Augen, und er blätterte Seite für Seite durch und las die Eintragungen seines Großvaters und seines Vaters. Er erinnerte sich noch gut daran, wie sein Vater sorgfältig die Fundobjekte pflegte und selbst restaurierte.

„Sicher mussten sie inzwischen erneut restauriert werden", sagte er mit einem freundlichen Lächeln zu Lea. Lea erinnerte sich an die brüchigen Stellen, an denen jemand vor langer Zeit Ergänzungen aus Schellack vorgenommen hatte und die sie entfernen und neu ergänzen musste.

„Sind sie eigentlich mit der Restaurierung aller Objekte fertig geworden?" fragte der Imker.

„Nein. Die meisten Bronzen sind noch nicht fertig. Ich bin sehr traurig, dass ich meinen Auftrag nicht abschließen kann. Die Objekte wurden alle von der Polizei beschlagnahmt. Erst wenn die Besitzverhältnisse geregelt wurden, werden Sie sie wieder zurückerhalten".

„Ich weiß. Das hat man mir ebenfalls gerade mitgeteilt. Aber wenn es so weit ist, wären Sie dann bereit, die Objekte fertig zu restaurieren? Ich würde mich sehr darüber freuen, wenn sie bei mir auf dem Schloss wohnten und den Auftrag abschlössen." Leas Herz machte vor Freude einen Sprung. Sie drückte die Hände von Herrn von Moorberg, gab ihm ihre Handynummer und sagte, dass er sie nur anzurufen brauche, sie werde dann sofort die Arbeit wieder aufnehmen.

34

Es war inzwischen Spätsommer geworden. Die Sonne brannte noch immer heiß auf den verdorrten Boden. Die Landschaft wirkte karg und braun. Erdfarben dominierten. An den Birken begann sich vor Trockenheit bereits das eine oder andere Blatt zu lösen und als braunes Knäuel zu Boden zu schweben. Die staubige Luft hatte sich als brauner Schleier auf den hohen Werkstattfenstern abgesetzt. Einzig und allein das Weizenfeld neben dem Schloss leuchtete gelb. Wie eine große Sandbank lag es da, und immer, wenn Lea daran vorbei kam, träumte sie von Dünen und Meer. Die Restauratorin hatte sich mit Agnes, die der echte Graf von Moorberg übernommen hatte, inzwischen versöhnt. Irgendwie fiel es der Restauratorin aber noch immer schwer zu glauben, dass das Hausmädchen nichts von all dem gewusst haben soll. Agnes war naiv. Sie hatte bis zuletzt nicht glauben wollen, dass Max von Reebow eigentlich Robert Voss heißt und gar kein Adliger, sondern ein mieser Betrüger war.

Harm arbeitete gerne bei Markus von Moorberg, verbrachte manche Abende zu Elkes Leidwesen mit ihm klönend in der Heide oder sah seinem neuen Chef interessiert bei der Bienenzucht zu. Das Leben im Schloss war frei und ungezwungen geworden. Lea durfte die Bibliothek benutzen, ließ sich dort an den Wochenenden manchmal auch zusammen mit Björn stundenlang in einem der schweren Sessel nieder und schmökerte in den alten, mit Leder eingebundenen Büchern über fremde Länder, Völker, über alte Kulturen und geheime Wissenschaften. Frau von Moorberg kochte hervorragend, und manchmal lästerte Agnes bei Lea über sie, dass sie nun ja mal wieder überflüssig sei. Es war ein herrliches Leben auf dem Schloss. Nicht selten übernachteten am Wochenende auch Elke und Matthias bei ihnen. Lea fühlte sich trotz ihrer Arbeit, als ob sie im Urlaub wäre. Der Graf plante zusammen mit dem Landesmuseum eine umfangreiche Sonderausstellung seiner Sammlung.

Auf Herrn Dr. Boyens, den Sammlungsleiter des Landesmuseums, war Lea noch immer wütend. Er hatte sie aus lauter Gier nach den Funden schließlich an den Grafen verraten. Das hätte Lea und Harm beinahe das Leben kosten können. Matthias sah das anders. Er meinte, dass der Sammlungsleiter das ja schließlich nicht hatte wissen können. Außerdem sei die Aktion in der Uhlenburg ja ihre leichtsinnige Idee gewesen. Wie dem auch war, die Angelegenheit hatte endlich ein glückliches Ende gefunden. Robert Voss saß rechtmäßig verurteilt hinter Schloss und Riegel und der echte Graf auf seinem Schloss. Was Markus von Moorberg immer noch Kopfzerbrechen bereitete, war allerdings die Tatsache, dass sein Vater spurlos verschwunden schien. In dieser Sache tappte die Polizei noch immer im Dunkeln. Und darüber schwieg sich auch Robert Voss alias Max von Reebow aus. Er blieb bei seinem Standpunkt, dass er den alten Mann mit dem Taxi habe wieder wegfahren sehen. Bei keiner Taxizentrale aber war an diesem Tag eine zweite Fahrt verbucht worden. Irgendetwas stimmte da nicht.

Durch das braunverschleierte Fenster leuchteten die reifen Ausläufer des Weizenfeldes. Der bronzene Halsring war in fünf Teile zerbrochen. Lea hatte die alte Schellackergänzung abgenommen. Sie war brüchig und unansehnlich geworden. Mit Aceton ließen sich die feinen Reste an den Rändern des Originals gut entfernen. Jetzt musste Lea nur noch die grünbraune, pulvrige Korrosionsschicht vorsichtig mit dem Skalpell herunternehmen, damit man die feinen Ritzverzierungen aus Zickzack und Spiralen wieder besser erkennen konnte.

Das Feld leuchtete wie eine eigene Lichtquelle. Der Wind in den Bäumen rauschte darüber hinweg wie die Brandung des Meeres. Lea schielte ab und zu aus dem Fenster. So sehr faszinierte sie das Farbenspiel im Weizenfeld. Bald würde Bauer Tede kommen und die Garben ernten. Als sie mit dem Skalpell etwas unaufmerksam die grünliche Schicht auf dem Bronzeobjekt abtrug, geriet sie an einer Stelle unerwartet zu tief und legte die gelbgoldene Bronze frei, die, wie Lea gelernt hatte, eigentlich unter der grünlichen Patina besser aufgehoben war. Es würde ewig dauern, bis die grüne Patina „nachgewachsen" war. Lea musste an das Weizenfeld denken, das bei ihrer Ankunft grün gewesen war und nun reif und golden in der Sommersonne leuchtete. Die junge Frau legte seufzend das Skalpell weg und polierte die feine Stelle mit der Silberdrahtbürste. Die Bronze glühte regelrecht aus der grünen Decke hervor, und plötzlich fiel der jungen Frau etwas ganz anderes auf. Sie ließ das Halsringfragment auf die Werktischplatte sinken und rannte wild mit den Armen fuchtelnd zu Dr. von

Moorberg in den Park. Er wechselte an einer Magazinbeute die Rähmchen aus. Sie waren voller Honig, den er an diesem Nachmittag noch schleudern wollte. Schon von weitem hörte Lea seine Warnrufe. Als sie atemlos bei ihm angekommen war, sah er sie kopfschüttelnd an:

„Wirst du es denn nie lernen? In der Nähe der Bienen bitte keine hastigen Bewegungen.“ Er setzte den schweren, mit Honig gefüllten Rahmen in eine Kiste ab und schloss das Magazin. Die Bienen brummten und sausten an Leas Kopf vorbei, aber sie hatte keine Angst mehr. Das, was ihr eingefallen war, war so furchtbar, dass sie ein Bienenstich kaum schrecken konnte.

35

Grüner Weizen war zu gelbem geworden. Ein paar Krähen stoben darüber hinweg, und ihr Gekrächze war noch zu hören, als sie bereits hinter dem Waldsaum verschwunden waren. Herr Tede hatte nur wenige Stunden gebraucht, um mit dem Mähdrescher das Getreide abzuernten. Die Luft war erfüllt vom Staub der trockenen Erde und dem der geschnittenen gelben Halme. Bahn für Bahn fiel das in einem Rechteck gespeicherte Sonnenlicht und verschwand in der großen Trommel der Landmaschine. Auf dem Feld blieben nur noch gelbe Stoppeln und kleine Würfel aus gepresstem Stroh. Garbe für Garbe erstarb der gelbe Ozean. Nur in der Mitte des Feldes um die Vogelscheuche herum blieb ein kleiner Rest der auffällig am höchsten gewachsenen Halme, die auch die schwersten Köpfe trugen. Unmittelbar um die Vogelscheuche hatte Bauer Tede Abstand gehalten.

Zwei Männer von der Spurensicherung der Kriminalpolizei standen mit Spaten und Schaufeln bereit. Der Kommissar und ein Gerichtsmediziner warteten neben Lea am Feldrand, bis der Bauer seine Arbeit getan hatte. Die Vogelscheuche wurde ausgegraben, und die beiden Männer mit den Schaufeln und Spaten hatten es schwer, in dem trockenen verklumpten Boden voran zu kommen. Wie Beton war die Erde, wie mit Zement ausgegossen. Nach zwei Stunden hatten sie ihn gefunden. Skelettiert, mit

Spuren von Kleidungsstücken. In der Manteltasche waren Papiere, die die Leiche als Maximilan von Moorberg auswiesen. Markus' Vater war gefunden. Robert Voss musste nun wohl noch länger im Gefängnis verweilen. Er war nach der Exhumierung geständig geworden. Nach Dr. Stein wurde gefahndet. Als sie am Feldrain gestanden hatten und der Arbeit der Polizisten zusahen, fragte Agnes, wie Lea denn darauf gekommen war, dass die Leiche von Maximilian von Moorberg ausgerechnet unter der Vogelscheuche vergraben war. Die Restauratorin erklärte ihr daraufhin, dass eine Leiche bei ihrer Zersetzung Eiweiße freisetzt, die wie ein Dünger auf Pflanzen wirken können. Die Halme waren deshalb an der Fundstelle so auffällig hoch gewachsen. Das war Lea in dem Moment aufgefallen, als sie durch die grüne Malachitschicht der Bronze auf den goldgelben Kern geraten war. Auch der Weizen hatte sich von Grün zu Gelb verwandelt.

Die Ausstellung der Privatsammlung von Moorberg im Landesmuseum wurde ein Erfolg. Lea hatte alle Objekte restauriert, und jeder im Landesmuseum bewunderte, mit welcher Sorgfalt und mit welcher Mühe Lea gearbeitet hatte. Der Direktor gratulierte ihr persönlich zu diesem Erfolg. Zur Eröffnung waren alle gekommen. Als Ehrengäste kamen Agnes, Harm und Elke und Björn mit seinen Eltern. Lea hatte die ganze Geschichte allen Kollegen im Museum wieder und wieder erzählen müssen, und jeder wollte die kleine Bronzefigur sehen, die letztendlich auf die heiße Spur geführt hatte. Lea nahm die Nachbildung des Oberkörpers aus der Vitrine und legte feierlich das Original, das bei der Durchsuchung des Schlosses zum Glück noch gefunden wurde, zu den Beinen. Jeder der Ehrengäste begehrte die Figur einmal in der Hand zu halten. Als Lea aber schließlich die Figurenteile in die Vitrine zurücklegen wollte, waren plötzlich zwei nicht zu unterscheidende Oberkörper da. Eines davon war die Nachbildung, die Lea erstaunlich gut gelungen war. So gut, dass keiner der Anwesenden mehr sagen konnte, welches Teil das Original und welches die Nachbildung war. Frau Tede wäre vor Schreck deswegen beinahe in Ohnmacht gefallen, aber Lea wusste Rat. Sie nahm beide Figuren in die Hände. Eine davon verriet sich als Original, weil sie die Wärme ihrer Haut anzunehmen vermochte.

Am Nachmittag wurde die Feier im Schloss fortgesetzt. Als es dämmerte, lief Lea durch den Nebel zum Weizenfeld. Die Luft war kalt und feucht. Der Geruch nach vergehendem Gras und Torf erfüllte die Atmosphäre. Der Nebel war so dicht, dass Lea in der hereinbrechenden Dunkelheit kaum bis zum Föhrenwald sehen konnte. Vor ihr erstreckte sich der braune Teppich des abgeernteten Feldes. Die gelben Stoppeln ragten hier und da aus den feuchten Klumpen der Erde hervor. Die abgeblühten Stängel der Färber-Kamille wogen am Feldrain sanft im Wind, und über dem Kopf der Restauratorin sammelten sich laut schreiend die Krähen, die sich einen Schlafplatz für die Nacht suchten.

Es war tatsächlich Herbst geworden.

***ibidem*-Verlag**
Melchiorstr. 15
D-70439 Stuttgart

info@ibidem-verlag.de

www.ibidem-verlag.de
www.edition-noema.de
www.autorenbetreuung.de